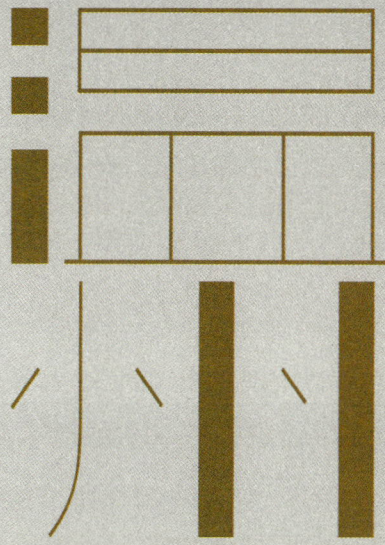

一个沿海城市的
改革开放纪实

张执任

著

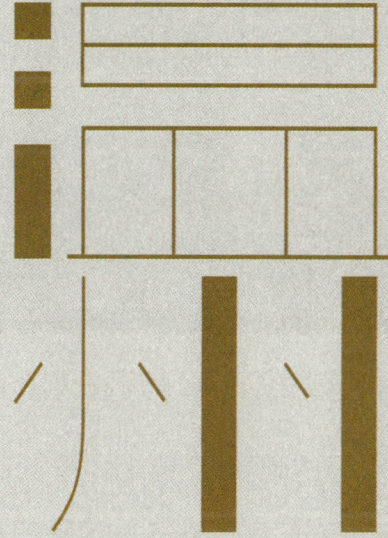

温州，温州

四十载风雨,催生了一个崭新的温州。(王胜利 摄)

图书在版编目（CIP）数据

温州，温州：一个沿海城市的改革开放纪实 / 张执任著. —北京：中央编译出版社，2019.10
ISBN 978-7-5117-3727-4

Ⅰ. ①温… Ⅱ. ①张… Ⅲ. ①纪实文学－中国－当代 Ⅳ. ①I25

中国版本图书馆 CIP 数据核字（2019）第 125795 号

温州，温州：一个沿海城市的改革开放纪实

出 版 人：	葛海彦
出版统筹：	贾宇琰
责任编辑：	杜永明
责任印制：	刘 慧
出版发行：	中央编译出版社
地 址：	北京西城区车公庄大街乙 5 号鸿儒大厦 B 座（100044）
电 话：	（010）52612345（总编室） （010）52612339（编辑室）
	（010）52612316（发行部） （010）52612346（馆配部）
传 真：	（010）66515838
经 销：	全国新华书店
印 刷：	北京时捷印刷有限公司
开 本：	710 毫米×1000 毫米 1/16
字 数：	248 千字
印 张：	22.5
版 次：	2019 年 10 月第 1 版
印 次：	2019 年 10 月第 1 次印刷
定 价：	69.00 元
网 址：	www.cctphome.com 邮 箱：cctp@cctphome.com
新浪微博：	@中央编译出版社 微 信：中央编译出版社(ID: cctphome)
淘宝店铺：	中央编译出版社直销店(http://shop108367160.taobao.com)
	(010)55626985

本社常年法律顾问：北京市吴栾赵阎律师事务所律师　闫军　梁勤
凡有印装质量问题，本社负责调换，电话：（010）55626985

自 序 Praface

致敬，我的温州

说起中国 40 年改革开放，就不能不说到温州。

这片崛起于改革开放大潮的土地，曾经被讴为热土，被誉为奇迹。党的十一届三中全会以来，这里的人民从自己的实际出发，大胆进行市场取向改革，大力发展民营经济，走出了一条具有鲜明区域特色的建设社会主义市场经济的新路子。生机勃勃的"温州模式"，不仅蜚声全国，也让世界瞩目。

作为一个温州人，我亲眼见证了市场运行机制在温州的超前孕育与生长。站在 40 年后回望，可谓感触良多。

温州位于浙江东南部，改革开放之前的客观条件是"三少一差"——人均耕地少（不到半亩，为浙江最少），可利用资源少（除了一个矾矿，没有更多可开发利用的），国家投资少（30 多年只有 5.95 亿元），交通条件差（没有机场、没有铁路，只有一条水路通上海，外加一条路况很差的 104 国道连接外界），因而经济基础薄弱，比较贫困落后。

温州的百姓怀有求变的愿望已久。直到党的十一届三中全会吹响改革开放的号角，他们的意愿得到充分尊重，希望才在心头真正萌发。

温州人很敏锐，他们从党中央的号召里既看到前途，也明白了方向，从而马上抓

自序

住这个大好的历史机遇,率先行动,开出了驶向致富之路的"头班车"。

开"头班车"不是容易的事,山高水远,道路崎岖,得比别人吃更多的苦,受更多的累。在这条创业路上,温州人是靠白手起家的精神打拼的,是靠不折不挠的精神取胜的。白手起家,什么困难也吓不倒,汗水加智慧,能破万重山;不折不挠,什么挫折也经得住,失败寻常事,即使陷入逆境也不言放弃。

开"头班车"还得有敢冒风险的勇气、敢为天下先的胆气。创业是开创,前怕狼后怕虎不行,不挣脱旧的思想观念和阻碍时代发展的清规戒律、陈规陋习的禁锢不行。温州人"闯"字当先,闯难关,闯天下,做常人没有做过的事。这种"敢为天下先"的精气神,使得他们比别人领先一步;惊涛骇浪之后,他们赢得的风景最美……

"忽如一夜春风来,千树万树梨花开。"

春天就这样来到了温州。在这片土地上,雨后春笋般地涌现了10万个富有创造力的家庭工厂和联户企业,涌现了几百个规模盛大、产销两旺的专业市场和产销基地,涌现了一支走南闯北、足迹遍布神州的30万人的农民供销员大军,还涌现了诸如"东方第一纽扣市场""中国第一座农民城""中国第一个股份合作企业"这样的许许多多让世人感到惊羡的"全国第一"。

历史的风云际会就这样改写了温州。在澎湃汹涌的春潮中,温州的面貌发生了翻天覆地的巨变,昔日的贫穷落后已一去不复,不论城市还是乡村,一片繁荣景象。

在改革开放的40年里,特别是在改革开放的初期,全国各地曾产生过好多种不同的经济发展"模式"。在这些"模式"中,"温州模式"是最"草根"的。就是说,温州在社会主义市场经济征程上率先迈出的这一步,是千百万温州"草根"百姓豪迈的创举,是他们气壮山河的集体行动。

千百万普普通通的"草根"百姓一齐动员,以他们的全部身心、全部热情投入到如此浩大的、与他们自己的命运息息相关的改革开放大潮中去,不但成为改革的主体,也成为改革成果、社会财富的主人,这是多么壮观的一幕!

"伟大梦想不是等得来、喊得来的，而是拼出来、干出来的。"温州人民用自己的精神、自己的奋斗实践印证了这个真理。他们在改革开放的进程中一直是孜孜不倦的探索者，是走在前列的排头兵。他们的精神，实际上就是中国人民的精神；他们的成就，就是共和国社会主义建设70年伟大成就的缩影。他们留在身后的脚印里，折射出我们这个前无古人的时代的光！

自20世纪80年代以来，我曾经亲历温州第一次创业的全部过程和第二次创业的部分过程，去过很多工厂、乡村，采访过很多人和事。为家乡父老乡亲的事迹所感动，我写了一些关于这些人和事的纪实文学作品，也写了一些关于这些人和事的电影、电视剧剧本。这些作品，对于帮助温州之外的人们了解和认识温州，起了一定的作用。值此庆祝中华人民共和国成立70周年和改革开放40周年之际，我将部分纪实文学作品重新集结，奉献给读者朋友，目的依然只有一个，就是为了让年轻的读者能更多一点了解我们的昨天，了解我们的改革开放、发展之路是怎样走过来的。

数十年光阴荏苒，作品所写的人和事亦颇多变化，尤其是文中的人物，好多已经退休，也有不少已经作古。但他们的精气神仍在，我们会依然记得他们。

"长风破浪会有时，直挂云帆济沧海。"共和国已经迈进新时代，改革开放事业还有很长的路要走。在新的征程上，愿温州继续保持自己的改革"基因"，保持"探路者"的锐气，砥砺前行，再奏凯歌。

致敬，我的温州！

致敬，我的中国！

张执任

2019年5月1日，于北京

温州，温州

温州的似水年华。（李国洪　摄）

致敬，我的温州（自序）

记　忆

遥望温州（长篇纪实文学·节选）　　003
温州人（五集电视纪录片脚本）　　041

魂　魄

创业传奇　　117
敢于"吃螃蟹"的人　　133
厂长今年二十三　　157
精彩人生　　167
"想不到"的故事　　183
升起你自己的太阳　　187
木杓巷有一支歌　　199

目录 Contents

温州市新区的世纪广场。（李国洪　摄）

"上北天"的故事	207
"大嗓门"队长	229
一鸣惊人	243

风　骨

依恋	259
泥土情	267
那个绿色的梦	301
有他的一半也有她的一半	319
又一枚金牌	323
非职业警察	333
李强散记	343

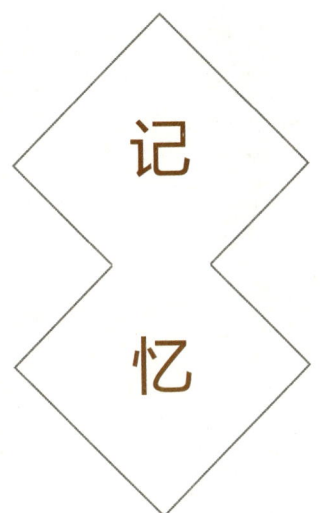

记忆

遥望温州

（长篇纪实文学·节选）

【1991年】

第一章 在温州，到底发生了什么

一、谈"温"色变。果真是潘多拉打开了她的盒子？

遥望温州，温州是可怕的。

数年前，我们的一位朋友，北京某出版社一位挺出名的文学编辑受命赴温州组稿。

在家里，他是个模范丈夫，一直受妻子的信任。可是，当他把此行将去的目的地告诉妻子时，他发现妻子眼神里的信任成分消失了。她像不认识了似地看着他，那神情，就像在看一个甘于堕落的男人。她一反往日的温柔，绷着个脸，极其严肃地告诫道："到了温州，你可要立场坚定！听说……"

"听说"什么呢？她没说。但这没说出来的半截话，还有那语气严厉的"立场坚定"四个字，却使我们的朋友心里立即充满了一种奔赴原子弹试验场或者瘟

温州，温州

在"温州经济模式"中涌现的财富精英们。（郑鹏 摄）

疫流行区时才有的悲壮感。不用说，他几乎是以"高度戒备"的姿态完成此次温州之行的，以至于后来，当他一如出发时那样"干干净净"归返京城时，心里头不免有些空落落的：这是怎么啦？怎么什么事都没有发生？……

几位侨居巴西多年的温州籍华侨住进了北京一家宾馆。他们是结伴回故乡探亲的。

都说"乐莫乐于还故乡",他们也是。从巴西到北京,连中途转机在内,才用了一天时间。可入了国门欲进"家门"时,他们却犹豫了,却步了。原因是他们不敢也不愿拿自己的性命去冒这个险。

没有办法,他们只好一面滞留北京,一面急电温州亲戚要他们派两名代表赴京"汇报"。待到亲戚来后,他们又关起房门,连珠炮似地"审问"了整整两天,直到问清确实没有危险存在,这才作出一个决定:分两批向温州进发。第一批为男人,由陆路进入;第二批为女人,先抵上海然后就地等待,俟男同胞抵温安下身来并证实真的没事之后,再通知她们坐轮船从海路进入。

如此担惊受怕,哪里是去温州,简直是过正在喷发的维苏威火山或者正在开裂的玛纳斯海沟!

非但温州,温州人也是可怕的。

几年前。上海公平码头。上海某电影制片厂摄影师H君口袋里藏着一张船票,如同间谍或者逃犯一样在检票口附近踅来踅去。他东窥西望着,直到确信此地没有熟人时,才掏出船票慌慌张张通过检票口,偷偷溜上了开往温州的大客轮。

自然,他不是间谍,也不是逃犯。他是温州人,要去温州探亲。可在他工作的单位尤其是他家的邻居中,却没有人知道他的"温州"籍贯。人们只知道他是浙江人,至于是浙江哪里的,就不晓得了。

作为一位摄影师,H君在电影界有一定的知名度,在邻居中也颇受人敬重。那些邻居多为电影界同仁及其家属,其中也包括谢晋导演那样的大名人。愈是这

温州，温州

样，H君就愈不敢暴露自己的温州人身份，因为他知道上海人是极看不起温州人的，他们对温州人印象不好，骂温州人是"刁滑奸诈，投机倒把"，说温州人是"鬼头鬼脑，不可信任"。"千万小心别说漏了嘴！这不是开玩笑的！"他再三叮咛、警告自己的妻子儿女。为了"保全"在他看来甚于身家性命的名誉和形象，他只好这样死守着秘密，"潜伏"上海滩几十年……

也是上海。也是数年前。一个滴水成冰的寒夜，风尘仆仆的Z君敲开了火车北站附近一家小旅社的木门。

说是小旅社，其实只是"深挖洞"时居民区在弄堂地底下所挖的一处"人防"。那些用劣质人造板隔成的房间每个大不过12平方米，竟要摆四张双层床，却只靠一个一尺见方的透气孔透气。房里空气浑浊憋闷，床上的脏被褥一股脚臭味。Z君是来自温州的记者，对这种住宿条件当然很难忍受，但他刚从南京开完会路经上海，火车到站就已深夜一点，夜半三更，又倦又困，他实在没力气再去找条件好的饭店。"委屈一下，将就着歇几个钟头吧。"他对自己说。

没想到，差一点，连这种"委屈一下"的权利人家都不给——在住宿登记处，看到他在"籍贯"栏中填的"温州"二字，旅社值班员，一位40多岁的女值班员张口就道："温州人不好住！"

"为什么不好住？"

"不好住就是不好住！"这个女人鄙夷地说。她一边打着哈欠，一边就把他填写的登记卡揉成了一团。

他气坏了。出于自卫的本能，他从上衣口袋里掏出记者证，往她面前一摆："这个，也不好住吗？"

她抓住记者证一翻，睡意全吓飞了。"当然……当然可以。我刚才是……是不知道。"她突然结巴起来,拼命为自己辩解,"其实,也……也不光是我们这一家,在上海,有……有好多旅社都有这种不成文的规……规定……"

因为记者证,女值班员态度变得特别好。她给Z君安排了个据说"最好"的床位,又给他换上了干净的被套床单。可这一夜,Z君怎么也睡不着。

他是因为悲哀……

杭州,浙江的省会。

1987年的一个冬日,位于延安路北端的武林广场火光冲天。

许多戴大盖帽的人正把一箱一箱簇新的皮鞋倒入火中。

围观者人山人海。

当晚,浙江电视台的播音员在新闻节目里告诉人们:"今天,杭州市下城区工商局采取果断措施,在武林广场当众烧毁温州劣质皮鞋,数万双温州劣质皮鞋在熊熊大火中化为灰烬……"

看过当晚节目的观众,评语都很相似:"这些温州人哪……"

报载——

东北某大城市,消费者委员会在商场门口贴出公告,明确宣布:"自本公告公布之日起,凡消费者因购买温州产品而发现存在质量问题,本会恕不接受投诉……"

内部通知——

各省厅,并转达各地(市)、县局:

……自本日开始,本系统各单位的物资供应部门一律不得以任何方式再

温州，温州

  从浙江省温州市（含所属县）采购设备或者零部件。违者坚决以政纪严肃处理……

  温州、温州、温州！这就是温州——受声讨的温州，遭孤立的温州，该诅咒的温州。连温州人自己也搞不清，何以在国人的眼里，他们的形象会变得如此可怖？

  一位在中央办公厅工作的温州"老乡"说：别看我在这个地方工作，也免不了替温州受气！隔三岔五，就有人拿着披露温州人劣迹的报纸或者通报对我说："你看你们温州，又出爆炸性新闻了！"虽然他们没有恶意，可我心里，总像压着石头……

  在中国神话中，第一个女人应当是女娲氏。她用黄土造人，又炼五色石补天，还断鳌足支四极，杀猛兽治洪水，使人民得以安居乐业。可在希腊神话中，第一个女人潘多拉就不那么美妙了。她是赫淮斯托斯根据众神之神宙斯的意志，用泥土和水制造的。因为普罗米修斯盗取天火给人类，宙斯就想通过她来惩罚人类。他把潘多拉嫁给了普罗米修斯的弟弟埃庇米修斯，并送给她一只盒子，里面装有人类的一切罪恶和灾难。埃庇米修斯不顾哥哥的劝告，接受了潘多拉。潘多拉一到，就把盒子打开，结果一切灾难、罪恶都从盒子里倾注而出……

  似乎有很多中国人都相信，温州是潘多拉盒子所倾注的地方。或者按佛教的传统说法，这里是令人恐惧的阿鼻地狱……

二、热点和谜团。无与伦比：650万人的试验

遥望温州，温州是吸引人的。

自上海至温州的"繁新"轮三等舱的一个房间里，几位旅客在聊天。一天一夜的旅程，八个同舱房的人几乎都混熟了，一打听，竟有三个是新闻界的：分别来自《人民日报》《中国青年报》和《经济日报》。

乖乖，温州难道是采金地？《中国青年报》的记者小王说。他最年轻，也最会"来事"，他提议：我们不妨就此来个调查怎么样？没等其他人表态，他就跨出了房门。

这次"调查"的结果是：通过船上的广播室，他竟找到了15位拿记者证的，这还不算那些睡着了没有听到广播的。

一根小木棍支起一块小木牌："接上海作家"。

举着木牌候在码头的是温州市文联的同行。他们接到上海市作协的电话，说上海一批中青年作家结队到温州参观考察，请他们帮助接待，安排住宿。怕码头上客多人挤不好辨认，双方约定以木牌为号。

没想到木牌还有别的功用。船到之后，到这个牌子下集合的不光有那些上海作家，还有一些从北京、安徽和四川来的文学界人士，数数竟有好几位，都是看到牌子后"自投罗网"的。"这叫来得早不如来得巧"，他们之中的一位洋洋得意："没曾想当了一回不速之客，还有人来接！"

"这在我们却是家常便饭了，"温州的作家回答说，"我们管这叫意外收获。"

温州，温州

温州市政府接待处的李处长发愁了。"再这么下去，温州的地皮都要被踏沉了！"他嘟囔着。

是啊，来参观考察的人太多了。上至国务院总理、副总理、国务委员、全国人大副委员长等中央领导人及中央各部委、各省委省府的首脑人物，下至各厅、局、处、科和全国各地、市、县领导人和工作人员，甚至各区镇、厂矿负责人，再加上来自首都和全国各地的社会学家、经济学家、各界权威人士、中青年学者以及作家、记者，才短短的几个月，来宾的名单已有了挺厚的一摞。

温州人说，温州在几个月中接待的高级官员和各界名流，胜过以往一个世纪。

温州人说，是那些无尽无了、越走越多的考察团、参观团使他们懂得了什么叫"滚雪球"。

市政府大院成了停车场，大小专车带着千里之外的风尘鱼贯而入。所有的会议室、办公室都挤满了外省客人。

市区大大小小饭店宾馆旅馆，一万余张床铺爆满，尽管连走廊、饭厅也支起

了临时床铺,还有客人安排不下。

在沿海五县亦是人满为患,大至主要领导,小至办事员,除了应付接待,什么也干不成。

位于青龙江畔的龙港"农民城",每天几乎要接待上万人,所有餐厅、食堂24小时开餐仍不能满足要求。

面对如此庞大的阵营,你叫只有寥寥几个人的接待处怎么办?

可市里领导人的态度是坚决的,不管怎么说,人家挺老远地赶来,都是我们的贵客,一定要想方设法接待好!

"不管怎么说,要接待好。"对此,李处长一直没有动摇。发愁归发愁,牢骚归牢骚,工作还得做,办法还得想,总不能叫客人吃不上饭睡不了觉吧?

好在国务院办公厅后来发出了《关于各地立即停止到温州参观的紧急通知》,要求各地各级政府立即停止和取消到温州参观考察的安排,确实有必要去的,也需要先征得浙江省政府的同意,严格限制人数,分期分批前往,以利温州的政府和人民"集中精力开展经济改革试验"。

诞生于改革开放大潮的龙港农民城。(叶德伟 摄)

温州，温州

滚动着的"雪球"，终于减慢速度，停了下来。但还是有人变着法子，"溜"到温州过过眼瘾。人都有逆反心理，越不让去，温州的吸引力越强。

"再不到温州去，我们《读卖新闻》就要落到《朝日新闻》的后头了！"高井洁司先生，日本《读卖新闻》的上海记者部主任。他一边同我们一起品尝着肉鲜膏美的蟛蜞，一边这样对我们说。他兴致很高，这次温州之行，他是来对了，不仅认识了温州，品尝了温州名菜，而且抢到了新闻。当共同社、NHK电视台和《朝日新闻》都派出精明的记者赶赴温州的时候，来自温州的报道对于《读卖新闻》来说当然也是必不可少的。

不久之后，我们便读到了他在《读卖新闻》晚版上发表的文章：《蜜柑的故乡——温州》。高井先生说："日本人都知道蜜柑的故乡是在中国温州，如今的温州市，在中国广泛开展的经济改革中，称得上是最有活力的城市了。"

到过温州的外国记者，都高度评价温州。此前不久，西柏林《明镜日报》发表的乔尼·埃林的文章也说："对中国这样有八亿农民的国度，温州具有特别重大的意义……温州未受阻碍地跃向商品经济，为中国的农业提供了过渡解决的办法。"

比之外国人，中国人对温州的兴趣当然更大。因为好些事，几乎就发生在他们每个人的身边。

你看，"忽如一夜春风来"，在这块原先并不起眼的土地上，竟雨后春笋般地出现了这么多不可胜数的家庭工厂、股份企业。一向平静的古老小镇，第一次响起铁锤、冲床的叮当声；此起彼伏的机器马达声，惊醒了沉睡千年的乡村田野。130多万世世代代"脸朝黄土背朝天"的"农二哥"们迅速摆脱土地的羁绊，走上了商品经济的道路，也在社会和人生的坐标系中找到了自己新的价值坐标。不再是"80%的人弄饭吃"，不再是"重本抑末"。桥头、金乡、宜山、钱库、柳市、塘下……几百个奇迹般崛起的生机勃勃的专业市场、产销基地，以其令人惊羡的规模和繁荣，猛地揭开了中国商品经济史册上的辉煌一页。

你再看，"忽惊鸟动行人起"，在荒山僻壤，在边陲密林，甚至在世界屋脊和那些人迹罕至的地方，哪儿没有温州人留下的足迹和身影？在北京，在上海，在东北、西北、中原、西南，在全国上百个大中小城市，哪儿没有"温州柜台""温州店""温州街"？天山脚下的哈萨克族牧民说："只有温州人的双腿能追得上我们的迁徙。"洱海边上的白族兄弟说："大理的繁荣，创建'温州街'的温州人当立第一功。"而在北国冰城哈尔滨，商界人士在担心自己的第三产业要被温州来的"北伐军"所"蚕食"的同时，又悦服地承认："他们带来了竞争，也带来了榜样……"毋庸置疑，当近百万走南闯北的温州人把那些写着"温州风味""温州裁缝""温州皮鞋""温州理发"的招牌挂遍天南地北的时候，当那种在外地人听来既像英语也像日语的温州方言终于在异土他乡形成一种"气候"的时候，中国大地，一定普遍感受到了一股冲击波，一股颇有力度又蕴藏着潜能的冲击波！

还是读一读这个时节的全国各大报纸吧。这里抄录的是其中的一些标题：

《温州的启示》《乡镇工业看苏南·家庭工业看浙南》——《解放日报》；

《一九八六年是温州年》《温州农村的一场工业革命》——《深圳特区报》；

《千家万户办工业》《专业市场千品万象》——《广西日报》；

《唯实的思路，创造性的实践》《温州人的生意经》《对温州商品经济发展的探索》《温州涌现股份制经济浪潮》《温州的民间辐射》——《人民日报》；

《温州行》《热潮·阵痛·挑战》——《瞭望》周刊；

《小小纽扣振兴了桥头镇》——《西藏日报》；

1985年,上海《解放日报》率先向全国报道温州的家庭工业,并以《温州的启示》为题发表评论员文章。于是,便有了"温州模式"的提法。

《上海私人存款流向温州》——《新闻报》；

《信用合作社应运而生》《温州经济处重要转化期》——香港《明报》；

还有，《温州探索》《温州之路》《温州万花筒》《温州人的追求》《温州人的新天地》——各中央报刊，各省市报刊……

除了公开的，还有内参——《温州农村自营经济唱主角》《温州农村出现私人钱庄》《家庭工业给温州带来了经济繁荣》《温州十万供销员队伍剖析》……可以说，温州大地上经济构造的每一次震荡和裂变，都没有逃过记者们的视线。对于他们来说，温州确实是块十分难得的采金地——只要有心，只要有敏锐的观察力。

20世纪80年代中期，前来报道温州改革开放的国外摄制组。

温州，温州

难怪《贵州日报》记者何光渝这样写道：是谁，用童话才有的魔杖，轻轻一叩，你便蓦地跳了出来，升起在千嶂叠翠的括苍，升起在淌金跃彩的瓯江，成了一颗举世瞩目的新星，色彩斑斓，扑朔迷离，让亿万人迷惑不解，惊奇不已……

自然，要谈论温州，就不能不谈及这么两个字——金钱。如果说，在国人的眼里，温州或多或少带有一些神秘色彩的话，那么，这色彩中最晃眼的部分，则是用金钱渲染的。

我们曾同《人民日报》记者孟晓云（她同时又是一位报告文学作家）一起，采访过温州一家个体发厅的女"老板"。她叫陈晓聪，曾作为先进个体劳动青年受到表彰。她给我们说了这么一件事。

多年前，她到北京"四联"美发厅和八一电影制片厂学习美容。在北京，有人见她脖子上的金项链很美，就问她多少钱买的。她伸出一个指头，意思是说1000元（不知什么原因，不知是由于谦虚还是不好意思，温州人在表示一些大的款项时，有时喜欢以手指作示，而隐去千元、万元等计量单位）。谁知对方理解错了，说："一元钱？哪买的？"她又好气又好笑，知道对方把她的项链看成了假的，便说："哪买的？大街上多的是呀。"话一出口，又觉这样不妥，于是又以实相告：温州姑娘身上的金首饰全都是真金的……

这是发生在八十年代中期的事。那时候，还极少有北京姑娘能买得起真金项链。时至今日，温州姑娘脖子上的金项链更粗更长了，加上挂在上头铜板大的金牌，当然已远不止一两千元了。好些人身上的金首饰加起来，没有一两万下不来。这种普遍的富有，往往令外地人吃惊、迷惑。

在矗立于杭州市中心的新侨饭店，饭店经理指着大厅里来来往往的旅客告诉我们，住在这里的，有一半是温州人。这些人中，有人甚至订的是长年包房，就是说，即使不在杭州也留着房间。"新侨"是家高级饭店，房价当然不低，加上伙食费用，一年没有三五万不行。这种"派头"，也令人咋舌。

1991年的《温州日报》上有一篇通讯，叫作"买飞机票难"。说的虽是温州机票难买，透露的信息却颇有意思：

> 买票难，对象主要是自掏腰包的人。我市私人买票坐飞机的比例实在高，初步估计约占总数的70%—80%。某日，一个三口之家欲去上海，买不到机票，转而要求买北京的机票再去上海，也没买到。这家子仍不甘心，问有否去武汉的票，全家再从武汉去上海。航站接待人员好奇地问，这样至少得花2000元，值得吗？对方答道：只要能乘上飞机，钱无所谓。
>
> 一些个体经营者还埋怨机票过于便宜，使得要坐飞机的人太多，造成买票紧张。事实上，国家民航局、物价局曾派员来温，针对温州实际，在国家规定每客公里价格0.20元至0.28元的允许范围内，将一些"热线"的价格调至每客公里0.28元。与其他城市比较，温州的民航票价算偏高，当然还不是最高，因为还没有旅游热线……
>
> 飞机票难买到，是因机场刚刚通航、航班不多吗？答案并非如此。通航以来仅仅几个月，温州机场的航班已由每周7班增加到现在的52班（笔者注：现今已有72班），而且中型机所占的比例越来越多。航线发展之快，也许在我国民航史上还没有先例。据透露，温州机场几个月来的客运量已超过1995年的预测水平，目前业务量已达杭州机场1985年的水平。由于温州的机票价格相对略高，全国许多航空公司纷纷主动来温要求开辟航线，至今已有12家公司开辟了温州航线，还有好几家公司已上门商谈。每条航线从第一个

温州，温州

> 航班开始便满座。据了解，在上海，机票最紧张的除了昆明便是温州；在杭州，机票最紧张的除了香港也是温州。而在广州，温州机票的黑市价每张高达1200元……"

可以说，温州是在以无声的行为描绘着自己的形象。谁也说不清楚，是从何时开始，国人们看待温州的目光起了变化？

青海省的副省长带了各厅局的几十名干部，千里迢迢来到温州，一方面为考察参观，另一方面也是为了来邀请温州的能人去帮助开发青海。温州人在青海的不少，吃苦耐劳的精神很令青海人佩服，开发青海没有这种精神不行。

黑龙江的七台河市，市长亲自带队，率领一大帮子人来温州谈判，要求温州的能人去帮助开发七台河。过去温州知青在七台河时，七台河人对他们印象就好，说他们既勤劳，又聪明，还团结。

内蒙古的呼和浩特市和温州市建立了一种特殊的友好关系，欢迎温州能人去开发，并且给予温州去经商、开店、搞手工业生产的以一定的方便和优惠。两市的领导人为此进行了互访。

还有上海闸北区，他们希望温州的企业家去联营一批有困难的街道企业。

还有北京朝阳区，他们希望温州人去办服务业。

还有吉林、四川、安徽、宁夏、甘肃、湖北……甚至还有黑龙江的黑河、新疆的阿克苏……

"温州人总有一天会承包中国。"有人开玩笑说。

不仅是开玩笑。

F君，一位在上海北京东路开电器店的温州人告诉我们：这几年，在上海人眼中,温州人的身价简直翻了个个!

数年前,在上海公平码头候船室,F君曾受过一个姓朱的服务员的辱骂。被辱骂的表面原因是F君在候船时挤了一下,但真实原因是那位上海人看见温州人"不舒服","觉得讨厌"。

"不舒服"是肯定的。F君那时干的是弹棉的营生,身上又是弹棉弓又是行李的。可他家里六个兄弟姐妹,只有父亲一份固定工资,不出去弹棉吃什么!就是因为他排队时走快了一步,那位姓朱的服务员就抓住他的胸襟骂:猪猡!一揪两揪,他的行李散了一地。他才嘟哝了一句表示不满,那老朱就用脚狠踹他的行李。老朱还恨恨地说:这班小赤佬,不是弹棉就是打小工,还附带投机倒把,见到就不高兴,阿拉有机会就要教训教训伊拉!

"现在不同了!"F君告诉我们,"现在上海人对温州人佩服得不得了,哪儿都对温州人笑脸相迎,好像温州人个个都是大富翁,还生怕温州人看他们不起。他们说温州人有本事,会赚钱,还爽气,上海滩上看到的'四金一毛'(金项链、金戒指、金耳环、金手镯和裘皮大衣)都是温州人。"

F君后来在上海开的店是H两开间的。很戏剧化,不知怎的他与当年那老朱成了好朋友,还认了亲戚。老朱现在很尊敬他,帮他办运输,购车船票,很尽心。作为回报,他让老朱的儿子挂名在自己店里开工资。"自然,这是不公开的。"他说。

最有戏剧性的还是杭州。

四年前,杭州下城区工商局在武林广场火烧温州皮鞋。四年后,这个工商局派出正副两位科长到温州,欢迎温州皮鞋企业和经营户到杭城"开设窗口"。在艮山综合市场,他们专门开辟了一个鞋类批发厅,让温州皮鞋进场经营。

温州，温州

通过电视媒介，这条新闻传遍鹿城，温州皮鞋果然又占领杭州市场。开设了160个摊位还不能满足需求，有关部门只得再办一个市场，准备再设300个店铺和500个摊位。

还有服装——

杭州有人好轧热闹，俗称"杭儿风"。时下，杭州人对办温州服装市场就有点"杭儿风"。

城站火车站、武林门汽车站，那些拎着编织袋的生意人只要一出站，杭州的"踏二哥"就会迎上去打招呼："朋友，上'小温州'还是'大温州'？"

三轮车夫行话里的"小温州"，指的是上城区定安路温州服装市场，这是杭州开温州服装市场的"鼻祖"。几年前，十多户温州人北上闯杭州，在这里扎根，生意可以说是极为清淡，杭州人似乎"吃不落"温州服装那种"洋"气。

1989年11月26日，清泰立交桥东堍的四季青温州服装市场又开了张。就在一个月前，这家市场由于地处冷僻，开业才十几天就逃走大部分杭州摊主。危机之中不得不到温州妙果奇市场去讨救兵，请来了45家服装个体户。

那一天，温州来的个体户光鞭炮就花去两千多元。冲天的爆竹似乎显示了温州人做生意的那种冒险精神。一年过去，四季青市场成了杭州的"大温州"，摊位发展到250个，年成交额5000万元，温州服装在杭州形成了强大的气候，不要说杭州的时髦青年人，就是一些大型国营百货商场也纷纷到温州服装市场进货。

四季青市场的成功，刮起了办温州服装市场的"杭儿风"。下城区的土特产市场、江干区的城南市场都在"危机"中寄希望于温州服装这个"拳头",甚至连正在筹建中的拱墅区武林服装市场,也已筹划了近50间温州服装店铺。一时间,杭城的"温州服装市场"遍布四方。

温州服装在杭州为啥会具有如此大的魅力?

款式上的超前性。"人无我有,人有我新",这八个字是对温州服装最形象的写照。去年春天,温州人兴穿双排扣西装,杭州青年就马上效仿;夏天,温州人兴穿计算机绣花图案衬衫,杭州人也好像少了这一朵"花"就大失身份;秋天,温州人穿起韩国夹克衫,杭州即刻有了响应者;至于冬天的马海毛妈妈衫、毛绒大衣更是风靡杭城。毫不夸张地讲,在服装上温州打个"喷嚏",杭州肯定"感冒"……

[摘自《温州服装的"杭儿风"》,(《经济生活报》记者徐勇)]

温州,这便是温州,令人关注也令人感兴趣的温州!

我们的朋友,报告文学作家陈冠柏曾在一篇描述温州的报告文学的题记中写道:"当我在最后一页文稿上写下'温州'这个名字,我还不敢说已经十分了解了它。只能用这句话向它道别:我看到了无与伦比的景象。"他给这篇作品起了个好题目:《东方起动点》。因为经济学家孙越生先生说:在解决农村工业化问题上,"温州模式"为整个不发达的东方提供了最低有效起动点。

所谓"温州模式",这当然只是理论界的提法。温州人自己不那么提,他们只提"温州经济格局"。

然而,不管"模式"也好,"格局"也好,发生在温州的这场试验确实是无与伦比的。因为它是一场650万人的试验,而且是在不断受"姓氏之争"困扰的情况下所进行的试验……

三、并非潘多拉盒子所倾注的地方，而是倾注之后存放盒子的所在

困扰。是的，"姓氏之争"的困扰：温州姓"社"（社会主义），还是姓"资"（资本主义）？

莎翁笔下的哈姆雷特有句著名的独白："生，还是死？"对于温州来说，这四个字几乎就是"姓氏之争"的要害所在。

一把达摩克利斯剑，明晃晃地悬在头顶。

一句紧箍咒，等待着不肯安分的孙猴子……

不过，温州人有句俗话："鼓楼下的雀儿不怕吓。"这几十年里，温州听到的"鼓声"还少吗？撇开1957年的事件不说——当时，居然有一个叫李云河的县委副书记和他的一些追随者竟胆大包天，在温州搞起了"包产到户"，甚至在"文化大革命"结束后的相当一段时间里，温州头上所戴的帽子都够沉够大的。

"天王盖地虎，宝塔镇河妖。"之所以要顶这么大个罪名，无非是温州人为了找饭吃、混出路，外出弹棉、补鞋、开石方、打小工，无非是温州人在打小工之余贩运点东西，做点生意，包下几个小工程；无非是温州在自己"天高皇帝远"的地方，悄悄开了些"做私工"的作坊，偷偷摆了些称作"自由市场"的小摊。

改革开放前的温州市区。（孙守庄 摄）

与昔日的帽子相比，温州眼下的"姓氏之争"也是小菜一碟（尽管从中国国情来看，这碟"小菜"是多么难以下咽）。

使人疑惑不解的是，何以对于同一个温州，人们的看法竟如此对立？

记得还是80年代初期，有几位美国专家要去温州一个工厂考察，为的是商谈一个合作项目。由于当时刚有外国人来访，又加上对温州"自由市场"到处存在

从瓯江北岸看今日温州。（孙守庄 摄）

温州，温州

的状况的具体考虑，有关部门比较紧张。为了给外宾一个好印象，他们特意派出人员对沿街的小摊小贩进行了一次清理，规定他们不得在美国人可能经过的大街旁叫卖。当然，在商品经济气氛很浓的温州，这不是容易做到的事，当管理人员一不注意，仍然又有许多"不怕死"的小摊贩不知从哪里钻出来，赶走这个，又出来那个……

官员们相信美国人一定注意到了这种"乱"的景象，他们很是沮丧。出乎意料的是，美国人的反应却正好相反。这些"山姆大叔"们异常兴奋，说：看了中国这么多地方，我们觉得就是温州形势最好，最有希望！好极了！

偏偏我们认为"丑"而不敢让人看的东西，人家却认为好极了——这不怪么？

瓯海潮淙,钟灵毓秀。(王胜利 摄)

  我们曾结识一位很有阅历的外商,是位旅日华侨,已经几代人侨居日本。1990年夏天,他坐飞机去温州,准备在温州作比较大规模的投资。

  在飞机上,听到他谈自己的打算,邻座的几个温州人提醒他说:温州可有"假冒骗"啊。谁知他听后大为高兴,说:"温州竟然也有假冒骗?好!好!"

  在场的人面面相觑:怎么有"假冒骗"还叫好?他解释道:这说明你们那儿的人聪明,有经济头脑,还有创见性和冒险精神,说明温州经济会有大的发展,在速度和前景上都将大有希望。怕听的人不懂,他还历数日本、中国台湾在战后经济迅速发展,成为亚洲"小龙"的事例,说日本、中国台湾等就经历过"仿造"时期,这个时期对经济发展有着重要作用……

遥望温州

温州，温州

——如此宏论，是天方夜谭？是观念上的差距？或者他说的"假冒骗"与我们所说的压根儿就是两个不同的概念？或者应当大胆一点说，这些年来，我们是以"假冒骗"的罪名，让温州背了个大黑锅？（起码，有一点可以肯定：我们一些人把这个"假冒骗"不恰当地扩大化了，好像温州什么都是"假冒骗"。事实上，有调查数字表明，在温州，真正属于"假冒骗"的只是极少数，而好多被称之为"假冒骗"的行为其实只是"仿造"行为。当这些仿造商品被在市场上以廉价出售，并被明确坦率地告诉是赝品的时候，若再称之为"假冒骗"，显然是不合适的。）再或者，我们应该如平时常说的那样，从"原则精神"上和从"广义"上（而不是就事论事的"狭义"上）理解这句话？……

智者见智，仁者见仁，个中是非，有待定夺。

不管外国人（以及在域外的华人）说什么，生活在这块土地上的中国人历来有自己看问题的标准。依照这种标准，姓"社"姓"资"之争进行着，包括在温州本地。

1989年的秋天，在温州市级机关就发生了这么一件事——在一个由近百名局级领导干部参加的理论学习会上，有人根据温州各种经济成分比例"严重失调"的现状，提出质疑："我市的个体、私营经济这些年来畸形发展，比重过大，是否不正常？说明我市主要领导人是否坐错了屁股，把温州引上了邪路？"

言辞虽说还算平缓，内中的意思却是严厉的，所激起的共鸣竟是那么强烈。不出一天，不满情绪便几乎覆盖整个学习会。

消息传进当时的市委书记耳里，他当然吃惊不小。这可是一批局级领导人哪！他决定亲自到学习会上作一次报告。

说是报告，倒莫如说是一次推心置腹的交谈。市委书记一反平日的持重，

"竹筒倒豆子"一般，坦率地、动感情地向自己的下级们倾吐了作为上级领导本不该向下级吐露的苦衷。

报告进行了两个多小时。没有人交头接耳，没有人思想开小差，更没有人中途退场。有的只是思索，深深的思索。

据一位与会者事后说，这些年他听过很多次报告，自己作的报告也不算少，但像这般秩序井然的还是绝无仅有。不仅报告人动了情，听报告的也都动情了。"别看市委书记叹的是苦经，却一下子说出了温州的实情！"他说："确确实实，温州之路走得太艰难了。这里的特定条件，逼得我们只好走这条路……"

"特定条件"？什么是温州的"特定条件"？

可以用一句话简要概括："以全省十分之一的土地，二十分之一的投资，养活全省六分之一的人口。"

三个悬殊的分数，形象地道出了温州面对的困境。就是说，温州是在资源贫乏、资金短缺的双重困难下发展经济的！

先说"全省十分之一的土地"。由于人口密度过大，温州历来就是"人多地少"，全区人均耕地（包括梯田、旱地）只有四分六厘，比以人多地少著称的苏南和珠江三角洲还少一半。在永嘉桥头等一些地方，人均耕地甚至只有二分八厘。这种状况，逼迫温州农民不得不在农业和土地之外另谋生路。加上祖辈相传的外出经商和从事手工业的传统，这就使得温州商品经济活动必然特别活跃，必然会涌现大量的个体、私营经济，涌现像桥头那样的小商品生产基地。

再说"全省二十分之一的投资"。这个小得可怜的投资比例，说明了温州是怎样的不受命运之神青睐。"50年代是前线，60年代是火线（指"文革"中武斗），70年代是短线（没在国家排上号）……"人们这样说它。因为是前线，

温州，温州

还因为它面朝大海、背靠连绵不断的洞宫山的地形，据说适宜运用把敌人放进来然后"关门打狗"的"布口袋战术"，所以便有了一种不容置疑的概念：温州不应建设，不应予以上规模的投资，不许建造四层以上的楼房，等等。于是，直至改革开放的前夕，温州没建造过一幢四层以上的楼房，没开拓过一条上规模的街道，没有像样的码头和车站，更谈不上有什么重点建设。

认识不免会有偏差，即便神明也有失策之时，何况在温州的史册上确实有过很多血写的记录——且略过晋明帝太宁元年温州建郡之后的上千年历史，单说明朝嘉靖年间，受倭寇为害最甚的便是温州，当年留下的金乡卫、永昌堡等坚固而精致的四方城和戚家军将士冢可算明证；且略过第二次鸦片战争（那是温州被不

处于山沟里的桥头镇，在改革开放中成了闻名海内外的"东方第一纽扣市场"。

1992年,苍南县金乡镇的标牌生产加工作坊。(萧云集 摄)

平等的《中英烟台条约》列为五个通商口岸之一的历史),单说抗日战争期间,温州竟至三次沦陷,日本人扔的炸弹以百吨计,就连靖平桥外的乱坟冢和棺材屋也被炸得棺木、尸骸四处横飞……或许也不能说"布口袋战术"就一定与历史有什么联系,但有一点还是不容置疑的:"前线"的概念,使温州失去了一次中兴的机会。

　　人们都喜欢把国家对温州的投资同宁波相比。因为在浙江,它们历来是一南一北两大中心城市。从1949年至1957年,两地的经济情况一直不相上下,连工业总产值也都一直并驾齐驱。但自从1957年杭甬铁路通车以后,国家对宁波的投资开始大大超过温州,统计数字表明:新中国成立四十多年,国家对宁波投资额达120亿元,而温州仅7亿元,不及宁波的1／17。相应地,宁波市春风得意,工业

温州，温州

乐清的柳市镇被人们誉为"中国电器之都"。

总产值直线上升；而温州却捉襟见肘，日子极不好过……

　　省报的一位记者曾这样形容温州这些年所走的路，说温州是在爬行——顽强地爬行！细想起来，这话一点也不过分。

　　沧海横流，方显英雄本色。

　　温州之路的意义，在于她在极其困难的条件下，不是依赖国家的投资，而是依靠数百万人的努力，"八仙过海"，走出了一条符合温州实际的发展商品经济、改变贫穷落后的新路。

　　——十多年里，温州形成了一个以国营经济为主导、多种经济成分并存、个体和私营经济发展较快的所有制结构。

——十多年里，温州依靠群众的聪明才智和勤劳勇敢发展经济，解决了120万城乡劳动力的就业，调整了农村产业结构，43%的农村劳动力转移到第二、第三产业。

——十多年里，温州的经济运行方式基本上形成了"小商品，大市场"的格局，不但有四百多个专业商品市场遍布城乡，而且资金、劳务、技术、信息、生产资料等生产要素市场也活跃异常。人们以市场调节为主导，以海内外各地为销售市场，以配套成龙的专业分工为基础，以劳动密集型的千家万户为车间，以聚蝇头小利成财富大海为经营手段，形成了机制灵活、运转畅通的经济运行方式，

1992年，温州的电器小作坊。很多民营企业都是这样起步，然后壮大起来的。（萧云集 摄）

温州，温州

活跃了流通，繁荣了市场，发展了社会生产力。

——十多年里，相当一部分温州人已走上富裕道路，城乡差别正在缩小，农村有242万人口居住在120个建制镇，农民年人均收入翻了三番。

——十多年里，温州经济已提前翻番。1978年至1990年，全市社会总产值由22.75亿元上升到160亿元，增长6.2倍。

还可以换一种说法昭示这些成就："按照国家计划，全国经济发展战略到公元2050年共分三步走，而温州在前十年里就走了两步！"

超前，这是否就是温州之路的魅力所在？

老宅里的小作坊。在温州的第一次创业中，就是许许多多这样的家庭工厂、家庭作坊顶起了经济发展的半边天。（萧云集　摄）

率先走上商品经济之路。1985年2月9日,苍南县宜山区21位农民专业户代表联合举行自己的记者招待会。

如何看待温州?如何解释温州?如何评价温州?

理论界在思索这道难题。

经济界在思索这道难题。

希腊神话中关于潘多拉盒子还有另外一说。当初,赫淮斯托斯在用黏土做潘多拉时,将她制作得十分标致,惹得众神都非常喜爱她,纷纷向她赠送礼物表示祝贺。礼物中既有供她报复、抵消人类福祉的东西,也有美好的东西。潘多拉将所有的坏东西、罪恶的渊薮倒向了大地,倒向了人类,唯独留下了希望,仍放在

昔日贫困的宜山,在改革浪潮中成了全国再生腈纶纺织品产销基地。

盒子里。但潘多拉是位风骚而又俏皮的女人,她爱玩喜动,嫌老带着这个盒子太麻烦,要找个地方存放起来。

温州山水旖旎灵秀温州人聪慧多智。不用说,潘多拉一定是选择了这儿作为她存放装有希望的盒子的地方。

四、寻找达摩始祖——谁是"正宗"的温州人

温州的名气大了,有关温州和温州人的传闻自然也多了。名气大是好事,可是传闻里的温州人常常是被误读的。

我们曾经告诉我的朋友:不要一说温州人,就想到唯利是图、坑蒙拐骗。那是不对的。诚然,温州也有不如人意的地方,如同北京、上海、纽约、东京……哪儿都有不如人意的地方一样。但是,如果以个别代替全体,以片面代替全部,

1984年,苍南县金乡镇,一家塑片作坊。金乡人的"第一桶金"是从印饭菜票开始的。(萧云集 摄)

温州，温州

那却是糟糕的。实际上，在那些丑恶现象与温州人之间不能划等号。起码，不能与"正宗"的温州人划等号。

这是发生在上海某空军招待所的故事。这家招待所里，有一天住进了几个温州人。

正是炎热的夏天，招待所狭小的房间里酷热难挡，像个蒸笼。奇怪的是这些温州人好像不怕热，他们紧闭着门把自己关在房内，房里的电灯到了半夜都亮着。

一连十几天都是这样，招待所的服务员不禁起了疑心，心想：听说温州人好赌，莫非这几个人也在房里赌博？于是，选择一个深夜来了个突击检查。

门开了，服务员们都愣住了：深夜的灯光下，这些温州人汗流浃背，正神情专注地趴在小房间中央的地上。在他们面前，是一张张摊开着的图纸。

原来，他们来自温州轻工机械厂。他们中，有厂长、总工、技术攻关小组成员，还有劳动服务公司经理。为了开发一条高难度的生产线，他们正在上海一个科研单位的协助下设计图纸。

此情此景，令服务员们感叹不已，他们逢人便说：看这些温州人！

比利时首都——美丽的布鲁塞尔。设在这里的尤里卡世界发明博览会以及设在日内瓦的国际科技发明博览会与设在巴黎的国际发明展览会被公认为国际上高权威级科技发明成果评奖机构。

尤里卡世界发明博览会的组织者们大为诧异：自从中国选送发明成果参加国际角逐以来，怎么年年都有温州人在这些博览会上获得大奖？

这些来自温州的"骑士"是：

温邦彦——他以多功能电磁阀等三项发明获第三十六届布鲁塞尔尤里卡世界

1986年,苍南县钱库镇邮局门口,群众排队等待领取汇款。当地外出"跑供销"的"业务员"源源不断地将一笔笔货款汇回家乡,使得各银行、信用社、邮局存取款处每天人满为患。(萧云集 摄)

发明博览会"一级骑士勋章"和第十五届日内瓦国际科技发明展览会金牌奖;

赵章光——他以"东方魔水"一〇一系列毛发再生精获第三十六届布鲁塞尔尤里卡世界发明博览会"一级骑士勋章"和第十六届日内瓦国际科技发明博览会金牌奖及该届博览会唯一的奥斯卡发明大奖;

黄明荣——他以激光针灸仪获第三十八届布鲁塞尔尤里卡世界发明博览会"一级骑士勋章"和金牌奖;

赵永镐——他以聚四氟乙烯薄层衬里防腐设备获第三十八届布鲁塞尔尤里卡世界发明博览会"一级骑士勋章"和金牌奖。

高向彬——他以"神水"多功能磁水器获第三十九届布鲁塞尔尤里卡世界发

明博览会"一级骑士勋章"和金牌奖……

温州人只需凭这么多奖牌说话,就可以宣布:我们不是"假冒骗"!

温州人还可以列举他们更多的骄傲。

这里号称"数学之乡",出了很多数学家。除了数学界前辈姜立夫和苏步青之外,在国内外名牌大学任数学系主任的就有十几人,其中像谷超豪(复旦)、方德植(厦大)、徐桂芳(西安交大)、白正国(杭大)、项式忠(美国普林斯顿大学)、项式义(美国加州大学)、杨忠道(美国宾州大学)等都相当著名,如若再加上当数学系教授和研究员的,那就更多了。

温州还是出学者、作家的地方。在这个名单里有郑振铎、夏承焘、夏鼐、孙渊雷、王季思、赵瑞蕻、林斤澜、黄宗英,等等。

温州还拥有一批世界冠军、全国冠军。他们中的戴丽丽(乒乓球)、李矛、

水清天蓝,生态温州。(吴天寿 摄)

黄展忠(羽毛球)、张彩华(百米短跑)、周荣光(国际象棋)等,都早已为体育迷们所熟悉。

温州还号称"歌舞之乡",哪个国家级歌舞团都不乏这里出去的艺术人材。北京舞蹈学院每年招收的新生中,温州人常常占三分之一。中央音乐学院、上海音乐学院中的高材生,有的就来自温州……

走在温州的街头,到处可以看到、听到这么两个字:"正宗"。温州人,特别是年轻人简直拿它当了口头禅:正宗的运动鞋、正宗的西装时装、正宗的衬衫T恤衫……质优价也高,令人眼花目眩。

可是,知道"正宗"这个词的由来吗?知道它出自哪里?

出自菩提达摩。

温州，温州

不过，菩提达摩从天竺来中国时，大约是还未想到要在中国成为禅宗初祖，成为地道的"正宗"的。要不，他不应在金陵与梁武帝"面谈不契"而北上中原，在少林寺面壁九年了。禅宗讲究的是机锋，机锋必须是谈出来的。虽然后来菩提达摩传法于神光（慧可）法师，成为天竺禅宗第二十八祖中华初祖，成为人们所追寻的正宗，但这也许并非达摩的初衷。皇帝在中国被尊为"真龙天子"，是至高无上的，借助笃信佛教的梁武帝，他本来很容易会被封为"正宗"，他却走了面壁九年的艰苦道路，可见这正宗并非封赠也并非自命的，更非穿了"正宗"便成正宗，而是做出来的，是大众或后人所尊崇和公认的。

追寻达摩始祖，我们可以得到启示。

不是说温州像个谜团吗？那是因为你站得太远，或者角度不对的缘故。其实，只要你深入进去，而且抓对了关键，一切迷雾将不复存在，这个谜团就会变得明澈起来。

这个关键，便是温州的人，或者说："正宗"的温州人。

因为，温州的一切成就都是他们干出来的。

温州之路，也是他们走出来的。

正如一位理论家所说的：温州可算一本大书，要想读懂这本书而不致误读，你应当先读懂温州人。

应当说，这就是我们写作这部纪实文学的用意。

我们愿与读者诸君一起跋涉，去结识书中的主人公们。

我们愿与读者诸君一起跋涉，去认识这个众说纷纭的温州。

［长篇纪实文学《遥望温州》，系1990年与白晖华（此系笔名，真名为吴明华）、汤一钧合著）］

温州人

（五集电视纪录片脚本）

【1988年】

片　头

［瓯江。缓缓进港的大客轮。

［船舷旁，一位老者的背影。他在凝视越来越近的故乡温州。

［温州城远眺。江心屿。更远一些的葱郁山峦。

［渐渐响起温州民谣《叮叮当》的歌声……

还记得这支歌——这支故乡的歌吗？

［松台山，仙人井。妙果寺，猪头钟。雁荡山，龙湫飞瀑。望江路，轮渡码头和港口装卸区。街头的鼓词演唱。小巷中的馄饨担……

还记得松台山、仙人井、妙果寺、猪头钟——故乡温州的这些名胜古迹吗？

瓯江,温州的母亲河。

〔瓯江浪潮。歌声化为强烈的变奏曲。

〔热闹的商街。高耸的大厦。迎面而来的车流、人流……

岁月的流逝,就像滚滚滔滔的瓯江之水。

对于久离家乡的人来说,故乡温州的这一切是既熟悉又新鲜的。

〔匆匆的脚步。自行车轮。生气勃勃的脸庞。

〔更多脸庞汇成的人海,定格。

岁月的潮汐还要使孩子成人，青年变老。

那么，使人感到熟悉而又新鲜的，也许还有人——这些生活在故乡土地上的父老乡亲、兄弟姊妹，这些用自己的双手勇敢地开创着新生活的温州人！

〔推出手书的片名，直至占满全屏。

扬名海内外的"寰中绝胜"雁荡山。

温州,温州

秀丽的楠溪江。(叶新人 摄)

第一集 最初印象

〔街头人群(各种角度)。热烈而嘈杂的"店铺音乐"。店铺相接的街道(镜头快摇)。

一个外来人,当他踏上温州的土地,走在温州街头的时候,对于温州,对于温州人,他的第一感觉将是什么?

像是一个谜,一个猜不透的谜!好些人回答。

［木杓巷市场，铁井栏市场。主顾交易。大把数钱的特写。

像谜吗？也许。让我们沿着这些街道走一走吧。在这儿，你是否觉得有点眼花缭乱？

在这儿，你是否觉得连每一缕空气都充满了令人难以摆脱的刺激？

［镜头继续沿店铺快摇。

商店真多啊，一家紧挨着一家，无穷无尽。

有人说：温州给人的印象是，整个城市就是一个硕大无比的商场——城市有多大，商场就有多大。

［摆满街头的小吃摊夜市，炉火正旺。

［活蹦乱跳的鱼虾海鲜。厨师烧菜。顾客对酌。

繁华的景象不但白天有，夜晚也有。

这灯光，这炉火，使人忘记了现在已是深夜一点。这美味佳肴，这飘溢的香气，使外地客人误以为温州人一年365天，天天都在过节。

一个香港记者说，像温州这样通宵都可以吃到东西的不夜城，在中国是不多见的。

［大街上，衣着新颖时髦的姑娘们。

整个温州城还像一个硕大的时装表演舞台。过去都说"穿在广州""穿在上海"，现在，人们开始说"穿在温州"了。

温州姑娘长得漂亮，又有天生的好身材，不打扮打扮确实太可惜了。

据说，在这儿很少看到两个衣服样式重样的姑娘。

温州，温州

从她们身上，你还能找到这座古城昨天的影子吗？你甚至要怀疑：这一切，果真是发生在一片古老的土地上吗？

〔瓯江大桥南岸，鹿女雕塑。桥上来往的汽车，桥下驰过的舴艋船。

怀疑当然是大可不必的，去问问这位站立在瓯江大桥南岸的白鹿姑娘吧，她会用一个美丽的传说证明：这座古城从建城至今，确实已有一千六百多年的历史。

〔中山公园花坛，"白鹿衔花"图。肩上驮着小孩，手上提着鸟笼的老人。
〔市区鸟瞰。叠印谯楼。

相传晋明帝太宁元年，在温州建城的时候，曾有一只梅花白鹿衔花而过，它带着欢乐跑遍全城，在它跑过的地方，从此到处是鸟语花香。人们将此视作吉祥瑞兆，因此温州又称白鹿城。

〔古老的府前街、五马街、西门大桥头。
〔信河街口大榕树。树下卖青草豆腐和灯盏糕的小摊。
〔小巷深处，旧宅"门台"。小孩们入神地观看手艺人捏糖人。
〔南塘河边，小桥流水人家。洗衣的农家姑娘。画家们作画。

古老的传说，古老的城市。历史老人没有忘记给今天的人们留下他的纪念物。

这些保留如初的街道，使老一辈人想起了他们年轻时的好时光；

这旧时"门台"，这小桥流水，不但叫画家们着迷，也令游客们流连忘返了。

东瓯王庙,记载的是短暂的东瓯国历史。

[一幢幢高层建筑的雄姿(运动拍摄)。

然而,就在历史老人留下的这些纪念物的近旁,一个新的时代也在拔地而起!

它以强烈的现代气息,顽强地显示着一种现代美!

一片古老而传统的土地;一片年轻而富有现代性的土地——这就是温州。这就是以"强反差"著称的温州!

[一组快速闪过的对比镜头:旧式房屋和高楼大厦;狭小弄堂和宽阔大街⋯⋯

曾经被朱自清写进散文《绿》的仙岩梅雨潭。（郑高华 摄）

［大轮船和小帆船。正在吃饭的船上人家。

　　［豪华轿车和三轮车。拉着客人的三轮车按着喇叭穿越人群。

或许，作一下这样的对比是有意思的。
大轮船和小帆船经常在这里相会；
大轮船和小帆船有时也会一起等候乘客。

　　［照相机快门闪动。一幅题为《反差》的照片：同一画面中的大厦和飞檐。

这幅照片的作者也留意这种对比了，他将两个时代同时曝光，倒也耐人寻味。

当然，像这样的照片，如果你稍加留意的话，也能拍出好多来。

　　［一家集店堂和作坊为一室的个体皮鞋店。店主做皮鞋时的专注神色。柜台中的皮鞋。

这是一家个体皮鞋店。在温州，像这种前头摆柜台，后头是作坊的小鞋店可谓多矣。温州皮鞋历来有名，如今，传统手艺代有传人。

　　［满街的皮鞋店。采访另一店主廖大意："这些皮鞋都是你做的？""是的。""生意好吗？""很好。""你的手艺是谁教的？""我父亲。""这店是你们夫妻自己开的？""是的。"

　　［皮鞋自动生产线。运动鞋生产线。呢绒生产线。冰箱生产线。毛纺厂生产线。包机厂生产线。炼乳生产线……

［穿插大型交响乐团演奏。

可在这儿，又是另一番景象。这快节奏的现代化流水线，是不是更像气势雄壮的交响乐？

历史在进步，现代化的浪潮势不可挡。今天的白鹿城，雄壮的交响乐一阵高过一阵。

［各种产品仓库。港口码头，吊车在装卸作业。"雁荡山"轮启航。

这些产品，不但在国内，而且有的在国际市场上都是吃香的抢手货。

［瓯塑工人创作大型瓯塑。瓯绣厂，姑娘们飞针走线。工艺研究所，老艺人制作黄杨木雕。栩栩如生的石雕作品。瓜棚下，农家女们围着桌子做花边。正在上色的泰顺车木玩具……

有些传统的产品却必须用手工来做。

这是驰名中外的瓯塑，中国四大名绣之一的瓯绣，巧夺天工的黄杨木雕、石雕，远销欧美的传统花边，独具匠心的泰顺车木玩具……传统工艺，令人陶醉。

［乡间草纸作坊：水碓捣纸浆；河边洗浆；纸浆成型。叠印蔡伦画像。
［现代化造纸厂，机器倾吐产品。叠印起落的水碓。

闻名遐迩的温州草纸也是用手工制作的。像这样的草纸作坊，在温州乡间比比皆是，原始的生产工艺，使人想起了造纸术的创始人蔡伦。尽管现代化的造纸厂已经不少，可简陋的造纸作坊却以其古老的魅力照样存在。

2006年完成的洞头半岛工程,把洞头岛与大陆连了起来。

［乡间爆竹、烟花作坊。

［腾空而起的绚丽烟花。

使人想到中国古老文明的还有这些爆竹、烟花制造工艺。别看这里设备简陋,生产的却是创汇产品呢。当这些烟花在大洋彼岸的异国他乡腾空而起的时候,古老的中国四大发明又一次向世界绽开了绚丽的新花。

一边是古老的传统,一边是不可避免地到来的现代化——显然,在这两种不同节奏的生产方式之间,就存在着我们所说的"强反差"。

［骑摩托的青年。"菲亚特"车队。敲打电脑键盘的双手。飞云江大桥工地的吊车及司机。

说到"强反差",其实,最能体现强反差的,恐怕还要数这些强反差的制造者本身。在这些温州人身上,我们看到的是一种特有的风采和性格。

温州,温州

温州交通不便的状况早已一去不复返。

[建在防空洞里的电子器材厂。创业者陈其木。示波器信号。工厂大楼。资料：地球卫星运载火箭升空的镜头。

他叫陈其木，一个不甘平庸的人。七年前，在一个又黑又潮的防空洞里，他和伙伴们凑钱办了一个电子器材厂。创业艰难，要冒风险，可他不怕，从一开始就瞄准了尖端产品。几年过去，电子器材厂崛起了，不少产品填补了国家空白，被送到国际上展出，甚至在我国第一颗地球同步卫星发射时，地面控制站中也有他们生产的某个关键部件。

好多的温州人都是这种不甘平庸的人。他们聪明、敏感,具有强烈的竞争意识和炽热的创业追求,敢于冒险和标新立异。从这一点说,他们不愧为具有现代观念的忙忙碌碌的现代人。

［春节舞滚龙、放爆竹。清明扫墓,烧纸钱。划龙舟。包粽子。小孩身上挂的"香袋"。吃芥菜饭。做清明饼。中秋拜月……

可是,温州人并不割断自己的根。他们一直因袭着许多古老的风俗。

温州人的传统节日好像特别多。像春节、端午、中秋这些大节日自不必说,就是一些小的节日习俗,像二月二吃芥菜饭、清明节吃清明饼、立夏日吃蚕豆、冬至吃汤圆、立春吃红枣红豆之类,也一直被人们保持着。

［县前头汤圆店。汤圆特写。恋人们双双对对吃汤圆。

提起汤圆,温州人以它表达美好愿望的时候可真不少。不但订婚、结婚和碰上别的喜事时要和亲友们一起吃汤圆,就连乔迁新居,都要给左邻右舍送汤圆,以表示希望与邻居和睦相处。怪不得这家老字号汤圆店的生意这么好,怪不得这里的恋人这么多!

［大红喜字。婚礼风俗:"踏红"、吃同心汤圆、婚宴。

爱情的果实熟了,该举行婚礼了。温州的婚礼,规矩和讲究特别多。

这叫"踏红"。表示去邪消灾,今后日子过得红火。

陪娘加上新娘的数字要正好成双,爆竹的响声也要成双。甚至连新郎敬烟也要成双地敬。

婚宴也是有程式的。四个双拼冷盘,中间十二个大菜,叫作"双拼十二

温州，温州

碟"，外加4拼点心水果。在新娘席上，须摆龙凤拼盘。

［乡间送嫁的队伍，用扁担抬着的嫁妆、家具。河道上送嫁的机动船。
［新房。小家庭。

农村的婚礼就更热闹了。这支送嫁的队伍，天刚大亮就出发了。按照乡间风俗，新娘还陪嫁家具呢。

婚礼过后，一个小家庭诞生了。小两口不仅互敬互爱，还尽心孝敬父母。

［一个四世同堂之家的团圆饭。
［家庭寿宴。寿桃及戏曲面人。寿桃师傅做寿桃，捏戏曲面人。

节假日，当子女的总要去和父母相聚。这个四世同堂之家，充满了天伦之乐。

遇上父母长辈的寿辰，子女们都争着来拜寿。这些寿桃寿果，代表了后辈人的孝心。

寿桃寿果都是特意请寿桃师傅定做的。这些师傅们手艺高超，别说小孩，就是大人们见了这些面人都爱不释手呢。

［妙古寺，江心寺，仙岩寺，香火旺盛。地动山摇的"蒙山"大典。路边地角，用砖头砌的小佛龛。
［雁荡山观音洞，有男女青年在求签诗。教堂，信徒们做礼拜。

对于一些老人来说，信奉佛教是一大乐事。

至于古刹寺院有什么佛事活动，善男信女们则更是蜂拥而至了。

除了妙古寺、江心寺、仙岩寺的香火也很盛。即便是这些路边地头的"袖珍小店"，香火也是整日不绝的。

在这样的氛围里，就是不信佛的青年们也忍不住要求上一纸签诗玩玩。这个姑娘高兴了，她求了一个上上签。这个小伙发愣了，他是求了不好的签吗？

朋友，一个小玩笑，可别往心里去！佛教劝人为善，讲因果报应，只要正正直直做人，好运气会等着你！

也有一些人是信天主教、基督教的。同样，这里也很热闹。

［走向大剧院的观众。舞台上的瓯剧小戏。
［弄堂内，鼓词艺人表演温州鼓词。在家听鼓词录音的老人。

温州是南戏的发祥地，所以地方剧种瓯剧、和剧、永嘉昆剧以及温州鼓词很受欢迎。

洞头区，雄伟壮观的半屏山。

温州,温州

　　［社戏。戏台下入迷的观众和叫卖零食的小贩。

　　而最让人感到有味的还是这种在村边地头设台的社戏。置身这种环境,可以倍感民风的淳朴可亲。

　　［舞台上的现代舞蹈。"红歌星"的演出。如痴如狂地鼓掌、跺脚的青年观众。

　　在爱好兴趣上,青年人有时却不一样。他们喜欢现代歌舞、现代音乐。使他们入迷的,是那些走红的歌星,是迪斯科、霹雳舞、太空舞……

诗情画意楠溪江。(李国洪　摄)

〔节奏强烈的迪斯科舞曲中，大街上的人流。

这并不要紧。旧曲也罢，新歌也罢，只要是从心底唱出的，便都是动人的。这些温州人啊，在他们身上，我们看到的不但是一种"强反差"，而且还有这种反差的和谐统一！

或许，这就是温州给人的最初印象？

第二集　城乡齐飞

〔大树落叶。镜头由大树拉为雁荡山灵岩风光，复叠化为楠溪江秀色。

中国有句古话，叫"叶落归根"。可是，对于那些身处异乡的温州人来说，他们往往等不及"叶落"之时，便急切盼望"归根"了。

这是为什么？原因自然是多方面的，譬如：对家乡的思念，对家人的思念……但是，其中一个重要的原因是：在温州，生活确实太方便了。

〔菜市场，万头攒动。货源丰富充足的鱼摊：黄鱼、带鱼、马鲛、墨鱼、鲳鱼、对虾……

〔大海，渔船起网。鲜鱼满仓。

〔市场上的蛏子、银蛤、海蛎、跳鱼、蠘蜅……

〔一望无际的海涂。种蛤的人们。

俗话说，靠山吃山，靠海吃海。温州既靠山又靠海，温州人的口福是可想而知的。

黄鱼、带鱼、墨鱼、马鲛、鲳鱼、梭子蟹、对虾出于大海；

温州的奥康集团已经连续八年入榜"中国民营企业500强"。

蛏子、银蛤、海蛎、跳鱼，还有肥美的蟢蜂产于海涂……

[市场上的子鲚。江心屿前捕子鲚的小舢板。油炸子鲚。

[市场上的"虾蛄弹"（皮皮虾）。

这叫子鲚，就是带籽的凤尾鱼。据说只有江心屿附近的江里才有。温州人习惯用油炸了来吃，那味道是极好的。

这是什么？哦，这叫"虾蛄弹"，也产于大海。别看它样子难看，吃起来可鲜呢。

[水果土特产：柑桔、杨梅、橄榄、菱角。

[繁华的菜市场。欢悦的主妇们在买菜。

[烧鹅、海参、鱼皮、虾仁、敲鱼、饺子、肉燕……

除了海产，温州还有丰富的水果资源，一年到头，市场上总是水果不断。难怪有人说，在温州，只要有钱，什么东西都可以买到。

不仅买得到，而且方便。好些东西已经加工成成品、半成品了。海参、鱼皮已替你发好了；虾仁已替你剥了壳。这是敲鱼，温州的特色名菜，就是用淀粉将鱼肉敲成"鱼面"。只要买回去一煮，就可以上席了……这不是北方的饺子吗？这不是福建名菜肉燕吗？什么时候也被温州人"引进"到自己餐桌上来了？

［敲鱼下锅，上席——这是在一次丰盛的家宴上。

可别说，还真是方便。即使是临时来了客人，从采购到开宴，也用不了多少时间。

20 世纪 80 年代，柳市电器市场在改革开放春风中应运而生。

温州，温州

　　［南洋酒楼等大餐厅。信河街的个体餐馆群。

　　［国家特一级厨师金次凡制作菜肴。翻动的《中国菜谱》。

　　［小餐馆服务员向顾客递热毛巾。服务员送菜上门。

　　假如你嫌麻烦，也可以带客人上餐馆酒楼去。你不必担心，这里不存在别的城市里的那种"吃饭难"问题，因为除了这些大餐厅，还有许多随处可见的个体小餐馆。温州厨师饮誉海内外，被收进中国菜谱的温州菜就有60多个，不管是在大酒楼还是小餐馆，你都可以大享口福而且受到一流的服务。有的餐馆，还能按你的意愿送菜上门。

　　［私人旅馆招牌。私人烟酒店里的高档烟酒。个体时装店。个体美发厅。

　　［奔跑的微型"菲亚特"出租车。乘客招手上车。

　　除了私人餐馆，温州还有大量遍地开花的私人旅馆、商店、成衣店、美发厅……就连公路上跑的长途客车和大街上跑的出租车、微型车，也有大部分是私人的。据统计，这里的个体经济总产值，占了全市经济总产值的很大比例。

　　［行走的老人。他走进大简巷的一家本装裁缝店。

　　［寿衣店。

　　当然，也许有时也有例外。这位老人想做一件本装衣裳，可是，大街上怎么就找不到一家能做本装的成衣铺？

　　哦，像这样的本装，现在不流行了，几乎没人穿了。不过别急，在偏僻的小巷里，你仍然可以找到这样的本装店。

20世纪80年代,行驶在温州大街小巷的菲亚特126P出租车。(孙守庄 摄)

不但有本装店,还有寿衣店呢。专门卖老人百年之后用的寿衣、寿被的。这种小店,不可能与那些时装店去争繁华地段,当然也只能开在小巷里。这也叫经济意识吧。

[建材商店。装饰材料商店。鼓楼、仓桥家具街。西门木料市场,顾客在选购。

确实,在温州人的脑子里,这种经济意识是无时不在的。这几年,搬迁新房的人多了,于是,顷刻之间,大街上马上就冒出了一大批这样的专业商店。这是卖建筑材料的;这是卖装饰材料的;这是自发形成的家具街;这是自发形成的木

温州，温州

料市场，在这里，店主早已将木头锯成了各种规格的板料，顾客只要"按图索骥"就行了……

[保姆介绍所。"送人妈"招牌。

除了商品市场，温州还有一个庞大的劳务市场。你家里需要一个干活的帮手吗？你可以到保姆介绍所去找。在这里，有很多这样的介绍所。

"送人妈"？这是什么意思？这是温州土话，就是负责向人推送保姆的大婶。哦，原来是私营的保姆介绍所！

[南门桥上待聘的泥水匠、木匠及光顾的雇主。

你家里要盖房子或者修理房子吗？你可以到这个市场去，这里有的是待聘的木匠、泥水匠，你只要招呼一声就行了……

难怪别处的人们提起温州便要津津乐道，这确实是个很有活力的城市呀。

[农村的田野。各地来的参观团。外国记者在拍照。刊载在各种外文报章上的照片。

可是温州的人们更愿意谈论他们的农村，似乎那里有更多的奇迹。

确实有更多的奇迹。否则，为什么会有这么多的参观团从全国各地不远千里，潮水般涌来？为什么会有这么多外国记者又是拍电视，又是写文章的，争先恐后地在世界上拼命宣扬？

[白云山。桥头镇远眺。繁荣的纽扣市场。纽扣的"海洋"，外地采购员将纽扣装进提包。

〔广告牌:"君临一次桥头,胜过跑遍全国。"桥头镇新貌:旅店、饮食店、成队的班车。〕

这个藏身山沟沟里的小镇,可以说就是一个这样的奇迹。小镇名叫桥头,原来只是一个偏僻落后,交通很不方便的地方。如今,这里万商云集,车水马龙,被香港报纸誉为"东方第一纽扣市场"。

漫步在纽扣的"海洋"中,你才会觉得这"东方第一纽扣市场"的赞誉并非夸张。这里有1300多个纽扣摊位,经营着12大类共1400多个品种的纽扣。可以说,这里集中了全国各地的纽扣精华,一个外地的采购员只要到这里走一趟,便可以采购到他所需要的所有纽扣,真是"君临一次桥头,胜过跑遍全国"!连一位法国经销商也说:"法国国王路易十四用12万法郎制成的王袍,饰有12000颗各式纽扣,法国人把它当作纽扣大成,如果放到桥头,就没那么有光彩了。"

太不可思议了!要不是亲眼所见,谁又能在山沟小镇和"东方第一纽扣市场"之间划上等号!这个奇迹,是怎样创造的?

〔贫瘠的山地,静静流淌的茹溪。奔走的弹棉郎剪影。他们辛苦弹棉。〕

是逼出来的——桥头的农民兄弟回答说。这话不假。这儿人多地少,每人平均只有2分8厘耕地,世世代代要靠外出弹棉挣钱糊口。"桥头弹棉郎,挑担走四方",这古老的歌谣,唱出了他们心头多少忧伤!

〔叶克林、叶克春在纽扣市场。〕

可是,正是因为人多地少,正是因为贫穷落后,才逼使桥头人拿起纽扣去开启富裕之门。

据说,最先从事纽扣购销生意的是弹棉郎叶克林、叶克春。有一次,他们趁

温州，温州

1988 年，被誉为"东方第一纽扣市场"的永嘉桥头钮扣市场。

外出弹棉之便，从外地贩了些纽扣带回桥头来卖，居然既好销又赚钱。消息传开，人们纷纷效仿，由弹棉郎变为供销员，桥头小街上也逐渐形成了一个自发的纽扣市场。截至1986年，这个市场的纽扣年吞吐量已达44亿颗，年成交额已达1.7亿元。

［蓝天白云。农民们新盖的房子。房内陈设。

［繁忙的纽扣工厂。

小小纽扣，富了桥头镇的千家万户。现在，镇上高楼林立，家家都过上了富足的日子。全镇还办起家庭纽扣厂130多家，集体纽扣厂130多家，走上了产销结合的道路。

和桥头一样，人多地少的矛盾也是整个温州农村的普遍矛盾。同样地，也是这种矛盾，迫使着各乡各村的农民兄弟们闯出了各自不同的发展家庭工业的道路。

［金乡北城门。老街旁的店铺。色彩鲜艳的标牌、徽章、商标、塑片制品、工艺品。一店主放下活计"缠住"顾客做生意。

这是苍南县的金乡，原来是以讨饭闻名的偏僻穷镇。现在，是闻名遐迩的徽章、塑片产销基地。

走进爬满青藤的北城门，像是来到了一个超级市场，一股商业气息扑面而来。

这里主要生产铝制标牌、塑片制品、塑膜卡片、涤纶商标四大类小商品，品种达1500多种，产品覆盖29个省、市、自治区。

像这样的小店，全镇有2900家之多。从这种热情中，你可以看到金乡人是多么会做生意。

［此起彼伏的叮当声。各家各户在用锤子和小冲床冲徽章。

［各种名牌大学校徽。各省市的自行车牌照。

苍南人有话："走进金乡镇，锤子叮当响。"哦，原来是各家各户在做

温州，温州

工呀！

嗬，来这儿订做校徽的，还都是些名牌大学呢。还有，那么多的自行车牌！

对，别看金乡小，生产的铝质商杯、标牌和校徽却占全国的50%呢。他们是凭什么神通，从全国揽了这么多的活计？

〔绿树掩映的农居——家庭工厂。忙碌的生产场面。考究的室内布置。

怪不得家家都盖起了楼房，怪不得家家都那么富！有这样能干的人，还愁金乡不成"金子之乡"？

〔宜山码头，数百只满载着再生腈纶纱和再生腈纶衣裤的小河船。田间小径上，挑运产品的人群。再生纱和再生衣裤交易市场。

在离开金乡不远的宜山区，却又是一个不同的商品生产基地。这里，没有高大的厂房，却生产了1.5亿件腈纶衣裤；这里，没花国家一分钱，也没有招一个工人，每年却生产出了可绕地球一周半的300万匹再生布……

原来，所有这些财富，也都是由这一家一户的小工厂生产出来的。原来，这里就是全国瞩目的宜山再生腈纶纺织品产销基地。

〔开花机。纺纱机。织布机。纺织能手织布。腈纶边角料，变成再生纱，再变成再生衣裤……

这些聪明的宜山人哪，他们竟能用腈纶边角料重新纺成纱、织成布、做成衣裤！他们每年"吃进"3000万斤腈纶边角料，这个数字，相当于30万亩棉田生产的棉花。可别说，这些产品还挺受人欢迎呢。可想而知，宜山人也富了……

〔电器五金产销基地柳市、白象。塘下、莘塍综合工业产销基地。仙降塑革鞋产销基地。腾蛟商品产销基地。钱库综合商业市场。虹桥综合农贸市场。（均加字幕）

当然，要说富，恐怕更富的还是乐清县的柳市、白象、虹桥。那里，都是非常出名的电器五金产销基地。还有瑞安的塘下、莘塍、仙降，乐清的虹桥，平阳的腾蛟，苍南的钱库……每一处，都是一个与众不同的产销基地，一个独特的专业市场。

2000年，苍南县龙港镇一个劳动力市场。（萧云集 摄）

温州，温州

鞋城温州生产的皮鞋在国内外都很受欢迎。

今日温州农村，田野上到处可以听见隆隆的机器声。今日温州农民，也不再是昨天那些"面朝地背朝天"的种田汉了，他们已经突破了千百年来农村以农为主的"主农型"传统产业结构。他们之中，已经涌现了许多企业家、经营家。

［农民企业家叶文贵带着工人们走来。他走过压膜厂、包装材料厂生产线。他在观察纤维蛋白源凝血仪。

被人称为"办厂能手"的农民企业家叶文贵今年刚31岁。他七年来先后办了五个工厂，而且办一个成一个，产品也一个比一个新。他先是与人合股办了轧铝厂，接着又拿出几年里积蓄的十多万元钱同人合股办厂，利用边角废料生产薄膜和塑料，后来又把全家准备来建新房的14万元拿来与人合资，凑了30万元办起压膜厂。他和股东们约定：三年不分红，用利润扩大再生产。他还与上海医科大学合作，办了个微机仪器厂，生产纤维蛋白源凝血仪。又和几十人合股，投资123万元，兴办具有先进水平的包装材料厂，生产无毒透明片。

〔叶文贵与来宾交谈。报章杂志上报道他的文章。

叶文贵貌不惊人，可他的名声冲出了市界省界。他的会客室里，几乎每天都有前来参观的外地来客。慕名来厂考察的加拿大教授鲍勃惠跷起大拇指说："在中国农村，想不到有你这样的人！"

〔一双匆匆奔走着的、穿着人字拖鞋的脚。

鲍勃惠教授也许更想不到，在温州农村，像叶文贵这样的企业家还真不在少数！

在鳌江边上的这个百年老镇，人们都很熟悉这双人字拖鞋。别看这人字拖鞋早已过时，也别看这拖鞋的主人其貌不扬，可他的名字在鳌江却家喻户晓。他叫柳上淡，乡亲们都叫他阿淡。

〔柳上淡的起重机械厂。生产场面。启运的产品。
〔柳上淡驾驶吉普车前行。

阿淡1983年与七八个人合资买来生产卷扬机的全套设备，办起了平阳建筑起重机械厂。对于阿淡的举动，亲友们起初并不理解。私人拿钱办工厂，这多冒险呀！可阿淡认为："不搞事业心里不踏实！"他还是"一意孤行"干了起来。

阿淡办厂，有一套自己的办法。他承接业务的原则是：先试用，行，寄货款；不行，退产品。这使他赢得了客户，打开了产品销路。建厂当年，工厂就创下了18万元的产值；第二年，便跃到118万元；第三年，又猛升到382万元……

温州，温州

柳上淡，这个不怕冒风险的汉子，他在创造奇迹。

［柳知春的柳市乐清船用配件厂。三种钢管接头产品。

奇迹也发生在乐清县柳市区的这个小厂中。这个小厂，竟然造出了那些大厂多年未能研制出来的三种钢管接头，填补了国家的一项空白。

事情得从这个合股小厂的厂长柳知春说起。由于一个偶然的机会，听说造船业上用量较大的几种钢管接头因为技术难度大而要依靠国外进口，他的心里，便萌发了"闯难关，填空白"的念头。

［简陋的胡氏宗祠——柳知春的生产车间。满地报废的模具，坏了的鼓风机，空炭桶。

就是在这个地方，柳知春们开始了艰难的跋涉。

可是等待着他们的是失败、失败、再失败；是资金短缺，没钱买压机，没钱修鼓风机，甚至木炭用完了都没钱买……

柳知春没有趴下。他用三吨报废的钢材、上百次的失败、还有365个日日夜夜，换来了最后的胜利——他和大家终于成功地创制了独特的模具，将三种钢管接头挤压制造成功了。

［专家鉴定会照片。

1986年7月，60位船舶专家聚集温州召开鉴定会。专家们的评语说：这三项新产品，"为中国船舶管系配套填补了空白，达到国外80年代同类产品水平"。

柳知春，一个有意思的名字———片柳叶，也可以知春……

〔风和日丽，满目春色。

是的，一片柳叶，也可以知春。那么，成千成万片柳叶呢，成千成万个像柳知春那样的农民企业家呢，是不是会使温州农村更有魅力？怪不得经济学家们要把这种"以家庭经营为基础，以家庭工业和联户工业为支柱，以农民购销员为骨干，以专业市场为依托"的经济格局称为"温州模式"，大力加以推崇！

〔龙港远眺。崭新的楼房、街景。对比穿插旧时渔村照片。

说到魅力，我们不能不向大家介绍这样一处充满着魅力的地方。她，就是中国第一座农民城——龙港。

农民城？这真的会是一座农民城吗？没错，她确实是那些先富起来的农民集资1.33亿元，在两年时间里建起来的。住在这儿的，确实都是那些昨天的农民。

走在这样的街道上，你能想见三年前的龙港是个什么样子吗？哦，那时，这里还是一个被滩涂包裹着的破落渔村，叫方岩下。只是因为这里是"江南"四区北上鳌江、温州的渡口，才有一条狭窄的小道穿林而过。民谚说："方岩下，方岩下，只见人流过，不见人住下"。当时的方岩下，晚上无电灯，广播听不见，江边杂草生，满目尽荒凉。

然而三年后的今天，这里高楼林立，街道纵横，崛起了一个崭新的城市。面对此情此景，外来的参观者们实在搞不清楚，这里究竟算城市，还是算农村？

让我们还是登上这些高楼，随意拜访几个房主人吧。

〔方崇钿家——一幢七层楼房。楼房内外。底楼的酒楼招牌。

他叫方崇钿，原来是宜山的农民，现在是这家酒楼的"老板"。

温州，温州

　　［采访方崇钿："这七层楼全是你家的？""是的。""你在老家是做什么的？""当农民，种田。""你觉得龙港好吗？""这是我们农民自己的城，当然好啊！"

　　［走进杨宗好的家。沿着楼梯而上，拍摄每一层房间，还有杨宗好一家人的热情笑脸。

　　杨宗好的家，也是一幢很高的楼。站在最高层上，整个龙港农民城尽在眼底。房主人说，要是天气好，他还能看得见老家那边的河呢。与方崇钿一样，他也是农民出身的"老板"。

　　［龙港之夜。一个个灯火辉煌的窗口。

　　在龙港，像方崇钿、杨宗好这样的农民企业家很多很多。可以说，在这里，每一个窗口内都是一个富起来的农家。

　　从龙港看温州农村，从温州农村看温州城乡，我们发现，到处都有令人感到新鲜、感到振奋的事情。

　　［生机盎然的农村。热火朝天的城市。

　　不管在农村，在城市，你都可以听到温州人匆匆的脚步声。他们正在努力，正在奋飞。

　　他们正满怀信心地谱写城乡交响诗；他们正满怀信心地开创自己的新生活！

第三集　生活台阶

　　［一组年轻人的生活剪影。

　　说起温州人，就不能不说说温州的年轻人。

　　温州的年轻人的人数占人口总数的比例似乎比别的地方要大，否则，在大街，在工厂单位，怎么尽是他们的身影？

　　温州的小伙子豪爽大方。温州的姑娘呢？用一位作家的话说，其美"实为全国之冠"。

　　［梳妆打扮的姑娘们。"名牌""正宗××"广告牌。

　　［两种价格悬殊的羊毛衫。女青年买衣。

　　［皮鞋店柜台内的皮鞋。

　　青年们都知道这一点，所以都变着法儿打扮自己，不但追求时装的款式新颖，还讲究买名牌货、正宗货。

　　这件羊毛衫才卖几十元，这件羊毛衫却要卖1000元。而她，经过思索，掏钱买走了1000元一件的。

　　在这里，这种价格高于普通皮鞋十多倍的高级皮鞋一直销路很好。

　　［姑娘们颈上的项链。纤手上的戒指。

　　［生意场上的男青年。

　　"这是一种心理。"这些年轻人坦然地解释说，"赶时髦就是不能落伍，干什么都要赶时髦，穿衣服、盖房子、办工厂、开拓新产品，哪一样落后了也

温州，温州

不行。"

由于这种强烈的竞争意识，也由于头脑里很少有框框，所以在"温州模式"的形成过程中，温州青年一直起着重要作用。

[迎着镜头走来的方培林。"方兴钱庄"招牌。方兴钱庄的经营实况。

钱库的人们都愿意对人讲方培林和他的"方兴钱庄"的故事。这个方培林。他是温州、也是全国第一个从事个体金融业的人。

第一个吃螃蟹的人是需要有一点勇气的。他以自己的独特办法来办钱庄，营业时间不受上下班的限制。每天24小时，随时存取、借贷，即使凌晨三四点钟，要贷款的人也可以把他从睡梦中唤醒。钱款的周转水平，高得连专家们也叹服。

[狂风中的大树。

方兴钱庄为古镇钱库以及附近区镇的商品经济发展解决了资金上的燃眉之急，可是也招致了一些习惯于走老路的人的非议，连上级银行部门也干预说："不准搞私人金融机构！"

[搁在墙角的招牌。

风波迭起。在不到一年半的时间里，钱庄一次次地挂牌、摘牌、再挂牌、又再摘牌。命运可谓坎坷。可方培林从不气馁，他千方百计，据理力争，而且预言：钱庄还会中兴的！

[大街上，更多钱庄、私人信用社的牌子。

社会毕竟是前进的，方培林的预言终于实现了。现在，不但方兴钱庄第三次挂出了牌子，而且在温州，又出现了许多私人金融机构，他们都得到了包括银行在内的社会的承认。此时此刻，人们不会忘记方培林为此所作的努力。

[宜山镇街景。"森力山"针织内衣厂大门。

[林氏三兄弟在商量业务情况。琳琅满目的腈纶针织内衣产品。

在宜山，人们则记得一个创业人——"森力人"。

"森力人"其实不是一个人。而是兄弟三个人：老大林维森，32岁；老二林维力，31岁；老三林维人，29岁。五年前，兄弟三人集资19000元，办起了苍南县森力人针织内衣厂，生产腈纶针织内衣。

作为一个户办厂，森力人的起步维艰。有人说："办针织厂，设备投资多，流动资金大，靠你们家庭的能力，吃得消吗？"可三兄弟认为，看准了的事就要坚决干到底。他们在家庭内部进行专业分工，分头负责抓产品推销、生产管理和质量验收，决心以严格而灵活的经营管理方式和"质高价廉"的措施，与针织大厂争一高低。他们终于成功了！森力人的产品受到了广泛的欢迎，全厂年产值很快从建厂时的16万元上升到130多万元，现在已能生产31个品种、161个规格的针织内衣，与全国130多个县级百货站建立了业务关系。

["森力人"职工投票选举厂长（照片）。新任副厂长曹梅玲。

"森力人"的管理人员本来全由三兄弟和三妯娌担任。随着生产的发展，他们感到这种家族式的管理不能适应企业发展的要求，于是让全厂职工投票，民主选举管理人员。选举结果，一位22岁的女工当选了副厂长。一个家庭工厂竟请职工当厂长，这个消息自然引起了新闻界的极大兴趣，不用说，林氏三兄弟又比别人先走了一步。

温州人1987年就办起了私人运输公司，开通了夕发朝至的国内长途客运班线。（萧云集　摄）

1997年，温州的一个运输个体户。（萧云集　摄）

［环城东路夜市上的地摊。

温州青年还有一个特点，就是脑子里很少有那种轻商抑商的旧观念。他们认为：自视清高而口袋空空，并不是光荣；凭自己的力气，用正当的手法做生意赚钱，并没有什么不光荣。这一点，与外地一些青年颇有些不同。

［木杓巷市场。青年摊主叶永国。

在市区木杓巷、铁井栏等四个小商品市场，活跃着1000多位个体户，他们大多是参加高考落第的青年。在这里设摊，市场竞争激烈，行情变化莫测，不仅要夏冒酷暑冬迎寒风守着摊子，还要天南海北闯江湖跑码头组织货源，辛苦程度是可想而知的。这位小百货摊的主人，他每天三顿饭是这样的：清晨吃碗泡饭，就得推着货车上路；到了中午，端着饭盒到附近小店花几毛钱买碗面或饭菜将就算一顿；只有晚饭，才能和家人一起，吃得安逸些。

也许，唯有紧张的生活节奏，唯有忙碌辛劳，才使个体户们的生活变得丰富有趣？

不凡的经历和业绩，使南存辉成为世人公认的"浙南模式"的积极探索者和杰出代表，被誉为"中国新兴民企代言人"。

温州，温州

［木杓巷，鲍玲秋与她的挂满了衣裤样品的摊位。摊位上的奖状：自主自强。

不过，也不是所有人都没有犹豫的时候。这位戴眼镜的姑娘看上去太不像个生意人了，她过去做梦也没有想到，自己会站在这里摆摊子。上高中的时候，她只有"大学梦""文学梦"，她有好多特长，唯独没有做生意的特长。第一次出摊，她怕遇上过去的同学和老师，害羞地躲在衣裤后面不敢露面……

但那只是最初时的情景而已。今天的女摊主，早已不是昨天那种模样了。在商品经济这座大学中，青年们不但学会了做生意，也真正学会了四个字：自主自强。

［"百新录像制作服务部"。陈百新在寿宴上为顾客摄像。

温州青年还有一个特点："不安分"。这家录像服务部的"老板"陈百新就是这么一个"不安份"的年轻人。

陈百新原来叫陈百申，为了勉励自己不断创新，他把"申"字改成了"新"字。他本来是搞个体摄影的，温州市第一家彩照冲洗经营部就是他投资创办的。后来，市里的彩照冲洗服务部一个个冒了出来，他便带上所有设备，只身打道数千里之外的陕西咸阳，与当地人联营，在那儿开了第一家彩照扩印部。再后来，他见温州市除了电视台之外，尚无一家制作录像资料的单位，于是又自学录像技术，购置录像设备，办起了这个个体录像制作服务部。

［苏建华的"电脑征婚服务部"。电脑上显示的征婚资料。

有独无偶，有"不安分"的小伙子，便有"不安分"的姑娘。

这个"电脑征婚服务部"里顾客盈门。可有谁能想到，这个服务部的经理竟是一个21岁的小姑娘？

〔采访苏建华:"听说你高中毕业后放弃了高考,创办了这个电脑征婚服务部。你是怎么想的?""我想,我适合办电脑征婚服务部,所以就选择了这一个。""这么说,你要长期干这个罗?""那可不一定,也许经过一段时间的实践,我发现自己当公关小姐或搞服装设计更合适,我就关掉征婚服务部,再作新的选择。"

〔东风信息服务社,姜洪涛和他的学生们在埋头整理报纸资料。

〔打字机打字。一期期《信息缩编资料》问世。

也是一群"不安分"的青年,他们却选择了一份最"安分"的事业。

他们10个人,原来都在一所业余夜校里学文学,是因为受新技术革命浪潮的

18集电视连续剧《喂,菲亚特》剧照。

温州，温州

鼓舞，他们在老师姜洪涛的带领下，亮出了"东风信息服务社"的旗号。就在这个不过10平方米的斗室里，他们从几百份报纸中筛选出大量的国内外经济信息，加以分类处理，定期编印《全国权威报纸信息分类缩编资料》，向全国征订。

青年，有青年的朝气；青年，有青年的前途。可别小看这个小弄堂中的服务社，它在全国的名气可不小。它的存在价值，早已远远超出了"做生意"的范畴。

〔旋转的舞场彩灯，翩翩起舞的年轻人。旱冰场上摔倒的小伙。青年们游泳，骑马，摄影，观看书法展览……

〔黄益冬服装学馆，认真的学员。大街上的新颖时装。

拼命地工作，也拼命地享受——温州的青年喜欢这句话。工作和赚钱之余，他们都"变着法子"玩乐，尽量使生活丰富、充实一些。

这一家家舞场，天天都是满场的。

南方不结冰，只好滑旱冰。即使摔得生疼，也很过瘾。

游泳池除了锻炼，还增添了谈情说爱的功能。

新兴的跑马活动备受欢迎。连姑娘都想当当假小子，受受刺激。

也有人迷上了摄影、书法。

还有一些姑娘，把时间花在了打扮上。这些服装学馆学员满座，前来学习的人，并不是都想在毕业后都去开时装店的。很多人的目的，只是想好好打扮自己而已。

〔时装大奖赛"忆江南"等获奖作品。鹿城区个体户时装表演队在省城表演。

好些外地人纳闷,温州姑娘的漂亮时装都是从哪儿买的?秘密是:有好多是她们自己设计的。

市里举办过多次时装大奖赛。参赛者真是多得不得了。这件获得一等奖的"忆江南"连衣裙是个体户王丛丛设计的,去年,她负责组织的一个时装表演队在省城可是大出了一番风头。

[在家里炒菜的小伙子。年轻人们举杯。

温州青年的享受自然少不了一个"吃"字。据说,温州的青年小伙子和姑娘们很少有人不会做菜的。别小看了这一手,这里也有文化因素呢。别小看了"吃",这也是公关,社交的一种形式呢。

[雁荡山的峰、洞、瀑。南雁荡山。楠溪江。仙岩梅雨潭。瑶溪。
[洞头海滩,逐波追浪的年轻人。篝火晚会。帐篷情话。

青年人的"旅游热"经久不衰。这也难怪,温州的山水太美了。

南北雁荡山,名冠天下;

旖旎的楠溪江,可与漓江媲美;

仙岩梅雨潭,因为朱自清的名著《绿》而蜚声;

龙湾的瑶溪,俨然又是一个"世外桃源"……

不过,对于年轻人来说,他们最愿意去的,还是洞头的海滩。这篝火,这帐篷,是多么浪漫而有诗意呵。

[雁荡山道上的老人。舞场中的老人。选购时装的老人。大街上,打扮入时的老人。

温州,温州

　　迷恋于好山好水的,当然也不仅仅是年轻人。这山道上,白发老人也多着呢。这位老人,他每年都要来一次雁荡山。他说,这山青年们爬得,我就爬不得?岂止是爬山,别的青年人玩的地方,他们也要去玩一玩。
　　你猜这位老人有多少岁了?63岁!看不出吧。
　　不仅是玩,在穿着打扮上,他们也很有新观念。"老来俏,十年少。"这一打扮,真的年轻了10岁。

来自世界各国的华文作家和媒体人参观温州。

[温州表带厂厂长吴秉新。晶莹夺目的表带。

当然,温州老年人最值得一提的,是他们干活时的老劲。

这位厂长,人称"不老的厂长"。五十六七的年纪,却没有一点旧的框框,办起企业来,颇有些大刀阔斧。是他,在这个厂面临困境的时候,毅然决定改产表带,并以国内最新工艺使产品在同行业的竞争中立于不败之地。

["宜山黄道婆"孙阿茶遗像。惠及千家万户的开花机、纺纱机。

宜山的乡亲们永远铭记着一位已故老人的造福之恩。

她叫孙阿茶。人们誉称她为"宜山黄道婆"。正是因为她与乡亲们一起改进了开花机和纺纱工艺,才使宜山人有可能利用腈纶边角料纺出优质再生腈纶纱来,才使宜山人有了今天的富裕日子。所以,当孙阿婆70岁因病去世时,人们都感到莫大悲恸。两个村的500台纺纱机和四十多台开花机停产一天表示哀悼,还有数百名农民自发前往送葬。

[叶其龙和儿子们在制作大观园模型。大观园造型特写:怡红院、潇湘馆、蘅芜苑、紫菱洲……

说到老人,我们不能不说说叶其龙老人。是他,带着儿子、儿媳们节衣缩食,含辛茹苦,关门苦造十几年,制作了这座惟妙惟肖的大观园模型。

大观园造型在上海、南京、广州、香港等数百个城市展出,引起了轰动。人们惊叹叶其龙的创造,称他为"东方腾飞的龙"。

[退休骨科专家郑九仪为患者诊疗。生产第一线的退休工程师。雁荡山导游老头。

温州，温州

"姜还是老的辣。"这些临床经验丰富的退休中医师，在人们的眼睛里无疑就是宝贝，遇到疑难病症，人们总要找到他们府上；

这些退了休的工程师、技术员，是企业用重金返聘的；

就连雁荡山道上的这些导游老人，生意也是特别的好。

对于一些家庭来说，老人们则是一棵"摇钱树"。他们每月的酬金再加上退休工资，往往要比子女们高上好几倍呢。

［活跃在第一线上的老一辈创业者们。

"老当益壮""宝刀不老"——好像应该用这样一些词语来形容温州的老年人们。虽然年岁渐大，体力已不如那些生龙活虎的年轻人了，但他们的心是年轻的。他们也像年轻人一样，不断给自己充电，积极接受新事物新观念，努力与时代同步，让生命之火为社会、为家乡、也为自己的家庭和子女继续燃烧。

［瓯江涨潮，浪涛拍岸。

［建筑工地，一幢幢高楼不断升高。

万丈高楼平地起。温州之路，是温州老老少少几代人用双脚趟出来的；蜚声海内外的"温州模式"，是他们用智慧和勇气创出来的！

［浪涛之上，叠印本集所介绍的老少两代人物的身影。

这些充满着朝气和锐气的青年人啊，这些同样是站在风口浪尖上的老一辈啊，其实，他们都只是些普普通通的人。可是，他们又何止是些普普通通的人！

第四集　志在天涯

〔东北某城市。中原某城市。

不论是在天南还是地北。人们现在都在谈论温州人。

〔邮电大楼电话间，好多打电话的人的近景。小山似的业务信。飞转的汽车轮。发往各地的货物。公路边"货到××"的牌子。银行，点钞机点钞。

有人说，如果要给温州人画像，他的漫画像应该是这样的：他的每一根头发都像无线电天线那样竖着，在一切时间、一切空间里捕捉信息。他那比电脑还灵的脑袋，把收到的信息闪电般进行运算、反馈，手足也随着飞快地活动起来，于是像雪花一样飘来的钱，就纷纷落到了他那好像装了磁石一般的口袋里……

好一幅生动的画像！虽然未免有些夸张，却也道出了温州人性格上的某些特征。

〔金乡镇鸟瞰。一家标牌，徽章专业户。

1977年，金乡。标牌、徽章专业户老许举着一张当天的报纸，兴冲冲地跑进厨房，对妻子说："孩子他妈，大学招生了！"妻子不解：虽说这是"文革"十年后首次恢复高考招生制度，可这同我们有什么相干？

当然相干啰，老许说，他从这里看到了一个发财机会：以全国招生40万计算，每人一枚校徽，加上教职员工，少说也有50万枚；以每枚2角5分计算，就是12.5万元的生意呀！老许说干就干，一边嘱咐妻子别漏风，一边就到高考招生办

温州，温州

公室要来各个大学的招生简章，用照相机拍录了每个学校的书写体校名，又让儿子躲在三楼秘密画好校徽设计稿，很快就向全国各所大学发出了整整三麻袋的业务信。

［各种招生简章。各种大学校徽。邮局人员给业务信盖戳。
［大学校园一角。

杭州，一所名牌大学的学生科。正当科长为找不到一家能够赶在开学前按时完成3000枚校徽的徽章工厂而搔头皮时，一纸信函从天而降。设计稿上校名书写体准确无误，征订单上的文字又投用户所好，科长喜出望外，高兴地说："快复信，订了！"

老许很快在店里的玻璃柜台里摆出了一枚枚精致漂亮的校徽样品。可他突然发现，在这条街上，很多家标牌厂也正在陆陆续续亮出不同大学的校徽！原来，"英雄所见略同"，想到发校徽财的并不止老许一个。

老许为未能独占50万枚校徽生意而快快不乐，可他很快又欣然了，因为毕竟他这一网下去，还是捞了一条盈利2000元的大鱼……

［洛阳牡丹花展。白纸黑字的花展门票。
［塑片工场的生产流程：设计、刻版印刷……彩色门票。牡丹锦簇。

河南洛阳，著名的牡丹之乡。一个从温州农村来的供销员赴河南出差，来到了这里，在参观牡丹展览时，他发现门票还是白纸黑字。这使他一惊：怎么这么难看？又使他一喜：赚钱的机会到了。他马上赶回温州，用金乡的塑片制作彩色门票，正面是洛阳牡丹花，背后是赵朴初的题词——洛阳牡丹甲天下。物美可与花展相称，赢得各方游客称心；价廉几与老式门票相当，使得办展单位满意。正式使用后大受欢迎,既为洛阳做了好事,也给自己赚了好一笔钱。

　　［油井高耸的大庆油田。废旧玻璃瓶、碎玻璃。
　　［文成大峃镇周村的玻璃纤维厂。王良栋等人与他们的玻璃纤维产品。

　　东北边疆的大庆油田。因为生产需要,这里在求购大量一米宽的玻璃纤维布。而这一规格的产品,在全国各地都是缺货。在文成县的一个偏僻村庄,农民王良栋因为一个偶然的机会,从他在大庆油田工作的侄女那里得到了这个信息。王良栋动开了念头,在与油田联系核实后,就同村里八个农民筹资45000元,建起了300多平方米的厂房,利用回收的玻璃废品为原料,购进五台玻璃拉丝机和12台玻璃丝编织机,招收了90多位工人,办了一个玻璃纤维厂,产品久俏不衰,既富了自己,也富了村人。

　　［全国各城市电话号簿。全国工商名录。
　　［一个专业户的"信息簿"。

　　这就是温州人!这就是头脑里充满了商品经济观念的温州人!他们千方百计地开辟自己的信息源,从各种信息中发现可以利用的机会并求得成功。对于他们,这些电话号簿、工商名录都成了宝贝。他们说,一个企业就是一个潜在的市场,多了解一个就等于多掌握一分财富。

　　看,这个专业户的"信息簿"上,已搜集了千万个企业。

　　［许方枢在翻阅报纸。他的经济信息所。他在发业务信。
　　［"核算券"和"仓库活动卡"。

　　报纸杂志,更是重要的信息源。

温州，温州

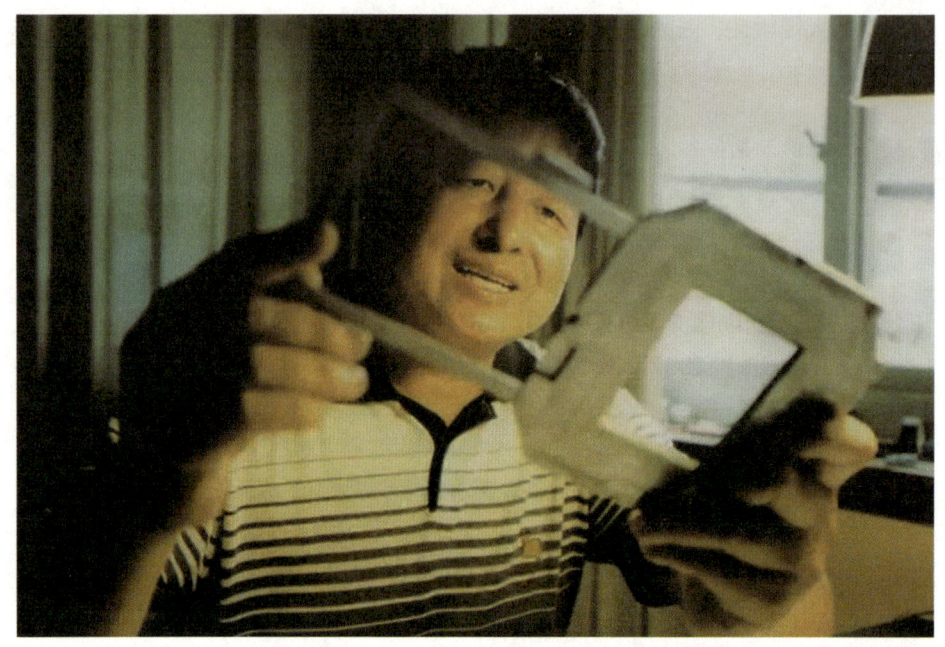

柳市"八大王"以自己的经历，述说了温州人在改革开放起步阶段的艰难。这是"八大王"之一——当年的"目录大王"叶建华。

他叫许方枢，曾和人合股从事塑片生产。后来，他有感于信息的重要，就把生产交给他人负责，自己和另外两人集中精力收集信息，办起了一个"经济信息所"。他最多时订了114种报刊，三个人每天从早到晚翻阅报纸，从中搜集各地工矿企业的情况，分析对方的需求。一次，他从报纸上得知河南发现一个金矿，认定这样的企业一定很讲究经济核算，就马上写信询问对方需不需要核算券，结果，一下子"找"来了六万张核算券的订货。还有一次，他从报上得知中国建设首座核电站的消息，觉得核电站的保障工作繁重，仓库肯定少不了，就发函联系并寄去样品，接来了一批"仓库活动卡"的业务……

〔资料镜头：内地发生水灾。宜山人往汽车上装腈纶衣裤。

还有电影电视，有时也能提供信息。宜山一个购销专业户从一则电视新闻中获知内地几个省闹水灾的消息，马上就想到宜山价廉物美的再生腈纶衣裤是最好的救灾物资，于是和人一道，将再生腈纶衣裤大批量地运销那几个省份，让这些再生腈纶衣裤成了当地的热门货。

好尖的眼睛，好精的脑瓜！就是凭着这样的眼睛和脑瓜，温州人在全国各个竞争激烈的市场上站住了脚跟。

〔北京甘家口商场附近，蔡华钢的小店。蔡华钢和他的妹妹。
〔北海。街上一位穿马裤的姑娘。小蔡敏捷的目光。缝纫车飞转。

这是北京海淀区的一处繁华地带。一个名叫蔡华钢的年轻人带着他的妹妹，在这里开了一家时装店。

小蔡是乐清虹桥人，高中毕业后没考上大学，在父亲的建议下，他"跳"到北京"闯世界"来了。

要想在北京立足，就得向北京人挑战。小蔡从未做过生意，他行吗？行，小蔡说。他不但从温州进货到北京去卖，还自己当"设计师"，让妹妹当"缝纫师"，大胆地设计加工起时装来。

那时候，马裤在北京还不流行。一天，小蔡在北海附近看到一位穿马裤的姑娘引起了许多行人的注意，从行人羡慕的目光里，小蔡捕捉到了市场将要变化的信息，他不惜冒险一跳，用自己全部资金购进一批布料，又请了一些帮手连夜赶制，在北京推出了马裤新款式。这冒险的一"跳"成功了，一周之内，他赚了1000元。

温州，温州

[北京西单商场外景，纽扣柜台。王永铮和他的弟兄们。

[纽扣柜前顾客盈门的景象。

这里是北京的西单商场，一个来自桥头镇的中年汉子带着桥头的500多种纽扣，承包了这里的纽扣柜台。

这个中年汉子名叫王永铮，原来是个弹棉郎，后来干过村办厂的供销员，又办过纽扣厂。他和另三个兄弟用战略目光选定了西单商场，投资17万元来打这场"阵地战"。农民企业家的魄力，桥头纽扣的花色品种，都令北京市民大开眼界。"阵地战"不过半年，营业额就达到18万元，开创了商场纽扣经营史上的新纪录！

[一支红笔，在全国地图上圈出一个又一个城市。

[武汉、长沙等地的商场。桥头的家中，王永铮遥控指挥。

王永铮的"阵地"，并不止一个西单商场。在天津、武汉、长沙、沈阳、长春、济南、南京、杭州、昆明、南宁等十多个大城市，他和他的亲友承包了二十多个中型商场的纽扣柜台。而他，一位昔日的农民，就坐镇括苍山麓，通过他的二百多位亲友，精心指挥着一场涉及全国的纽扣生意，把纽扣从桥头调到北京，又从北京调往东北、中原、西南……

[桥头纽扣市场。

[离家的桥头人与家人告别。

像王永铮这样外出承包柜台的，在桥头并不在少数。据统计，这个小镇共有三千多人，外出承包了200个大中小城市的纽扣柜台，出了一批"承包家族"。家族中一人坐镇桥头指挥，其他人分散到各地经营。一旦哪个点要货，信息一反馈过来，马上就在桥头采购、装箱、发运；如果A点缺货，B点有积压，就马上通知A点派人到B点提取……

3000人的承包队伍，一个不小的数字！可外出承包柜台还仅仅是桥头人外出搞购销活动的一小部分。同桥头购销员的总数12000人相比，3000人还只是个小数字。

12000人，这该是个大数字了吧？不，同全温州的购销员人数相比，这又成了一个小数字。

〔贴在长途车的各种指示文字："温州——上海""温州——杭州""温州——南京""温州——广州"……

〔镜头剪接：温州供销大军上客轮；供销员在火车上；他们出现在繁华城市，跋涉在边陲、乡村……

那么，在温州，究竟有多少人外出从事购销活动呢？

这可说不准。照前几年的统计，是10万人，号称"10万供销大军"。如今，这人数早已翻了几番，已有几十万了吧。

一支几十万人的供销大军，操着被人误认为是日语、英语的温州方言，使出他们的浑身解数活跃在全国的每一角落，这情景真是够壮观的！难怪有人说，不管是在火车上还是飞机、轮船上，你随时都可以碰见温州人；不管在城市、农村还是遥远的边疆，你都会感到来自温州的冲击波！

这支几十万人的供销大军对于温州经济的发展，作用是极大的。

〔"购销大王"赵开良。

〔腈纶边角料堆成的小山。

温州,温州

43岁的宜山农民购销员赵开良,人称"供销大王""腈纶大王"。10年前的一天,他带着8万条编织袋的推销业务出门,在北京推销了五万条,剩下三万条没人要。经人介绍,他来到邯郸一家废品回收站。在这里,他碰到一个难题:作为接受三万条编织袋的对等条件,回收站要他"吃"进80吨从工厂收进来的边角料。当时,宜山正盛行用棉布角料再造再生布,赵开良想:市场上卖的腈纶线要十多元一斤,而腈纶边角料才伍角一斤,要是能将腈纶边角料再生制成腈纶线,销路一定不错。所以,他不顾当时腈纶边角料"开花"还没过关的风险,"吃"进了这批边角料。

["开花机"开花边角料。宜山再生腈纶纺织品生产的兴旺景象。

赵开良的这一举动,促使宜山的能工巧匠们加紧了生产再生腈纶布的试验并终于取得成功。很快,宜山形成了再生腈纶纺织品产销基地。而赵开良的腈纶边角料生意也越做越大,很快成了一个"大王"。

[购销员潘志超。陡峭的山峰,崎岖的山间小路。

[峨眉山小路,猴群出没。潘志超不倦行走的脚步。

这里,我们还想讲讲购销员潘志超的事。为了推销再生布衣裤,他曾经七走巴东,吃尽了苦头。

巴东,是湖北省神农架附近同四川交界的一个县。境内层峦迭嶂,山陡路窄,交通很是不便。为了生意,潘志超却故意选择了这样一个人烟罕至的山区、这么一条艰险的路。他挑着重担,吹着小号,一趟又一趟,一共来了七次。

不但是巴东,他还用双脚走遍了半个中国,在峨眉山,他甚至遭到狼群的袭击,晕眩在地,被猴子掏光了兜里的血汗钱……

[云南密林。中缅边境。

这样的例子，还有很多很多。据说，曾有七个农民，为了推销产品，走到了边境线上，甚至走出国界到了缅甸都不知道，直到对方扔下一大把花花绿绿的、没有中国字的钱币，才发觉自己做了一件冒失事。

[内蒙古草原，一座小城的剪影。空荡荡的旅馆走廊。烟灰缸里满满的烟头。桌子上的空酒瓶、空酒杯。

[夜风中孤零零的电话线。滴答作响的时钟。

农历除夕，内蒙古昭乌达盟的一个旅馆里，除了十名从温州来的生意人外，再也没有其他人。春节是合家团圆的日子，而这些温州人为了他们的事业，却和他们的妻儿、老母天各一方，留在了遥远的他乡。思乡之情咬噬着一颗颗空荡荡的心，别无他法，他们挂通了几千里外家里的电话，用一根长线同妻儿老母互诉衷情。这个电话整整讲了四个小时，直到新春钟响。

荒凉草原包裹着的小城，从此记下了温州创业者的身影。

["中国阿信"徐小英和她的温州鱼丸小摊。徐小英制作鱼丸。排队等待的顾客。

[徐小英的新店。记者采访徐小英。电视上的日本阿信和"中国阿信"。

温州有句新民谚，叫"搞供销的是天兵天将，搞家庭工业的是杨门女将"。可别说，那些浪迹天涯的男子汉们，真有点像天兵天将哩。

不过，可别以为只有男子汉们才当"天兵天将"，有些"杨门女将"，同样也是"天兵天将"呢。

温州，温州

好多北京的市民都知道这位聪明能干的女性。她原本是一个旅馆的服务员，几年前，她离开丈夫、儿女，只身闯入北京，摆起了这个卖温州鱼丸的小摊。

不知是因为温州鱼丸的味道鲜美，还是因为徐小英的创业精神感动了北京人，小吃摊的生意出奇地好。为了吃上一碗鱼丸，有人不惜远道赶来排长队，连一些大学教授、外国人都成了这里的常客。

徐小英的事业越来越大，她准备把温州的小吃全都引到北京来。人们说她就像日本电视剧《阿信》中的女主人公，所以就叫她"中国阿信"。日本《阿信》剧组的朋友们听说此事也极为高兴，说准备也要让她走上银屏呢……

[镜头剪接：外出经商的温州女性。

像徐小英这样的女性其实还多得是。这些姑娘，还有这些大嫂，你看，她们是不都是阿信？

[犹太人迁徙路线图。叠印中国地图。

在历史上，曾有过一起犹太人举国迁徙欧、美、西亚、北非的大事件。这些犹太人迁徙各地后，大多从事经商活动，为世界经济发展起了作用。有人说，就这一点而言，今天那些浪迹天涯的温州人很像当年的犹太人——出于对商品经济的推崇，为了开创幸福生活，他们也把脚印留到中国每一个地方，甚至每一个角落，他们是当代中国的"犹太人"。

好一个当代中国的"犹太人"！如今，在内蒙古，在云南，在安徽，在江西，一条条"温州街"已经出现；即使在世界屋脊西藏，也云集了温州的能工巧匠；至于那些由温州农民开办的企业，在西北、东北、西南、中原更是屡见不鲜。

温州人，这就是温州人！不管走在哪里，你都可以感到他们的创造力。

[上海淮海路口，乐清工业缝纫机厂的霓虹灯广告。位于虹桥的乐清工业缝纫机厂。

[来自上海的师傅们。匆匆奔走的瞿寿斌。缝纫机厂新貌。

看见上海淮海路上这幅巨型广告，人们会想起雁荡山下那个虹桥七村办的工业缝纫机厂。农民办厂，困难重重，第一难题是技术力量匮乏，村里的头头瞿寿斌亲自出马，以诚动人，到上海请来了五六十位退休的高级技工。对于乐清人的这个办法，退休技工们所在的企业大为恼火，于是纷纷给自己的"臣民"发出限期归厂的"勒令"。几十位师傅的去留，关系到虹桥工业缝织机厂的生死存亡，瞿寿斌又是以诚动人，奔波上海29天，甚至请出了师傅们的家属到师傅们所在的企业"兴师问罪"。这场"抢财神之战"最后以乐清人取胜而告终，但他们最后为留住上海师傅而付给上海方面的"技术转让费"也是够可观的。然而，他们毕竟是胜利者，他们生产出了"飞人牌"国家名牌产品，工厂也成了全国同行业的一颗明珠，销售量、质量分、人均利润率和人均创税率均居全国之首，不但有产品多次在省里获奖，还有产品进入东南亚市场。

[尤里卡世界发明博览会一等骑士勋章。治秃专家赵章光和他的家庭医疗站。赵章光为病人治疗。

看见这枚金光闪闪的骑士勋章，人们会想起那位身居乡村的治秃专家赵章光。赵章光本来是一个普通农民，小时仅念过初中，因为家乡缺医少药，他办了一个家庭医疗站。经过多年的钻研和试验，他发明了"101秃发再生酊"与"102秃发再生酊"，成为威震南北的治秃神医。他的药物，对斑秃、全秃均有理想疗

2016年世界温州人大会。(张执任 摄)

效,在第36届布鲁塞尔尤里卡世界发明博览会上荣获一等骑士勋章。据说,现在连日本都有大批患者组团来华找他就医呢。

[日内瓦第十五届国际发明和新技术展览会颁发的金质奖章。温邦彦和他创办的工厂、研究所、学校。更多的获奖、获专利产品及证书。

看见这些奖章、证书,人们会想起那个个体科技实业家温邦彦。从1981年起,温邦彦先后兴办了一个机电厂、一个机电研究所和一个机电学校。他先后推出几十种新产品,其中四项获国家专利,三项在美国、日本、西德申请了专利权,有两种产品分别获全国发明银牌奖和发明竞赛奖。在1987年日内瓦第十五届国际发明和新技术展览会上,他发明的组合多功能电磁阀荣获了金质奖……

[波光粼粼的东海。千帆竞发。

每一个温州人，都有一个吸引人的故事。

无数个故事，都在丰富着一个亲切的形象，一个共同的名字。

这个形象就是温州。

这个名字就叫——温州人！

第五集　彩绘未来

[温州街景。喜气洋洋的人们。

[生意兴隆的酒楼。购买彩电、冰箱的人群。珠宝楼前"金戒指、金项链已售完"的牌子。

都说这些年，温州人开始富了。那么，他们富了以后又在想些什么，做些什么？这是好多人感兴趣的问题。

想些什么呢？自然，少不了想到要改善一下生活。于是，饭馆酒楼里的酒席规格越来越高；家电商店天天生意兴隆；黄金珠宝楼常常要挂出这样的牌子……

可是，对于绝大多数温州人来说，他们所想的远不止这些。他们还有更多的追求，那就是富而求"乐"，富而求"知"，富而求"健"。

[林臣芳的家庭娱乐场。

[鳌江"民众游艺场"。

[柳市，刘大源的螺丝店。柳市电视差转台。

先说富而求"乐"。永嘉江北乡有个叫林臣芳的，近几年办厂赚了钱。他与妻子商量，腾出楼下两间房子，买来乒乓球桌、羽毛球拍和彩电、电子琴、高级音响，办了一个家庭娱乐场。有人问："人家有了钱，买小轿车、盖房子，你却办娱乐场，赔工夫又赔钱，到底图什么？"林臣芳回答："我不想图什么，只想让大家玩个快乐！"

平阳鳌江个体经营大户郑体强四兄妹富裕后，为了给乡亲们提供娱乐场所，投资48万元，建了一个面积达2500平方米，内有假山、保龄球场、英式台球、电子游戏炮、儿童空中"等13个活动项目的"民众游艺场"。

柳市镇人称"螺丝大王"的专业户刘大源，看到当地电视收来收去只有一个频道，画面又不甚清楚，就主动出面，牵头办电视差转台。他自己出了5000元，又到处奔波筹集了七万元资金，顶风冒雪，含辛茹苦九个月，终于让差转台的铁塔在这里竖了起来。为此，他不知耽误了自己多少万元的生意。

[金乡镇金星剧院。黎二村盒山公园。黎一村游泳池。肖江镇文化活动中心。宜山的球山公园。

这样的事例，在温州可以说是很普通的。富而求"乐"，温州的农民们集资兴办文化事业的劲头是很高的。

这个金星村的村民们，投资108万元，建造了一座具有一流音响和灯光设备的、可以接待任何大型剧团的影剧院；

这个黎二村的村民们，集资万元建造了这座农村公园；

这个黎一村的老百姓，投资200万元建造了一个配套齐全、设计标准的游泳池；

这个非营业性的文化活动中心，是肖江镇的八个老百姓自掏腰包兴办的；

这个规模宏大的球山公园，是当地群众投资43万元修建的，据说，曾有两位老人捐了一两黄金，还要求不留姓名……

[柳市"春晖阁""凌风阁",金乡"丰乐亭""魁星阁"等亭台楼阁。

[各种电视差转台、卫星地面站、影剧院、图书室。

还有这些亭台楼阁、活动室、名胜古迹,也都是农民兄弟们出钱建造或修复的。据统计,这些年来,温州新增卫星地面站15座、电视差转台八十来座、文化中心八十多个、文化站数百个、影剧院一百多座,其中大部分都是农民们自己集资兴办的。

[江心寺和妙果寺的"随缘乐助"碑。

当然,对于那些信奉宗教的人们来说,他们的捐资项目还要多这么一项。从这些石碑可以推想,他们为重修这些古刹庙宇慷慨解囊时,一定是很踊跃的。

[柳市姑娘郑别雷演奏钢琴。

集资办文化事业,说明了人们对文化生活的追求,这种追求,如今又在向较高层次发展。

这位姑娘,名叫郑别雷,是家庭工厂的一把好手,一年少说也能赚几千元。她买了一架聂耳牌钢琴,自费到杭州歌舞团学练钢琴,一年开支费用至少要超过1000元。有人劝她:"这么一进一出,一年相差好几千元,何必呢!"她却爽朗一笑,说:"钞票能买到音乐和艺术吗?"

这是响自农户的音乐,这是带着泥土芳香的旋律!怪不得一批到她家做客的著名剧作家说:钢琴演奏听过不少,可哪次也没这次听来感受深!

温州，温州

［陈锡坚一家演出的文艺节目。

这个大家庭，是个音乐家庭。户主叫陈锡坚，弟兄四人，连同妯娌及儿女，共16人，不论老的或小的，或唱、或拉、或演、或跳，每人都不止一艺在身，几位兄弟还会自编自演，全家在一起，能演上一个多小时的节目。所以在这个家庭，不论是过年过节，还是老母寿辰、外甥结婚，献上一台音乐节目总是免不了的。

［柳市陈志贤家的新楼。陈志贤观看摄影讲座录相。他在野外拍照。

这座华丽住宅的主人迷上了摄影艺术。他购置了设备，订购了海内外的摄影杂志，如饥似渴地学习创作，而且当上了《温州日报》的摄影通讯员，还在摄影比赛中得了奖。据说，他的努力目标是成为一个摄影艺术家。

［业余文学社团的青年人。
［个体户徐元芳的书房、书柜。他在写小说。

也有一些先富起来的年轻人爱上了文学。当看到他们在为一篇小说、一首诗歌争论得面红耳赤的时候，当看到他们在通往文学殿堂的小路上艰难跋涉的时候，我们似乎更多地了解了他们。

［瑞安塘下区鲍垟村。
［课堂上的"高龄小学生"。

再说说富而求"知"。瑞安塘下区鲍垟村是有名的专业村，全村92户人家就有五十多个小伙子在外面跑供销。亲身实践使他们体会到文化知识的重要，他们说："中学程度走遍天下，小学程度瑞安塘下，文盲瞎子楼上楼下。"

温州新农村建设的范例——瑞安陈岙村。（王威 摄）

在苍南的一些小学课堂上，经常可以看到一些"高龄小学生"。过去，在家庭工业刚起步时，为了挣钱，不少农家子女弃学做工，弃学经商。现在，他们的家长又把他们送回到校园来了。

［中学课堂上的"议价生"。学生们的学习生活。

不但出现了"高龄小学生"，还出现了"议价生"。

"议价生"就是"自费生""代培生"，自费生要自负校舍设备、师资、食宿等方面的一切费用，要价是不低的。有的学校收一个自费生，要一千多元，有的要两千多元，但家长们舍得，按他们的话说是："黄金有价，知识无价"。据说，乐清柳市送到温州和县城中学的"议价生"就有100余名；永嘉桥头也有100多户农民把子女送到县城和温州、杭州、上海读书。

"留下家产几十万，不如培养子女成才有意义"，这种想法，如今在专业户

温州，温州

中越来越流行了。有一位姓叶的农民，把两个孩子送到温州市区读书，没有房子住，特地用一万多元在市区买了一间房子供孩子食宿。乐清县有个姓朱的专业户，向某大学捐赠了一万元，换得了送孩子到该校深造的名额。

〔一个区镇小学。一架高档电子琴。

有的家长为了使孩子成才，还不惜重金为孩子请家庭教师，千方百计将他们转到教学质量高的学校就读。柳市区农村有位姓高的专业户，一心想将两个分别读小学二年级和四年级的儿子从村小转到区镇小学去，可这个区镇小学有明文规定不收插班生，老高就去向校长央求。当他得知学校教学急需一架电子琴时，就赶到温州，花1570元买了架高档电子琴送到学校。一片赤诚的求教之心，感动了校长，他破例拍板，收下了这两个插班生。

〔农村各中、小学的外观。金乡中学教学大楼。鳌江中学校园。龙港的中小学、幼儿园。龙港个人捐资办教育纪念匾、碑、光荣证。

如果以为，农民们的所作所为只是关心自己的子女，那就小看了他们。不，关心整个社会的教育，才是温州农民的群心所向。

在温州农村，集资办学早已不是什么新鲜事了，凡是温州先富起来的农村全都是集资办学最多的地方，只要说办学，谁都愿意出资。出几百几千的比比皆是，拿上万元的也不是一个两个。全市这几年来，个人捐资助学每年都达600万元。乐清县近三年来，农民个人捐资总额达370万元，其中捐资千元以上的有100人，五千元以上的有11人。

在金乡古镇，专业户们听说中学要重建教学大楼，就一次次捐资，全包了建楼的20万元费用。

在鳌江，经营大户柳上淡听说镇上要建中学，慷慨解囊，拿出了5万元。

龙港镇的农民集资办教育，那就更有魄力了，他们从开始建城时就成立了集资办学委员会，鼓励各村捐献土地，个人捐献资金。他们共集资二百余万元，新建了一所中学、三所小学和幼儿园。这个全国第一座农民城，也可以说是第一座农民办教育的城。

[温州大学新校园。爱国楼落成典礼。

捐资办学，当然也不仅仅限于农村。在温州市区，一所综合性大学——温州大学正以崭新的面貌出现在人们眼前，这所大学的建校经费，有相当大一部分就是全市人民自愿捐献的。

捐资办大学的行动自然也得到了正在海外的故乡儿女的支持。留法温州华侨林岩松，千里迢迢赠款捐助，建造了这座爱国楼。

[瑞安汀田乡金后村的奖学金、奖教金条例。各县各村的"双奖制"条例。

为了促进教育发展，农民们还设立了奖学金、奖教金。最早设立奖学金和奖教金的，是瑞安汀田乡金后村，在这里，建立了一套从小学到大学的完整的奖学金制度和鼓励教师认真执教的奖教金制度。

金后村的做法传开之后，人们纷纷仿效。现在，"双奖制"已在全市农村自发地普及开来。

[金乡压延薄膜厂的电大班和英语班在上课。

富而求"知"，还表现在成人教育上。金乡经营大户叶文贵等人合股经营的

捣年糕，
过大年。

压延薄膜厂在投产不久，就办了一个电大班和一个英语学习班。"老板"们很舍得智力投资，电视上课时间一到，就不惜让工人们停下工作去听课。

还有一个村，提出的目标就更惊人：要在四年内，把在村办厂的四百多名职工分期送到大专院校和外地企业培训，要求他们有20%达到中专以上文化水平。

［叶茂璋的"科技发明奖"条款。

富起来的农民，盼望自己的队伍中出"状元"。文成县双柱乡山下村，一位名叫叶茂璋的农民别出心裁地出资设立了一个"全县农民科技发明奖"，用以奖励全县农民中那些优秀的发明创造者。奖励标准分四级：属全县首创的，奖100元；属全市首创的，奖200元；属全省首创的，奖500元；属全国首创的，奖1000元。

［村庄篮球场、乡村旱冰场、游泳池。群众性的体育锻炼场面：武术、太极拳、乒乓球、划龙舟……

［陈志贤家的健身房。健美比赛镜头。

富而求健，也是人们对生活的新追求。

像这样的体育设施，现在已经到处可见了；像这种人人参加锻炼的场面，现在也很普遍了；甚至在寻常农家，有人还置办了这样的健身房，健美活动正在悄悄地流行开来……

［乡村自来水塔。农家用自来水洗菜。乡间的道路、桥梁。

［乡村医院。上海第五人民医院龙港分院。

求"健"，更要求环境卫生设施和医疗保健条件的改观。正因为这样，这里的人们才不惜耗费巨资修桥筑路，办自来水厂，办区、乡、镇医院。

家有梧桐村，引来金凤凰。这个小镇医院改善医疗条件，把上海的名大夫也请到农民的家门口了。

一句话，温州人在富裕之后仍有所思，仍有所求。

〔温州电焊设备总厂，大楼壁画、喷泉雕塑、生产大楼。黄国华其人。

〔鞭炮齐鸣，"国华实业有限公司"挂牌子。

至于那些温州的企业家们，他们想的似乎要更多、更远一些。

企业家黄国华，几年前白手起家，办了一个电焊设备总厂，而且使之成为鹿城区赫赫有名的"明星工厂"。现在，他又把工厂扩充为国华实业有限公司，准备在电焊设备生产方面大展宏图。

〔几家典当商行的兴隆景象。

〔某商店仓库里积压的落令商品。典当商行的代表验查货物，封搬货物。签约。付款。

很多的企业家、经营家们还在大胆地开辟新的行业。在这种情况下，市里一下子冒出了好几家典当"商行"。

说到"典当"，人们或许会想起三四十年代的当铺来。其实，今日的典当商行跟那时的当铺是不甚相同的。这位商店经理手头有一批这样的货色，因为时令的关系，估计一时难以脱手，可他又急需有钱去进别的货，于是他找到了典当商行。商行在核实之后，同意将这批货当了进来，典当期限为个几月，利息远低于到银行贷款的利息。这笔生意的结果：双方都明显地受益。这就是典当商行生意兴隆的原因。

文成县的畲乡成了旅游地,畲乡人用传统的长桌宴欢迎远方来的游客。(王威 摄)

[一个个城市信用社。内观外观。利率牌。

走在大街上,我们还发现,这里这种挂着"城市信用社"招牌的金融企业特别多。

这些金融企业虽然挂着"信用社"的招牌,其实,它们并不属于国有银行,而都是由若干个私人合股兴办的。这些迹象表明,敏感的温州能人们已开始将他们的触角伸向金融界。

世界经济活动的事实表明,在经济活动中,最终操持经济命脉的,将是那些银行家金融家们。这也就是华尔街老板们为什么会在西方经济中起重大作用的原因。温州的企业家们自觉介入金融活动,表明了他们正在向一种较高层次迈进,表明了他们的现代生意意识。

[桥头纽扣销往国外。外贸公司与外商谈判。龙湾区的合资企业。
[巴黎街头、米兰街头,"温州馄饨店""温州鱼丸店"的照片。

现代生意意识,使越来越多的企业家们决心走出温州大门,加入国际经济大循环。

在桥头,已经有人把纽扣生意做到了国外。

也有人在同外商积极商谈,签订合同,兴办合资企业,发展外向型经济。

人们还特地在龙湾区划出一片出口工业区,以优惠条件吸引外商前来投资,兴办合资或独资企业,保证温州更快地腾飞。

甚至还有人漂洋过海,以他们过去在国内各地的做法,在巴黎、在米兰开辟了一个温州小吃小天地。

这些照片都拍自巴黎和米兰的街头。看着它们,温州人——当代中国"犹太人"的形象在我们的头脑里更加丰满,更加名副其实了。

［瓯江东去。

　　曾经有一位诗人，他写诗表达自己对温州人的印象说："温州人的脚步是自信的，/又是匆忙的，/好像没有停歇的时候……"

　　诗人的感觉是准确的，温州人的脚步确实是自信的，因为他们是从故乡的灿烂的昨天走来的。

　　［江心屿。博物馆。

　　［王十朋像与梅溪书院。谢灵运像与池上楼。叶适像与叶适墓。刘基像与刘基祠堂。《张阁老传说》书与张璁祠堂。高则诚像和《琵琶记》。孙诒让和玉海楼。

　　灿烂的昨天！是的，故乡的昨天是灿烂的。钟灵毓秀，人杰地灵，这块土地曾经养育过多少令今人自豪的故乡人：王十朋、谢灵运、叶适、刘基、张璁、高则诚、孙诒让……他们的名字连同这些遗迹，已深深地留在了温州人的记忆中。

　　［现当代名家们的照片或著作。

　　同样的，温州的今天也是灿烂的。在这块土地上，今天同样地涌现了一大批不比前人逊色的杰出人物。从教育家金嵘轩，考古学家夏鼐，数学家姜立夫、苏步青、李锐夫，文学家郑振铎、夏承焘、董每戡、王季思、苏仲翔、赵瑞蕻、林斤澜、琦君、唐湜、莫洛，到今天那些还在不断涌现的新星新秀们，真可谓人才济济！

　　［温籍数学家们的照片。

　　温州人对于他们今天的所作所为是充满自信的。因为他们相信自己都有一个

文成,明朝开国元勋刘基故里。(王威 摄)

敏锐智慧的头脑。在这片土地上,曾经涌现了那么多有名的数学家,除了姜立夫、苏步青、李锐夫三位数学界前辈,还有复旦大学、西安交大、厦门大学、杭州大学和美国宾夕法尼亚大学的谷超豪、徐桂芳、方德植、白正国,杨忠道,以及北京大学的姜伯驹教授、厦门大学项式忠教授和美国加州大学项武义教授等。人们甚至怀疑:温州人做起生意来这么精明,是不是同他们生活在这个"数学家之乡"有关?

[浙江歌舞团温州籍演员表演的舞蹈。少艺校学生的舞蹈。少体校的学生们在训练。横渡瓯江活动。

这样说来,温州人的热情奔放、坚韧顽强,也是同这里拥有的"舞蹈之乡""体育之乡"的美称有关?

温州有"数学家之乡"美称。这是开设在谷超豪旧居的温州数学名人馆。(郑高华 摄)

温州籍数学家苏步青、谷超豪和姜立夫雕像。(郑高华 摄)

〔大学生们。图书馆阅览室里的青年。

〔勤奋外语夜校里的青年们。教室外的自行车。

究竟是有关还是无关,青年们却无暇去考虑。对于他们来说,更注重的是未来。

这是一次青年的聚会,与会者是一些名不见经传的普通青年。让我们听听,他们现在都在想些什么……

〔"50个温州青年"座谈会,青年们争先发言。

〔青年发言实录。尤其突出泰顺第二医院药剂师陈文志的发言:"为了改变故乡落后面貌,我立志竞选县长……"

坦率的发言,坦率的青年!他们的思想很少受旧的桎梏的束缚,他们正自信地走向自己的明天!

不仅是青年,温州人都在自信地走向明天,他们正在描画明天的蓝图,他们正在建设明天的温州。

〔温州城市规划图前的工程师们。水心住宅区的脚手架、彩色楼群。乔迁新居的人们。

这是西郊的水心。老一辈的人都还记得这里的田园风光,可是现在,这里崛起了一座新的住宅城!使人们感到自豪的是,这些楼群,大多是他们自己集资建造的。

〔人民路改建工程蓝图。改建工程现场。明日人民路的模型。

这里又是一个重要工程。温州人打算还是依靠集资的办法改建这个商业区。

温州市区，三垟湿地。（郑延根　摄）

温州人相信，几年以后，当这些现代化的大厦连同街心花园和交通设施出现在人们眼前的时候，他们的故乡一定会变得更美丽。

［瓯江潮水。瓯江两岸的青山秀色。

［又响起了温州民谣《叮叮当》的旋律。

波涛汹涌，奔腾向前。瓯江从昨天流到今天，还要从今天流向明天。

温州从昨天走到今天，也要从今天走向明天。

［剧场舞台，温州籍歌唱家姜嘉锵演唱《叮叮当》。全场观众以掌击拍，同声歌唱。

［歌声化为合唱，又化为雄浑激情的变奏音乐。歌声音乐声中，重现本片那些有代表性的镜头。

［瓯江日出……

哦，《叮叮当》，你这古老的歌，你这故乡的歌。

温州人把你唱给昨天，

温州人把你唱给今天,

温州人还要把你唱给明天!

——全片完

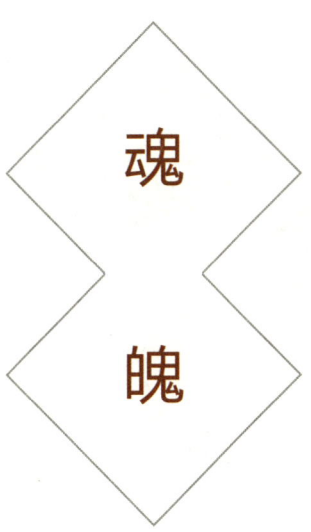

魂

魄

创业传奇

【2008年】

常常有人问我,温州人究竟是什么样的人?

这是个并不难回答,却又不容易一下子说明白的问题。依我的经验,最好的办法莫若列举几个人物故事,让提问者去故事里自寻答案。

以下所说的几位,便是我经常与大家提及的人物。从他们的经历,或许可以观照温州这些年所走过的路……

南存辉:
从修鞋匠到正泰集团董事长

南存辉现在已是名闻全国的"功勋企业家""风云人物",他所创立的正泰集团已是中国工业电器行业的模范企业,综合实力列居中国民营企业500强的前十位,他所创立的"正泰"品牌已是享誉海内外的中国名牌。可是你知道吗?要是让时间退回去20年,那时的南存辉,还只是乐清县柳市镇上一个背着工具箱走街串巷的小补鞋匠!

温州，温州

南存辉与马云

　　这是真的。南存辉小时候家境贫寒，住的是碎石片垒墙、茅草盖顶的旧房，过的是半饥半饱、遭人歧视的日子。他的父亲是位补鞋匠，手艺很好。南存辉13岁那年，父亲意外受伤造成腿部粉碎性骨折，躺倒在床上两年，作为长子的他只好半途辍学，接过父亲的工具箱，挑起了挣钱养家的生活重担。

　　20世纪80年代初，在温州的城乡大地，不愿再受贫穷羁勒的人们自发求变，纷纷以自己的方法寻找致富之路。在柳市，也雨后春笋般地冒出了许多生产低压电器的作坊小厂。受这种气氛感染，南存辉也收起了他的补鞋工具，开始迈步低压电器行业。

　　刚开始自然是先试水。他约了三个伙伴，在柳市街上开了一个电器柜台，从低压电器里最简单的信号按钮灯开始做。四个年轻人勤勤恳恳，每天几乎都要忙到凌晨3点，第一个月下来总共才挣了35块钱。这样的战果令三个伙伴感到失望，他却十分高兴，说："挣的钱虽然不多，却让我们看到了前景与希望啊。"

"前景与希望"鼓舞着南存辉前行。1984年，他说服父亲卖掉家里的老屋，用5万元钱与朋友合作，办起了"乐清求精开关厂"。那年，他22岁。

办工厂，做实业，看似容易，其实很难。既无技术，亦无人员、设备；资金短缺不说，还不知道市场究竟在哪里……一句话，举步维艰，每件事都要叫南存辉和他的合伙人大伤脑筋。情急之下，他们想到了一招："借"！

不就是缺技术、缺人才嘛，上海技术力量雄厚、专家多，那就去那里请人才，"借脑袋"！不就是缺设备、缺熟练工人嘛，远远近近可以代工的企业不少，为什么不"借鸡生蛋"，先用人家的设备来生产自己的产品？……就这样，一步一步，见招拆招，在几位从上海请来的工程师的指导下，求精开关厂开始制造产品，并逐渐走向兴旺。

求精开关厂诞生的这段时期，也是柳市低压电器生产最红火的时候。市场热闹了难免泥沙俱下，为了"挣得多些，发得快些"，有的企业走起了"捷径"，采取了以次充好、偷工减料生产伪劣产品的手段。面对高额利润的诱惑，南存辉毫不动心，坚持一步一个脚印，踏踏实实地走自己的路，正儿八经地搞产品开发。曾有一位工程师用试探性的口气对南存辉说："如果要快速发财，你不会比那些人差。如果要创牌子，那你就要耐得住寂寞。"南存辉说，我还是选择"忍耐"吧。他的想法很简单：电器产品的质量人命关天，家家要用，行行难离，"我不能图财害命"。

后来的事实证明了南存辉的选择是对的。几年以后，柳市不少低压电器生产企业由于质量问题跌入低谷，昔日车水马龙的街衢一下子变得冷冷清清。然而，"求精"的产品却在全国畅销，1989年的产值达到了100多万元。那些年，有关

温州，温州

部门曾对柳市低压电器市场进行了三次拉网式的清理整顿，求精开关厂每次都因质量过硬而受到褒奖。优质产品赢得了信誉，占领了市场，也使南存辉和"求精"完成了最初的资金积累。

口袋里有钱了，贫穷的帽子甩掉了，是不是该满足了，过点安稳的小日子了？年轻的南存辉可没有这么想，他还有更远的目标。恰好"求精"这时要分家重组，趁这个机会，他拿出部分资金，于1990年9月和美商合资，创办了"温州正泰电器有限公司"，使企业迅速进入科学管理和现代经营的轨道。取名"正泰"，是含有深意的，那就是："做人要正直，处事要泰然。"这是南存辉对自己的勉励。正泰电器有限公司成立后，用1000万元更新了全部生产和检测设备，并建造了2200平方米的生产、办公大楼。为使企业内部管理实行现代化，投资近百万元开通了生产、销售、财务和人事等方面19个终端微机管理网络。

心有多大，舞台就有多大。南存辉将"正泰"的企业理念定位在"振兴民族工业，创立世界名牌"上，立志要走实业报国的道路。1992年秋，欧洲一家著名的电器公司在柳市上千家低压电器企业里选中"正泰"，抛来一个"绣球"，问南存辉是否愿意让"正泰"成为其在中国的子公司。南存辉知道这是"借船出海"的好机会，但他又想：中国低压电器的品牌本来就少，已有好几家国有企业与外商合资换成了洋牌子，如果我们都不守住自己的品牌，那我们的民族工业怎么办？他毅然放弃了这个机会，再次选择了"忍耐"。他回答那家跨国公司的总代理说：我们是要跟外商多方合作，但是，决不会抛弃属于中国的民族品牌。那家跨国公司的总代理非常钦佩他的决定，他再一次仔细打量南存辉，感慨地说："看来在中国市场，我们真正的对手不是美国通用，不是德国西门子，而是像你这样一批土生土长的青年企业家！"

1994年，南存辉和他的"正泰"又一次令同行们吃惊。这一年，他们在正泰

1992年，初成规模的柳市电器市场。（萧云集 摄）

电器公司的基础上再迈大步，组建了"温州正泰集团"，一年后经国家工商行政管理局核准，正式定名为"正泰集团公司"，由南存辉出任董事长。这一年，他32岁。

作为一个集团公司的掌门人，南存辉并没有三头六臂，但肯学习爱读书，善于用这种方法给自己"充电"，这是他最了不起的优点。他依然像当年那样，善于向高人"借脑袋"，国内好些经济学家如吴敬琏、周其仁等都曾经是他所借的"脑袋"。与温州众多的民营企业一样，正泰企业在成立之初曾经是一个家族企业，南存辉的弟弟妹妹都是公司的股东。家族企业在成长过程中自有其好处，如决策迅捷、执行能力强等，但也有一个致命弱点：无法更多更好地吸纳和利用优

温州，温州

正泰集团从一个家庭作坊迅速发展壮大成为大型现代企业集团，被誉为"温州模式的缩影"。

秀外来人才。多年来的运作，让南存辉越来越清楚地认识到这个弱点，他听从经济学家们的指点，决定借鉴国内外成功企业的经验，在集团公司内部弱化南氏家族的股权。1998年，他突破阻力，对集团公司核心层进行股份制改造，把家族核心利益让出来，并在集团内推行股权配送制度，将最优良的资本配送给企业最为优秀的人才。

如今的正泰集团公司，拥有六大专业公司、46家成员企业、800多家协作层企业、600多个国内外销售机构和特约经销处，已发展成为中国低压电器行业产销量最大的企业。正泰的产品已从当初的四个系列20几种规格发展为100多个系列、5000多种规格，多项产品被评为国家、省、市名牌，其中CJX2交流接触器还获得了第四十四届尤里卡世界博览会金奖；"正泰"商标被国家工商局认定为"中国驰名商标"，成了外商眼里"中国最好的低压电器"。

如今的南存辉，拥有全国人大代表、浙江省工商联副会长、全国工商联常委等多顶桂冠。在2000年联合国第七届世界青年企业家高峰会议上，他还被命名为"突出企业家"，荣获了"世界青年企业家2000年奖"。

王均瑶：
"胆大包天"，让梦想成真

"异想天开，胆大包天"——好些媒体拿了这样的成语夸温州人。

咦，那不是两个带有贬义的词吗？不，在这儿不是了。因为有"典故"——关于均瑶集团董事长王均瑶的。

1991年7月，温州龙港25岁的青年农民王均瑶向湖南民航局承包飞机，开通了长沙至温州航线。

温州，温州

王均瑶生在苍南县大渔镇一个靠海的渔村。1983年，16岁的他辍学经商，带着两个亲弟弟出门远行，一起在湖南长沙一带跑印刷和小五金加工业务，为家乡龙港的私营企业承接业务合同。而后正好赶上北京要办亚运会，兄弟几个一合计，抓住商机转做亚运会纪念章的业务，终于如愿以偿，好好赚了一笔钱。

转眼到了1989年春节。年前，王均瑶因为忙于跑业务，竟然忘了提前买回家的火车票。年关跟前火车票特别紧张，买不到火车票就回不了家过年，这可怎么办？他向也在长沙的老乡们一打听，想不到与他一样买不到火车票的人不少。大家聚在一起商量回家过年的法子，决定以两倍于平时的价格，包一辆大巴直接开回龙港。

从长沙到温州有一千多公里，其中很多是山路，路况极差。大巴在漫长的山路上颠簸前行，像老牛一样喘着粗气，走得很慢，把开车的人累得够呛，也把坐车的人急得够呛。王均瑶不禁叹息道："这汽车开得真慢！"大伙接应说：是太慢了。也有人打趣说："要快，坐飞机快！你包架飞机回家吧。"

本是一句玩笑话，谁知言者无心，听者却有意了。整整一个春节假期，一个念头一直在王均瑶心头转悠：包飞机，好主意啊！既然土地可以承包，汽车可以承包，为什么飞机就不能承包？

过完春节，回到长沙，王均瑶果然叩开了湖南省民航局的大门。他直截了当，对运输处的处长与他的同事们说了自己的来意：我想包飞机，开通长沙至温州的航线！

一言既出，把在场的人吓了一大跳。他们都怔住了，瞪大了眼睛看着这个年轻人，好像没听懂他的话似的。也难怪，要知道在当时的年头，飞机可不是谁都可以随便坐的，想买机票是需要县团级以上单位介绍信的！坐飞机尚且如此，包飞机那还不是天方夜谭，是异想天开？还有，在当时的年头，湖南民航的安—24

飞机虽然很小，只能坐48个人，可是飞一班往返也要两三万块钱哪，就凭眼前这个年轻人，他有这个资本吗？

几乎没有人觉得他的"包机"梦想能够实现；几乎没有人——包括他最亲的亲戚最要好的朋友，对他的"天方夜谭"投出赞成票。但这些都没有影响王均瑶的热情，不会动摇他的决心，他知道越是难以攀越的高山，山那边的风景一定越是壮观。此后的八九个月时间里，他一边在各个城市走访摸底，做市场调查，一边继续与各有关部门沟通，通过沟通充实与完善自己的包机设想。

精诚所至，金石为开。王均瑶的勇气和坚持感动了湖南民航局的领导，他们也拿出了勇气，准备与这个年轻人一起冒一次险。但他们还需要听听温州那边政府部门的意见，需要政府部门替王均瑶做个担保。于是，民航局让运输处长带着两位同志来到苍南县政府。

由私人出面包飞机开航线，这在共和国的民航史上无疑是第一次；而让

1994年10月5日，龙港镇庆祝建镇10周年，王均瑶包租飞机在空中抛洒彩带助兴。（萧云集 摄）

一级政府部门为这样的风险行为作担保,这大概也是破天荒的。让人意想不到的是,像这么一件在旁人看来几乎不可能实现的事,居然得到了苍南县政府领导的首肯,他们同样以一种大无畏的气魄,为王均瑶出具了一份担保书。

1991年7月28日,在盖到100多个图章后,王均瑶承包的温州—长沙的航线终于开通。这一天,一架"安—24"型民航客机从长沙起飞,平稳降落于温州永强机场。这位首开私人包机先河的年轻人,用自己的创举在中国民航史上写下了不同寻常的一页。

这一年,他25岁。

温州—长沙航线开通之初,每周是飞两个航班的往返,全部由他自己组织客源。第一年,他的赢利金额是20万元。在此基础上,他一鼓作气趁势而进,和两个弟弟一起创建了全国第一家私人包机公司———温州天龙包机有限公司,在短短几年里又包下全国五十多条航线,航班量很快上升到每周四百多班,所包租的飞机也从40座小型客机发展到200座波音客机。

王均瑶的故事经过媒体记者们的报道,迅速轰动了中国。这些报道,很多都采用了这么一个标题,叫"胆大包天"。中央电视台举办的1993年春节联欢晚会上,主持人还别出心裁地给场内场外的观众出了一个谜语,谜面是:"胆大包天",揭晓的谜底则是:"王均瑶"!

不但是国内,国外的媒体也对王均瑶很感兴趣,也在争先报道他的创举,称此举是"中国民航扩大对外开放迈出的可喜的一步",并以此推断"中国的私营企业将得到更健康的发展"。美国的《纽约时报》则评说道:"王(均瑶)超人的胆识、魄力和中国其他具有开拓和创业精神的企业家,可以引发中国民营经济的腾飞。"

虽然已经实现"飞天"梦想,王均瑶仍然不愿止步。凭着年轻气盛,他满怀信心走向更多的行业、更广的领域,在商界屡屡刮起旋风。

看到报载"国人牛奶摄入量不足",他想到了牛奶里蕴藏的巨大商机,马上成立乳业股份公司,创建乳制品生产基地,生产"均瑶牛奶"推向全国市场。有感于国家推行国有企业股份制改革的大好形势,他不失时机地创建均瑶集团公司,移师上海,并以18%的股份入股东方航空武汉有限公司,成为中国第一家投资国家民航主业的民营企业。与此同时,均瑶集团又斥资收购了上海"金汇大厦",改建为"上海均瑶国际广场";还通过激烈的竞争,收购了无锡商业大厦集团90%的股权。

王均瑶曾担任全国政协第十届委员、上海市浙江商会会长等职。作为一位年轻的企业家,他深知自己的命运与国家息息相关。受中国光彩事业的召唤,他在三峡地区投资建乳品厂,推行"万户移民养牛计划",为三峡的移民开辟就业渠道;响应国家西部开发战略的号召,他捐款1000万元,设立了"大学生志愿服务西部计划均瑶基金"。

2004年11月7日,王均瑶不幸因病去世,年仅38岁。英年早逝,令人痛心。所幸的是,他的事业还在继续——他的弟弟王均金、王均豪继承他的遗志,挑起了均瑶集团的重担。

就在王均瑶去世后不久,上海吉祥航空公司正式开航运营。万里蓝天,王均瑶的梦想在继续。

郑秀康:
"中国鞋王",实至名归

温州有一个称号叫"中国鞋都"。这里皮鞋业发达,制鞋企业多,据说在国

温州，温州

"鞋王"郑秀康

人所穿的皮鞋里，平均每五双就有一双是温州生产的。

鞋企多，鞋企老板自然也多。说到鞋企老板，就不能不提到这样一个名字：郑秀康。

与好些温州人一样，郑秀康当初"下海"创业，是从"做私工"开始的。他那时在温州通用机械厂工作，而且还是一个不算太小的官：副厂长。但是，那个时代整个国家都还比较穷，虽然是副厂长，工资也不高，郑秀康妻子身体不好，家里还有两个孩子，全家挤住在一间租来的小屋里，只有八个平方米，日子过得很是拮据、憋屈。就是为了让家里人过得好些，33岁时，他开始思变。

他想到了两个选择——要么做沙发卖，要么做皮鞋卖。第一个选择显然难以行得通，总共才八平方米的家，除了床与桌柜，床前就剩三平方米空地，走路还得侧着身子，哪里摆弄得开做沙发的活？没有法子，只好做皮鞋了。他找了一个皮鞋师傅，要拜师学艺。师傅比他小六岁，死活不愿收他为徒，说："这门手艺很难学的，最起码要三年才能出师，所以我只招十五六岁的学徒。你都33岁了，还是算了吧！"郑秀康回答师傅："我要养一家人呀，你就教我吧，我一定能行的！"被他的诚心打动，师傅这才收下了他。

因为还在厂里上班，郑秀康只能以"地下工作"的状态熬夜学做鞋，常常是一熬就熬到天明。让他的师傅大为吃惊的是，这个徒弟特别聪明也特别用功，只用了40天就学会了做皮鞋的全套技术。大概是他干过十几年机械工，比别人更重视技术标准的原因，做出的皮鞋从外观到质量都胜人一筹。第一次送鞋子到一家鞋店去卖，鞋店老板看了赞叹不已，说：别人的鞋一双给14元，你的我要给你16元！

尝到了甜头的郑秀康在心里算了一笔账：用现在"做私工"的办法每天可以做三双皮鞋，一个月下来，挣的钱起码比工资多三倍，如果辞了职专心做，不是可以挣更多吗？这么想着，他便果断地到厂里辞了副厂长职务，办了停薪留职，正式当起了个体户"鞋佬"。

这个设在八平方米小屋里的家庭作坊先后运转了五年。五年后，1985年的一天，郑秀康听到一个好消息，说"国家政策允许个体户办厂了"。他高兴极了，当天下午就去工商局递交办皮鞋厂的申请，顺便还注册了一个商标，鞋厂与商标都取了同一个名："鸿盛"。没多久，鸿盛皮鞋就进入了杭州、上海的市场。

可好景不长。两年后的8月，杭州市在武林门公开烧毁了一批产自温州的劣

温州，温州

质皮鞋。这些被焚烧的皮鞋中，当然没有鸿盛皮鞋厂的优质产品，但"城门失火，殃及池鱼"，全国各大中城市纷纷跟风，拒绝销售温州鞋，要把所有温州鞋扫地出门，鸿盛皮鞋也受到株连，未能幸免。

寒冬降临！刚刚完成原始积累的郑秀康一下在事业上遭到沉重的打击。无奈之下，鸿盛厂只好跟其他温州鞋厂一样，找上海的厂家搞"联营"，把自己的皮鞋贴了上海的牌子去卖。对这种暗度陈仓的办法，郑秀康的心里是非常不甘的，他那些日子里想得最多的，就是"怎样让温州品牌重新响起来"。为了寻找答案，他去过国内多个城市的皮鞋厂，还去了一趟意大利。在有"世界鞋都"之称的意大利，郑秀康被那里的制鞋业深深触动了。他没想到，原来制鞋业也可以达到如此高的工业化程度；相比之下，国内皮鞋业那种基本上以手工制作为主的生产水平实在是差距太大了。一比一看，他知道该怎么做了。

从意大利归来后，郑秀康就踏上了重塑温州鞋品牌的艰辛征程，开始了他的二次创业。他为自己的工厂改了个名，叫长城鞋业有限公司，寓意是要知难而上、竭尽全力打造坚不可摧的"鞋业长城"。他大胆进行战略调整，将产品定位由原先的以生产低档皮鞋为主，转向生产高档皮鞋；大力推行工业化、精细化制作，将过去的"两个人造一双鞋"变为"280个人造一双鞋"。为此，他投入120多万元搞技改，建起了温州第一条皮鞋生产机械化流水线。

一百二十多万元在当年不是一个小数目，仅靠郑秀康多年办厂的积累，他没有这么多钱，所以有人说他是在"寻死"。令人感动的是，关键时刻，是亲朋好友们向他伸出了援助之手。他们纷纷拿出家里的房本交给郑秀康，愿意用自己的房产作抵押，让郑秀康从银行贷款。这些房本摞起来，竟然达到一尺多高！

走向高端制鞋业的路上难关一个接着一个，郑秀康心中打响自己品牌的信念却从未动摇。他请人画了一个男人头像作为商标标识，要求把这个男人的头画成

康奈集团的生产车间。

高昂着的,其意思非常明白,就是希望温州人有一天能将头抬起来。他本来还想用"长城"作为注册商标,不想已有人注册在先,所以最终用了"康奈"作为商标。

有信念,才会有成功。1993年,在北京举办的全国鞋业博览会上,康奈皮鞋一举夺得"中国鞋业大王"的称号。这个消息,一下扭转了人们对温州鞋的看法,北京的王府井、西单商场与上海第一百货等大商场还打出横幅,欢迎康奈皮鞋进店。

此后几年,康奈又接连不断地捧回了更多的荣誉奖杯,包括"中国名牌""中国真皮标志名牌""中国真皮鞋王""中国真皮领先鞋王"等。温州皮鞋终于像康奈商标标识上的男人一样,高高地昂起了头。

创业传奇

温州，温州

虽然已经稳稳地占据了国内制鞋业的领先地位，郑秀康还不觉得自己做得有多好。他认为，在国内做得再成功也还不能叫国际品牌，康奈一定要走出去，到国际市场上去闯一闯，去创世界知名品牌。适逢中国即将加入世贸组织，业界一片"狼来了"的惊恐声音。他却从中看出了机遇，觉得这正是中国鞋业把自己品牌推向国外的好时机。

2001年1月，康奈第一家海外专卖店在世界时尚之都——法国巴黎最繁华的商业街开业，成为中国鞋类品牌在国外开设的首家专卖店。用媒体记者的话说，好些法国人原先不相信中国鞋也有好品牌，当他们看到专卖店的卖品后立即服了，"康奈品牌于是在巴黎叫响"。随后两年时间，康奈在美国、法国、意大利、西班牙、葡萄牙、比利时、希腊等十多个国家又继续开出100多家海外专卖店，而且每个店当年都实现了赢利。

跻身国际贸易，难免会碰到贸易纠纷，遭遇贸易壁垒。正是为了破解贸易壁垒，2004年，郑秀康斥资1000万元，与英国全球性鞋类认证机构SATRA签订合作协议，在国内建立符合SATRA认证的世界级鞋类设计研发中心。这一招很妙，使得康奈的角色开始从鞋类标准的执行者，向国际贸易技术的制定者转化。作为双方合作的第一个结晶，2006年8月，康奈完全具有自主知识产权和国际领先核心技术的高端"商务舒仕"鞋全球同步上市，大获成功。同年，康奈牵头在俄罗斯远东地区建立国家首批经贸合作区，带领更多中国企业走出国门，参与国际合作与竞争。

"只有让更多的中国品牌在国际上叫响，中国人才能真正在世界上抬起头来。"郑秀康如是说。

这就是温州人，这就是温州人的性格。他总是不安于现状，总是不畏惧艰难，总是不断创造奇迹……

敢于"吃螃蟹"的人

【2010年】

> 第一次吃螃蟹的人是很可佩服的,不是勇士谁敢去吃它呢?
>
> ——鲁　迅

三十多年了。

那场关于"温州模式"的热闹纷呈的争论早已尘埃落定,改革开放之初那些风起云涌的日子也已渐渐淡出人们的记忆。

历史已经翻到了新的一页。

然而,在我脑子里,有些名字总是很难忘记。

他们都是当年曾经叱咤风云的人物,他们的名字是与那些风起云涌的日子紧紧连在一起的。

本文所写的四个人,只是他们中的一部分。事有凑巧,他们都来自温州的苍南县。

温州,温州

曾经的"温州第一能人"——叶文贵

说叶文贵是"温州第一能人",可不是吹的。

20世纪80年代,当人们还在把"万元户"当作财富的代名词时,他就已经坐拥千万元资产。他先后创办过六个工厂,办一个火一个。他的事迹上过《人民日报》,并吸引了众多外国媒体不远万里前来采访。当时的温州市委书记董朝才曾亲自为他写评论,号召向他学习。社会学家费孝通看了他的厂子后,连连称赞

农民企业家叶文贵。

他是"新型的企业家"。一位叫鲍勃惠的加拿大教授还专程到中国看望叶文贵，说："在中国农村，想不到有你这样的奇人。"

可是，当年我第一次见到这位"温州首富"时，他竟然是拿着扳子从机器底下爬出来的。那时的他，穿的是一件尽是油污的劳动布工作服，脸上、手上也沾满了油污，让我很是惊讶。我问他，你还自己修机器？他有点答非所问：厂里的机器坏了，我基本都能修。此时的叶文贵，土气朴实，怎么看都不像是个千万富翁。

不过，别看他土气朴实，脑袋瓜却一点也不安分。1969年，"上山下乡"运动中，19岁的他曾作为支边青年插队黑龙江省七台河。生活困窘之时，他把目光瞄向了铁锹上的锹柄，发现由于原材料产地的原因，关内关外在锹柄价格上有很大的"剪刀差"，于是就伙同几位老乡顺便做起生意，办了个锹柄厂。七年后从北疆返回南国，他曾去到文成县的一家国营工厂，捧了人人羡慕的"铁饭碗"，过了两年衣食无忧的安稳生活。可那种没有波澜没有风险的生活根本留不住一颗不甘平庸的心，他终究还是自砸饭碗，决然转身扑向了如火如荼的家乡。

家乡有一个动听的名字叫"金乡"，此时恰好处于建镇六百年来最热闹的年头。这里的人们不愿再忍受命运的摆布，正纷纷自发试水，探找脱贫致富之路。古老的小镇上，叮叮当当的冲床声响成一片，家家户户都成了生产铝制标牌、徽章的小作坊，制造的是全国几乎所有大、中学校的校徽，还有其他各种五花八门的徽章、标牌。

叶文贵兴奋地走在这滚滚而来的商品经济的春潮中，瞪大着双眼四处巡看，脑子里很快就蹦出了一个好主意。他看到，由于金乡交通还很闭塞，用来加工标牌、徽章的原材料铝板全部要靠船载肩挑从外地运来，而加工剩余的边角料则无有去处。这不就是商机吗？他没有跟在人后抢标牌、徽章的饭碗，而是另辟蹊

温州，温州

径，开办了一个轧铝厂，把那些边角料回炉熔炼，重新轧压为铝板。这是叶文贵在金乡办的第一家工厂，也是金乡第一家轧铝厂，虽然规模不大，但它在金乡所起的引领作用不小。

紧接着是第二步。标牌徽章生产兴旺不久又带动了金乡一个新的行业兴起，那就是塑料饭菜票、塑料证件套和塑料资料夹制造。叶文贵知道，生产这种证件套与资料夹需要用高频热合机将塑料压合在一起，而金乡人所用的只是一种小功率的高频热合机，机器功率太小，压合不了大尺寸的产品。他一眼看出这又是一个机会，便拿出自己所有的积蓄，开了家高频热合机厂，自主研制大功率的高频热合机。待到第一台高频热合机问世，他并不急于出售，而是先用它来承接来料加工。以这样的办法，他在金乡镇一口气开了四间加工店，直到这四间店仍然无法满足市场需求时，才以每台4800元的售价出售热合机。这个产品，除去成本，每台净利竟然高达2800元，这在那个年代真的可以算得上利润丰厚。

正当高频热合机厂赚大钱的时候，叶文贵又动起了脑筋。他想到，金乡用来生产塑料饭菜票的PVC薄膜原料一直要从外地采购，现在自己有资金实力了，为什么不开一间塑料薄膜厂自己生产呢？看准了目标，他马上付诸行动，经过一年多的努力，金乡压延薄膜厂便成功投产。薄膜厂所用的原料主要是从本地回收的边角料，因而产品的售价也相对便宜，投放市场后不但使金乡那些生产塑料饭菜票的老乡们广泛获益，也为叶文贵带来极高的利润，投产仅两年产值就高达400万元。

似这样一个回合接着一个回合，短短几年间，叶文贵就先后创办了六个工厂。除了轧铝厂、高频热合机厂和压延薄膜厂之外，还有包装材料厂、蓄电池厂和微机仪器厂。仅仅几年时间，他就完成了从身无分文的"草根"到腰缠万贯的"资本家"的擢升过程。

当然,叶文贵值得赞颂之处不仅是他的财富,更在于他的精神。

他喜欢挑战和冒险,有冲破不合理禁区的胆识,有敢为天下先的勇气。当他开始在金乡创业办厂的时候,党的十一届三中全会刚落幕不久,温州头上的"资本主义"帽子还没有摘掉,私营工厂在中国还属于非法的"地下工厂",是被打击对象。在这样的气候和环境里,一个接一个地办出那么多工厂,没有敏锐的政治眼光正确判别中国时局的走向不行,缺了不怕坐牢、不怕挨批斗的大无畏精神也不行。

他信奉进取,目标高远,不愿止步于昨日的成功,更不愿被来自外部和自身的小农经济观念绊住双腿。在拿出高频热合机厂全部所得开办压延薄膜厂的时候,他曾受到亲友们的轰炸式指责。谁也不理解他为什么不知足,要拿白花花的银子往水里扔。这些钱原来是要用来造别墅的,所以住不上新房的父母也没给他好脸色看。面对压力,他公开告白:我不会当"小地主",要当就当社会主义的"资本家"。等到压延薄膜厂成功了,他又自我反省,觉得这个厂在建厂理念上

1987年3月10日,叶文贵在企业内部发行的股票。这是新中国最早的民营企业股票。

1987年3月,德国《明镜周刊》记者史德安专程到苍南县金乡镇采访叶文贵。

仍未摆脱小农经济观念,原因是他自己未能完全摆脱小农经济观念。因为有这样的反省,后来问世的包装材料厂便有了面向高层次市场的目标诉求。

他好学善思,具有强烈的创新意识,脑子里总是充满各种超前的"奇思妙想",并且总是想方设法将这些创新思维付诸行动。他当初所创办的企业,好多采取了股份合作的形式,应该说是改革开放之后温州乃至中国最早的股份合作企业,虽说存在着这样那样的不足,却着实为后人蹚了一趟"雷"。他后来还发行过纸质的内部股票,应该也算得上是改革开放之后中国最早的内部股票之一了。(我当年就曾经见过一张"温州金乡包装材料厂"的股票,每张10股,面值1000元,上有董事长叶文贵签名,还注明经中国人民银行温州市分行批准发行。)

曾经有社会学家说过:叶文贵的重要贡献,在于他为改革开放之初的人们树立了榜样，在那个乍暖还寒的年代擎起了一面令人振奋的大旗。正因为此，专家们一致认为，要想研究"温州模式"，探讨温州民营经济的发展道路，叶文贵是绕不开的。

奇怪的是1988年之后，被评为"全国百名优秀农民企业家"的叶文贵从报章杂志、电视广播上突然匿迹了，悄无声息地匿迹了。不接受媒体记者采访，不接待参观者，就是上头来的领导也不见。除了家人和最亲密的朋友，很少有人知道这是怎么回事，他是病了？出事了？或者，犯了什么大错误？……

我是多年后才知道原委的。原来，他闭门谢客，是造汽车去了。而且要造的不是我们所见过的汽车，他是要发明创造，发明环保节能的电动轿车。为了这个"汽车梦"，他把手中的所有企业都托付给了他人。

一个才初中文化的农民，凭借着手中叮叮当当的榔头和算不得先进的机器设备，就想制造明显属于未来年代的先进汽车，这个故事听起来有点像天方夜谭。

叶文贵在1994年造出充电3小时能跑200公里的油电混合动力汽车，创下了当时的世界纪录。

温州，温州

可是，他几乎做到了。1989年秋，他造出了第一辆电动轿车样品，这辆玻璃钢车身、四轮四座的电动轿车充电一夜后可以开二百多公里，试车获得成功，于次年获得国家级新产品证书；1990年底，他又为自己的电动轿车装上小型汽油发动机，造出了中国第一辆油电混合动力汽车并成功上路；1993至1994年，他在买不到小体积大功率发动机的情况下，自己开发研制40马力发动机，造出了新的油电混合动力轿车"yf—1100"，最高车速达109公里，充电3小时能跑200公里，创下了当时的世界纪录。

研制汽车是特别烧钱的，叶文贵为此差不多耗尽了他奋斗多年获得的全部资产，从富人位子上迅速跌落。遗憾的是，尽管如此，由于资金的短缺，也由于他的发明创造过于超前，而中国轿车市场远未抵达这一时机，他的"汽车梦"最终没有成功。"yf—1100"油电混合动力轿车被锁进了破旧的仓房，试制工作全部中止。

想到叶文贵的造车经历，我时常唏嘘感叹。论造汽车的历史，他远比浙江的另一位农民企业家李书福早，可造化弄人，他没有李书福幸运。李书福成功了，成了中国"汽车大亨"；他却提前谢幕，逐渐淡出人们的视野。他说："只要再有两千万，我一定让我的电动轿车在高速公路上跑起来！"可以设想，假如他的油电混合动力轿车真的能实现在神州大地上尽情奔驰，他今天的事业将会是怎样！遗憾历史无情，没有再给他这样的机会。

创新难免失败，开拓常有牺牲。越难越要往前冲，即便失败也不退缩，甚至不顾将来人们会对他的"没落"作何评价——这才是叶文贵之"贵"！

昔日的龙港，只是一个贫穷的小渔村。

"中国第一座农民城"的主心骨——陈定模

位于鳌江南岸的龙港，是"中国第一座农民城"。这座仅以三年时间就在萧瑟的小渔村和荒芜的滩涂上突然崛起的新城，声名远播海内外，被称为中国改革大潮中的奇迹。

如果问龙港人："农民城"的崛起，谁的功劳最大？他们肯定会说：陈定模。

陈定模曾亲口与我说起龙港1984年前的情形。那时龙港不叫龙港，叫"方岩下"，仅有6000人口，五个小渔村，再就是一条坑坑洼洼的老街、总共几十间东倒西歪的破瓦屋和茅草屋。可它地处鳌江入海口，是个得天独厚的港口，也是贯通鳌江南北的交通枢纽。改革开放之初，在方岩下周边，金乡、钱库、宜山的农民率先行动搞家庭工业，使得三个区都成了红红火火的小商品产销基地。这种红火带给方岩下的是，南来北往经过这个渡口的人多了，每天少说也有两万人。遗憾的是这两万人每天全像流水一样哗啦啦流过，却不驻步，并没能给方岩下带来多少好处。当地有民谣唱道："方岩下，方岩下，只有人流过，不见人住下。"唱的就是人们心头的无奈与焦虑。

好在改革开放的春风，很快也吹到了方岩下。1984年春天，为了发挥鳌江港作用，苍南县委、县政府提出了建立龙港镇的计划。计划很快获得省里批准，不过也被告知：鉴于国家百废待兴，上级财政将不会为龙港建镇拨款。

陈定模此时正在钱库区当区长，他与另外两个区的区长一起被召到县里开会，为龙港建镇之事献计。会上，他提出了一个很有操作性的建议，说：我们三个区现在有好多万元户，应该吸引这些先富起来的农民到龙港镇投资落户，每个区建一条街。在这个建议得到领导的认同后，陈定模马上回到钱库开全区专业户、个体户大会进行动员，没多久就有九百多户农民报了名。

谁知事情并不那么顺利。当陈定模高高兴兴地带着这900户的登记材料来到龙港时，这里的回答却是：不要。理由很简单：一下迁进这么多人，土地征用、劳力安置怎么办？口粮怎么办？看病怎么办？读书怎么办？水、电、路怎么办？……许许多多的"怎么办"，不啻给了陈定模当头一棒，叫他很是恼火。想想也是，在计划经济的年代，城镇户口与农村户口之间是有鸿沟的，这条鸿沟不是那么好逾越的，是他把农民集体落户龙港想得过于简单了。但是，如果真的就这么打退堂鼓了，岂不是要失信于民？叫他如何对那些农民开口？这样想着，陈定模索性把心一横，做了一个决定：主动请缨，去龙港镇任职！

正好这时有"内部消息"传来，说县里已经确定派往龙港镇委班子的人选，马上就要宣布,而他——陈定模将被调到县里工作,任县城乡建设指挥部主任。事不宜迟,陈定模连忙来到县城,赶在任职决定宣布前敲开了书记、县长们的家门,一遍一遍诉说自己的请求,最后还加上一句话:"我可以立军令状,三年建不成龙港,撤我的职,开除我的党籍!"他的决心感动了领导们,县委于是临时召开常委会改变原先的任免决定,改派陈定模担任中共龙港镇委书记。

三天后,陈定模带着八个干部,走马上任龙港镇。他还带去了3000元办公费,是打了借条借的。

要在龙港造城,陈定模面前有两大难题,一是人,二是钱。所谓"人"的问

1984年,陈定模和他的同事们一起探讨龙港新城的建设。(萧云集 摄)

温州，温州

拔地而起的龙港农民城。

题，指的是是农民落户城镇的合法性问题。陈定模知道，他面临的是一个敏感的、不可造次的禁区。按照现行的户籍管理政策，大规模地招引农民来城镇落户是不合法的，即使是少量人员的流动都不会被允许，更不用说上万人、几十万人的大迁移！可是如果做不到让那些先富起来的农民来龙港，龙港建镇到头来还不是一句空话？处在两难的关头，曾经从事理论工作的他想到了向理论求助，经过一番寻找，还真的在中央［1984］一号文件中找到了这么一句话："各省、自治区、直辖市可选若干集镇进行试点，允许务工、经商、办服务业的农民自理口粮到集镇落户。"

有了中央文件中的这句话，陈定模气壮了，知道可以打"擦边球"，在政策的边缘游走了。他又一次来到县里，要求县里把农民进城的审批权下放给龙港镇。有人提醒说，中央文件里说的可是"试点"，他说：我们在龙港就是"试点"啊，试个三年，试成功它！

对于"钱"的问题，陈定模亦有高招。他提出了一个"谁建设，谁投资，谁受益"的办法，在出让土地时征收公共设施费，创造性地进行了一次"土地有偿使用"的实践。就是说，进城落户的农民在自己掏钱盖住房的同时，还得缴纳一笔公共设施费,作为建城所需的资金。而这种公共设施费将按照"级差地租"的理论,根据所使用的土地的不同状况,分为六个等级实施。这个"级差地租"的理论,据说他是从马克思的《资本论》里学到的。

找到了办法,认定了目标,陈定模和他的同事们立刻行动起来。他们以《龙港镇也来个对外开放》为题,在《浙南日报》头版刊出文章,以镇委名义发布八项优惠政策,招徕四方能人前来办厂建房;他们组织了四十余人的宣传队,先后四次带着龙港镇的规划图开赴全县12个区镇,大张旗鼓宣传龙港的优势与前途;他们还专门设立了"欢迎农民进城办公室",热情接待那些特意赶来探听虚实的农民兄弟,不厌其烦地解答他们提出的各种疑问。最令人感叹的是,陈定模与镇里的工作人员居然带着八个印章下乡办公,把八个大印捆在一起盖,让农民们一次就办妥全部进城手续,省去了东跑西颠盖审批章的烦恼……

一时间,在鳌江之畔,在苍南农村,一股"龙港旋风"腾空而起。人人都在说龙港,人人都想进龙港。短短10天内,就有二千七百多个农民企业家和专业户带着一捆一捆的钱涌入龙港,龙港镇因此收入现金1.2亿元。有人开玩笑说,陈定模一下子搬来了一个"建设银行"。

有了钱,农民城的建设驶入了快车道。工地上,四千多名建筑工人一起上阵,几百座新楼每天都在一起升高,不到三年时间,一座初具规模的崭新城镇便出现在了人们的视野。

作为"中国农民自费造城的样板",龙港的崛起在全国引起了轰动,陈定模每天都要接待蜂拥而至的考察团、参观团,几年下来接待人次竟达到十九万多。然而,别以为随着龙港的成功,就不会再有否定龙港做法的声音了。实际情况正好相反:随着龙港曝光率的增高,对龙港非议的声音也越来越响,而且矛头是直接指向陈定模的。其中最受苛责的是,龙港"在土地转让使用问题上违反国家政策,方向不对头"。那些慕名而来的参观者哪里知道,那些年里,陈定模不得不扮演着"两面人"的角色,常常是一面向他们介绍经验,一面要应付各种贴了八分钱邮票的告状信,接连不断地受调查、作检讨。

闹得最大的风波是在1986年夏天。因为某报一篇非议龙港的报道,刚刚在龙港盖房的农民慌了,聚集到镇委,闹着要退房子。正在苏州开会的陈定模闻讯赶回龙港,用苦口婆心的劝说平稳众人情绪,这才平息了风波。

除了媒体文章,还有小道消息,老是传出陈定模被抓的谣言,而且说得有根有据,都是"有人亲眼所见",陈定模被"铐上手铐,带上警车"。没有办法,陈定模只好隔三岔五骑上自行车在龙港镇绕三圈,还到大街口找人聊天,用这样的方式辟谣,稳定人心。

对此,陈定模倒很淡然。他说:龙港走的是一条从未有人走过的路,总得有人去突破,去实验,去牺牲。如果没有牺牲精神,或者只为自己着想,只想着自己的乌纱帽,肯定就没有办法走下去。

1988年,第七届全国人大通过宪法修正案,决定把"土地的使用权可以依照法律的规定转让"写进宪法。至此,那些对于龙港的苛责才戛然而止。

两年后,陈定模调任他职,离开龙港,之后曾下海经商,干了几件漂亮事。但他身在异乡依然想念龙港,遂于1996年又回到龙港,创办巨人中学并亲任董事长。用他的话说,他要为龙港的未来育人。

1998年秋天,温州为"改革开放十大风云人物"颁奖,陈定模榜上有名。这一年,是中国改革开放20周年,离陈定模走马上任龙港镇已经14年。

新中国第一个"私人钱庄"老板——方培林

认识方培林的时候，他已非常出名。

不仅新闻界在关注他，学术界也在讨论他；不仅老百姓的街谈巷议在说他的故事，就连领导人的内参文件上也时常会出现他的名字……

之所以那么出名，是因为他办了个"私人钱庄"。

而就是这个"私人钱庄"，让他成了一个"有争议"的角色，毁誉参半，始终处于漩涡之中。

与叶文贵一样，方培林也是在北大荒锻炼过的支边青年。所不同的是，叶文贵是在农村公社插队，而他是去的国营农场。1979年，他从东北返回家乡，考入区里一家公有医院，先是做统计员、食堂管理员，最后当上了会计。他的家乡叫钱库，昔日曾是一个以讨饭出名的地方；20世纪80年代之初，钱库人奋力投身商品经济，靠自己的双手把家乡变成富庶之地，成了百业兴盛、万商云集的小商品产销基地。身在这么一片热土，方培林的热血也止不住在心底奔涌。

方培林虽然干的是财务工作，却非常关心时事政治，爱琢磨改革开放方面的信息动态。1984年，中央发布一号文件提出："鼓励农民向各种企业投资入股……将资金集中起来，联合兴办各种企业，尤其要支持兴办开发性事业。"他从中得到启发，萌生了开办私人钱庄的念头。

他知道，随着商品经济的迅猛发展，钱库区的商户、企业对于资金的需求量越来越大，可由于银行、信用社的贷款门槛太高，他们的资金需求根本无法得以满足，真到了无计可施时只好求助于高利贷；然而另一方面，社会上又有大量闲资存在，由于银行、信用社储蓄利息太低，好些人宁愿把闲资放在家里变成"死钱"，也不肯送去银行、信用社。一边是资金紧缺，另一边则是资金闲置，

温州，温州

方培林在"中国思想雅集"上演讲。

他想，我如果能够在中间搭座桥，来个互相融通，岂非利国利民，有助于经济发展？

消息传到街头，社会上议论纷纷。人们说："私人钱庄，那是旧社会的东西啊，虽说改革开放了，总不能回到旧社会吧。"也有些人认为："只有劳动获得才是合法的，方培林想不劳而获，这条路肯定走不通。"更有人替方培林捏了一把汗："风头霉头两隔壁，搞不好要坐班房的！"

不过也有人支持他，区委书记黄德余就是一位。他不但为方培林出了好多主意，还主动给县里打报告，想要从县里弄个"红头批文"给方培林撑撑腰。不想报告送上去后迟迟不见回音，他又紧急召集区委会进行研究，以区委名义发了个

"红头文件",冒着风险越俎代庖(因为审批权限并不在区里),以壮方培林士气。

1984年9月,在喜庆的爆竹声中,方培林的方兴钱庄在他自己的家屋——钱库镇横街29号挂牌开张了。取名"方兴",是方兴未艾的意思,这是方培林对自己的期许,也是他的信心。

想不到开张的当天,爆竹声刚落,方培林就接到了市政府发来的传真电报,要他的方兴钱庄立即下马。紧接着,是农行的四位领导人奉命亲赴钱库督办。理由只有一个:事关国家经济体制的重大问题,私人办银行是不许可的。方培林据理力争,说了很多理由证明自己没错,可是没用。

与方培林一样,黄德余也很窝火。可他只能把不快藏在心里,毕竟还有组织纪律啊。他只对方培林说了两句话:作为个人,我是支持你的,办私人钱庄符合经济发展规律;作为区委,我们不能不服从上级。从他的话里,方培林听出了弦外之音,知道了自己该怎么办。他于是把方兴钱庄的招牌搬进里屋,让钱庄暂时由"地上"转到了"地下"。

虽然转到了"地下",方兴钱庄的生意还是出奇的好。为什么好?因为方培林脑子活,办法多。他定的存、贷利率均比银行更为优惠、灵活:活期存款利息是银行、信用社的四倍多,定期存款月息也比银行、信用社多一半;而贷款利率仅比银行、信用社高个0.3%—0.6%,却比先前那些"民间借贷"低十来倍("民间借贷"是只贷不存)。存、贷利率如此优惠,顾客盈门自然是不奇怪的。

除了利率,方兴钱庄在营业时间上也与银行、信用社完全不同。钱库的商家都是很勤劳的,每日都要忙到天黑才打烊歇息,他们这时最头疼的问题就是,不知该把一天的流水款藏在哪里,因为八小时工作制的银行信用社早已下班。方培林就此下了步妙棋,把钱庄的营业时间定为24小时昼夜服务,而且把利息的计算

温州，温州

方法从"以日计息"改为"以时计息"。商户们任何时候上门存钱都行，而且存的钱哪怕在钱庄只呆一夜或几个小时，照样都是有利息的。

别以为方培林24小时营业光是为了方便顾客，其实也是为了他自己充分利用时间赚取利润。那些存入钱庄的钱，哪怕是半夜进来的，他都不会让其闲置在钱庄睡觉。他摸清了钱库商家们用钱的规律，会像魔术师那样掌握好"时间差"，让即使半夜来敲门的商家也能贷到钱去进货，又能把吸收来的存款迅速巧妙地贷出去而不在手中滞留。他在资金使用上的经营本领，后来曾被时任中国人民银行行长的陈慕华称赞为"达到了国际水平"。

从1984年至1989年初，方兴钱庄共开了五个年头。在这五年里，看到中国改革开放的逐渐深入，方培林曾多次向有关部门发出请求以获取"合法身份"，并得到镇、县、市甚至高层领导的表态、批示支持，但由于他的所为触及的是经济领域最敏感的部位，这个愿望始终未能实现。他一直在一系列矛盾对立的指示中游走，常常要经历颇有戏剧性的情节：今天还是"同意试办""可适当发展民间信用"，明天又来一个"先不试办""个人不得经营金融业务"；今天还是"私人钱庄应允许试办""继续试办"，明天则变成了"不能发给经营金融业务许可证""马上停止"……

1987年9月，温州被国务院批准为中国首批13个农村改革试验区之一。市委领导专门签字，让工商部门给方培林发了营业执照；中国人民银行温州分行也向总行打报告为他申请"金融许可证"，最终仍未能获批。尽管如此，方培林依然十分感谢那些支持过他的领导，他知道，这是要承担极大政治风险的。

作为新中国私人钱庄第一人，方培林引爆了经济界、新闻界、学术界关于金融改革话题的大争论。有经济学家指出，无论方培林的私人钱庄成功与否，事实上，都已对中国的金融改革起到了推动作用。

1989年，鉴于农村信用社在村镇日益活跃，方培林决定关闭方兴钱庄。此后的日子，人们以为他已经退出金融"江湖"，其实不然。1989年早些时候，我在一个国内网站上看到报道，说他在国家出台《担保法》后，立马成立了温州首家担保公司。据方培林说，此举是为了解决中小企业贷款难的问题。原来，他还在民间金融的第一线行走！更让我感慨的是，他为自己的担保公司取的名字，仍然还叫"方兴"。

温州的金融综合改革试验，如今已渐入正轨。

"当代黄道婆"——孙阿茶

孙阿茶,1912年生人,人称孙阿婆,是苍南县宜山区江山乡新河村一位目不识丁的老太太,也是当地土纺土织的里手。

土纺土织,在宜山是世代相传的家庭工业,历史已经久远。早在明朝嘉靖年间,这里就以纺织闻名,家家户户置有手摇纺车或织布机,出了织布能手高机;清朝中叶,这里生产的家织土棉布行销闽赣山区;到了20世纪,随着机纺棉纱和新式平机的出现,家庭织布业更加发展,棉纱市场也应运而生。

中华人民共和国成立后,国家对棉花、棉布实行统购统销,为解决原料困难,宜山人试制了开花机,把棉布碎布头、废布料、破棉衣、旧棉被等轧碎、"开花"成再生棉,又将手摇纺车改为电动纺纱机,用来生产再生土纱,然后织成土布。这种再生土布虽然粗糙不好看,只能用作工业包装布或制作皮革衬里,可由于成本低售价也低,在省内外都很畅销。

20世纪70年代初,为了摆脱贫穷,宜山人冒着被割"资本主义尾巴"的风险重操旧业,纺机声、织机声响彻了乡间村落。那时候江山乡还不叫江山乡,叫江山公社;新河村也还不叫新河村,叫生产大队。与全大队的人一样,孙阿茶也是整天在家忙着"开花"、纺纱、织布,挣钱贴补家用。有一天,她从镇上进了上百斤棉布碎布头,回家一看,里边一多半不是棉的,而是腈纶的。她把这些腈纶的碎布头拿去"开花",开出的毛头短短的,差不多成了粉末,根本纺不成纱。

这么多腈纶碎布头,退货已找不到卖家,扔掉又可惜,从穷日子走过来的孙阿茶又心痛又不甘,就想再找找有什么办法可以把毛头开得长些。

她茶饭无心,一门心思在开花机上做起了试验。刚开始时没有成功,开出的毛头仍然很短。她没有气馁,更没有放弃,耐心地摸索着,坚持试下去。

1983年，苍南县宜山镇，人们用土制的纺织机搞家庭生产。（萧云集　摄）

一次又一次。一天又一天。凭着一股韧劲，也凭着半生的经验，她终于在开花机的转速上找到了突破口，开出了长长的腈纶纤维。在成功的基础上，她对原来的开花机进行改进，造出了第一台用于腈纶边角料开花的简易开花机。

温州，温州

孙阿茶搬出家里的手摇纺车，把这些再生的腈纶纤维纺成腈纶纱，再试着把腈纶纱并股，制成腈纶毛线。没想到这些再生的腈纶毛线，与真的腈纶毛线相差不多，她把再生腈纶毛线拿到镇上的市场去卖，怕人们不相信这是腈纶的，还特地划着火柴烧给他们看。不大一会儿，她带去的再生腈纶毛线就被抢购一空，而且卖出了好价钱。一连几天，都是如此。

腈纶边角料，实际上是纺织工业的下脚料，过去因无法像废棉布一样"开花"再生，除了用作填充物再无其他用处，所以市场售价只有废棉布的五分之一。现在孙阿茶成功将其"开花"，让人看到了这些下脚料背后的巨大财富。

消息不胫而走，迅速传遍了全大队、全公社、全宜山。恰逢再生棉布销路每况愈下，人们觉得孙阿茶是为他们探到了一条致富的新路，纷纷登门向孙阿茶取经、求教。孙阿茶也毫不保留，不厌其烦地把自己的经验全部传授给大家。一时间，她摸索出来的腈纶边角料"开花"技术像种子一样遍洒宜山，在全区开花结果。

依仗这一发明，宜山区迅速转型，成了闻名全国的再生腈纶纺织品产销基地。全区有两万三千多个家庭、三万三千多台机器从事再生腈纶纺织，每年可生产再生腈纶纱2000万斤、再生腈纶布100万匹、再生腈纶衣裤1.5亿件，年产值达1亿元以上。这些再生腈纶布、再生腈纶衣裤，又经由八千多名农民供销员走南闯北，销到了全国各地农村。每年有3400万斤腈纶边角料从全国各地汇集到这里，有人算了一下，说这相当于34万亩棉田所产的棉花。

1981年，孙阿茶因病去世，享年69岁。她的故事生前并不被宜山之外的人所知，直到去世后才受媒体报道远扬。她被乡亲们称为"当代黄道婆"。

在本文所写的四位人物中，唯有孙阿茶老人我没见过。但在我与好友编剧的、曾获中宣部"五个一工程"奖与中国电视剧飞天奖的电视连续剧《喂，菲亚

苍南宜山再生腈纶市场。

特》里,我们以她的事迹为原型,塑造了一个可敬的老妈妈,取名"黄素兰",住在一个叫作"金库"的乡村。我们还特意在"黄素兰"因病去世时,在屏幕上打出这样一段字幕:

  黄素兰攻克技术难关,使金库迅速成为全国再生腈纶主要产销基地之一，富甲一方。她被人们尊称为"现代黄道婆"。在她告别人世这一天，方圆数十里内，人们泪流成河，自发决定所有布机、纺机停机一天，以哀悼这位普普通通的老人……

这个"所有布机、纺机停机一天"，其实不是凭空虚构的。孙阿茶老人去世那天，确实就是这样的情景。

造福于乡亲的人，理应受到乡亲们的尊敬。

写下上面这些文字的时候，我是在欧洲，布达佩斯的多瑙河畔。

望着夜空下的多瑙河，我想到了万里之外的瓯江、鳌江、飞云江，还有温州的苍穹。如日月经天，如江河行地，一代开拓者，他们的精气神永恒。

厂长今年二十三

【1983年】

你说,你不曾料到。

是呵,青春年华,有太多金色的幻想。航天飞机,粒子加速器,109号元素,"UFO"之谜……现代科学的最新信息,长风一样吹动你理想的风帆。只是,你没想到,会有这么一天……

是呵,怎么会想到呢?你的心目中,有太多能干的厂长:乔光朴、宫本言、陈咏明、罗心刚……相比之下,你太稚嫩了,稚嫩得叫人不敢相信你能够胜任这个职务。

然而,地球在飞转。艰难的重任,无可推卸地落到了一代青年的肩上!好重好沉的接力棒呵——

一

夜,深沉,寂静。鹿城睡了,在夏空的注视下。

沿着家门前长长的小巷,你心事重重地徘徊;面对头顶瀑布一样倾泻而下的银河,你苦苦地思索——邵奇星,你失眠了!听说全厂工人推举你当厂长,有生

温州,温州

当年23岁当厂长搞改革的邵奇星,如今是海螺集团的董事长,全国劳动模范。

23年来,你第一次失眠了。

这是1982年7月。连年亏损的温州市制伞厂,眼看着就要"咽气"!

好愁人的日子。多少焦灼的目光越过蛛网密布的车间,越过堆积如山的滞销尼龙伞,呆呆地盯住会计账上像鲜血一样刺眼的红字:1983年1至7月,净亏损两万元;连年累计,负债12万元;谁都明白:上头不愿再往"无底洞"里扔贷款了,从现在起,要想同原先那样,每月拿十几块钱的工资也不成了。这个集体小厂,一天也维持不下去了。

是在这样的关头,全厂工人的目光都聚集到了你这个共青团员的身上:"奇星,你当我们的头吧!"

"我？"你惊慌了。你不明白大家为什么看上了你。是因为你在领导金工、电镀车间时显现出来的才能，还是因为你那个多次提出但一直未被厂领导重视的"根据市场需要安排生产"的建议？

想到那个建议，你不无感叹。唉！要是公司派来的厂长当时能采纳你的建议，制伞厂何以会落到这种地步！可是有什么办法呢？厂长是国营人员，他才不怕工厂关门呢。眼下，他看看工厂要"咽气"，决定拔腿回公司去了。临走，他还不忘找你谈话，在你心里留下一片阴影："奇星，你可别把头套进去。"

"为什么？"

"一个烂摊子，上头又不给钱……"

今日的海螺集团。

温州，温州

一句话，一盆冰水。你被浇得浑身透凉，手脚瘫软，目光呆滞。你不知道自己是怎样走回家的，一向挨着床板就打鼾的习惯从此消失了，三更半夜还对着星空发愣……

你一天天消瘦，让父母亲担心了。"算了，我提前退休，让你顶替！"在国营商店工作的母亲说。

你点点头。可一到厂里，你又犹豫了。

"奇星，你放大胆试试看！我们看准了，你行！"工友们的话，句句烫人。

"我走了，他们呢？"一连几天，这个念头更使你睡不着了。

闷热的七月，烦人的七月。你怎能想到，此时此刻，还有一颗心为你不安！那是缪彩萍，你的未婚妻，同厂的仓库员，一位美丽娴静的姑娘。她爱你爱得那么深，好长时间不见你登她家的门，她沉不住气，找个时机，把你找到了平常约会的大树下。

月色溶溶，柳丝依依，是谈情说爱的好地方。你们却默默对视。见你的圆脸变成了瘦长脸，她能不心疼么？可她没说话。她理解你。

许久，你才轻轻地问："如果……你不反对吗？"

"你觉得怎样？有把握吗？"她反问。

你笑了笑。难得的一笑。

她也笑了笑。涵义丰富的一笑。从这笑里，你明白了……

七月的最后一天，制伞厂召开全体职工大会。你发言了，一开口就将了所有与会者一军："要我当厂长可以，但有一个条件：你们都要签字，同意工作上一切听我安排调配！"

挺新鲜的条件！大家都愣了。不过，很快就拿起了笔。

当天，一份签满了名字的报告送到了上级主管部门。在那里，也是一场争论。"二十才出头，就想当厂长？有什么经验？""哼，不出三个月，保准还得下去！"说这话的不止一个。当然，你毕竟还有支持者。最后的决定：同意你们的报告；可是，也有一个条件："先让他试一两个月，不行的话马上下来。"

不管怎么说，你还是被"逼"着把厂长的"桂冠"套上了头。

二

拿着厂工会赠送的电影票，工人们三五成群，嘻嘻哈哈地进了场。暗场了，银幕上映出的片名是：《访日见闻》。

这一下，炸锅了："不是说，是一部很好看的片子吗？怎么成了一部纪录片？""谁买的票子？怎么看这样的电影……"埋怨声此起彼伏。

谁也没想到，这是你的主意。

还是几天前，吃中饭的时候。几个邻居看完《访日见闻》回来，议论日本的企业管理，什么松下公司、丰田公司，说得眉飞色舞。你听见了，当晚就拉着彩萍进了电影院，直到片子放完了还不想出来。翌晨，你就派人赶到电影院去买票子……

——真稀奇，你新官上任，用一部纪录片代替了"施政演说"。

然而，救活一个工厂，比议论"松下""丰田"如何如何难得多了。你清楚地知道，制伞厂的病根在于"大锅饭"造成的管理混乱，要救活制伞厂，就必须把煮"大锅饭"的"锅"砸掉。但是，砸"锅"，谈何容易？上头无指示，周围无先例，路该怎么走？

好在你肯动脑筋。平日，你素来喜欢和父亲以及表叔讨论企业管理的事，各人各有一番"高论"。表叔也是个厂长，他那里有许多《日本的企业管理》《商

温州，温州

情》之类的书，很枯燥的书，你却能看得津津有味。你还常常为争看当日的《参考消息》同父亲闹点"小摩擦"，因为报上那些国外企业管理的新动态太吸引你了。

"四周无先例"？不对吧——你突然想起，工业战线虽然暂时未有，农村可遍地开花啦。农村搞承包，面貌大变样，工厂就不能试试？

"有道理。"你父亲开口了，他是一位普通干部。他回忆起（20世纪）50年代企业管理方面的许多措施，特别提到当时有的企业曾用一种内部代价券来进行内部经济核算。

"代价券？"你两眼一亮。可找到砸"锅"的办法了！长期的"大锅饭"，在制伞厂结下两个恶瘤：一是浪费异常严重，用料大手大脚，原材料扔得满地都是，致使产品成本很高；二是懒散马虎成风，产品质量很差。你很兴奋：搞了代价券，起码可以摘除这两个恶瘤呀。

电闪雷鸣，温州制伞厂迎来了建厂八年来最激动人心的日子。你挑选的三个车间主任抖擞精神，走马上任；厂部向全厂职工郑重宣布：像农村那样，实行工人个人向厂部承包，独立核算，并立即在车间挑选两人进行试点。很快，连承包责任制的具体办法也订出来了，办法规定："每个月初，厂部根据各车间各工序生产任务分别借给每个工人不同金额的代价券。工人拿代价券向仓库或上道工序购买原材料、配件或半成品等；制成成品卖给仓库或下道工序时，也按质论价，分等收购，付给代价券。到月底，还清月初借用的代价券后，余下的向厂部调换基本工资，超过部分，40%归个人，60%归工厂。如余下的不足换基本工资，就有多少算多少，一律不补。"

措施不等于成功。要砸"锅"，还得有勇气。在行政干部中间，就有人担心："照邵奇星的办法做，将来会不会被扣上一顶资本主义的帽子？"与他们不同，工人中间有一部分人却是另一番议论："代价券，代价券，只怕忙到头赚一把无价的废纸！"多年的旧俗，似一根无形的绳索。但是，初生之犊不怕虎。邵奇星呵，你是铁了心的：救活制伞厂，成败在此一举了。实行改革，尚有希望；不敢改革，彻底垮台！为了企业，你要豁出去了，作背水一战！

艳阳天，朝霞如火。你一早就来到厂里，对出纳说："带上1000元现金，跟我到车间去。"在车间，你宣布按计划开始试点，并宣布试点期间，就以现金代替"代价券"，直接借给每个试行者现金300元，让他们去仓库购买原材料。这一下，全厂都沸沸扬扬了。有人摇头说："胡来，怎么可以随便发现金？"可是，300元现金却引起了试行者的足够重视。不管是掏钱向仓库买原材料，还是排料用料，他们都要再三盘算、"毫厘计较"了；至于产品的质量和产量就更不必领导开口了，谁还愿意偷懒、出次品呐？砸碎了"锅"，他们第一次真正有了主人翁的责任感。

终于，连开始时埋怨你"胡来"的人也发现中了你的"计"：原来，那300元现金只不过在工人那里过了一下手，不出半小时就被收回到仓库，又收回到出纳手里去了。"奇星这家伙真鬼，'骗'了我们一下！"他恍然大悟。鬼吗？你是有点"鬼"，不过你没有"骗"人，你只不过是借那300元现金作为"道具"告诉大家，代价券不是废纸，改革也不是儿戏！

试点工作达到了预期的目的。有的工人，月初借到代价券500元，生产10天，卖给厂部527元成品，仅10天就挣了27元。当然，也有亏本的，成品车间那个叫国珍的女工，头四天就亏了四元钱，可是你及时帮助她寻找到亏本原因：裁剪布料时不会计算，浪费太大。你还帮她改进技术，没几天，她就转亏为盈，四天赚了十元多……事实是最好的宣传员，它鼓起了全厂所有工人要求推广承包责任制的强烈要求。承包制全面铺开了。全厂上下，一扫过去乱糟糟的景象，变得

温州，温州

繁忙、紧张、富有秩序了。

至此，好些人想起了旧事，他们笑着问你："怪不得你让我们看《访日见闻》，是想让我们厂成为'松下''丰田'吧？"

"为什么只成为'松下''丰田'呢？"你说，话语颇有气魄，"我们是社会主义的工厂，应当比它们更强！"

三

改革者的歌是令人振奋的。改革者的路却是坎坷不平的。特别是面对一个"烂摊子"，还有人说定了三个月后看你的笑话。

刻不容缓的事太多了，多得叫你透不过气来：尼龙伞的销路打不开，银行来电话讨到期的一万元款子，老"供销"跟着前任厂长拍拍屁股走了，本厂尼龙伞在顾客中的信誉太低，还有，得赶快搞一个能赚钱的新产品……不来个快刀斩乱麻，制伞厂还是活不起来！

"反正逼出来了，只好憋足气拳打脚踢了！"你握紧了拳头，在全厂职工大会上说。

你指定检验员朱国萍改行当"供销"。理由很简单：她抓质量时很有责任心；外加一条：性格开朗，肯讲话。有人反对："一个20岁的姑娘能当'供销'？没听过。"但你坚持己见，说："她很快就会成为最好的供销员的！"你严肃地给朱国萍下达了死任务："千方百计，打开尼龙伞的销路！"

朱国萍和另一位"供销"顶着烈日跑遍了市区和市郊的百货店、供销社。终于，他们哭丧着脸回来了。各店家嫌制伞厂的雨伞质量差，一把也不愿进。

"不能就这样回来！"你说："你们要一家店一家店地征求他们对我们厂产

品质量的意见，用行动感动他们，改变他们对我们厂的印象。还有，要详细了解全市所有商店的情况，讲得出每家店能销售多少雨伞？淡季多少？旺季多少？最多多少？最少多少？经理是谁？进货员是谁？……这是你的阵地，你要做到比他们的经理还要内行！"强将手下无弱兵，朱国萍默默地撇了一下嘴，回身又顶着骄阳出发了。她确实是你所说的那种人……

你还把全厂的团员召集到一块。你说："你们现在都是系在制伞厂这条船上的人了，所以我给大家出个主意……"于是，节假日的鹿城街头和全市性的商品展销会上，总有一面鲜艳的团旗在迎风招展，旁边是一长溜排得笔直的桌子，头顶挂一条引人注目的大横幅："免费为您修理本厂出品的雨伞！"不用说，这又是你提高产品信誉的"鬼点子"。

双管齐下，果然奏效。没多少日子，朱国萍就喜眉笑脸地向你汇报了："形势大好，销售额越来越高……"

只有生产新产品的事，一直没有着落。80年代第三个年头，竞争之势已成，这就增加了新产品上马的困难。你曾经发动全厂的"能人"们提方案，但两个多月过去了，大家还是想不出生产什么才好。

十月里的一天，你哥哥从上海归来，带回一盏三叉吊灯。好漂亮的吊灯！构造简单，只不过是几条金属管子支着四个玻璃灯罩而已，可是造型却分外的美，把在座的亲戚朋友们都吸引住了。"这不是一种很理想的新产品吗？"你喜得一拍大腿，赶紧把厂里的师傅们请来了，还挂长途到外地了解了灯罩的货源情况。"三堂会审"的结果：生产方便，销路不成问题，每盏可以盈利11元以上，大有可为！

"日夜加班，马上投产！"你的命令简单而干脆。而且"胃口"大得出奇，一上来就上了不同式样的吊灯、壁灯共十几个品种。这些产品上市之后，成了畅

温州，温州

销的热门货。

改革者脚下没有过不去的路，你就这样领着大家，过了一关又一关！

三个月过去了，五个月过去了。等着看你笑话的人终究没有看到笑话。相反，你们把一群又一群记者吸引来了。各级报纸、电台竞相报道了你们厂的承包责任制。连副省长兼市委第一书记袁芳烈同志也来了，他还让你到市委工作会议上去汇报呢。

你登上讲台，一口气报出了一串数字：

承包责任制后五个月，全厂产品正品率由原来的25%上升到98%；

全厂产品销售额达到13.1万元，盈利8300元，上缴税收8000元，补缴了1982年头七个月欠缴的3000元税收款；

职工收入不断增加，去年12月最高的拿到九十多元，最低的也有五十多元……

掌声。长时间的掌声。领导同志们都走过来一一同你握手，拍着你的肩膀说："好，好，干得好！"

"干得好"，多么高的评价！可是，邵奇星，你却不敢陶醉。因为，你的眼前又出现了一根接力棒，一根硕大无比的接力棒，又重又沉的接力棒……

"天将降大任于斯人也。"这是时代的大任，历史的大任！邵奇星呵，愿你永远奋发，愿我们960万平方公里的土地上有更多你这样年轻有为的新星！

精彩人生

【2006年】

这是一个成功企业家的故事。26年前,当17岁的他从温州乐清的一个小村庄出发,白手起家踏上探寻财富之路的时候,这个故事便充满了令人感喟的传奇色彩。此后的26年,他的人生历程不再平淡,从第一桶金的掘得到第一个公司的诞生,从国门外的第一次搏击到回国投资报效祖国,尽管创业的道路处处坎坷艰辛,留在他身后的脚印却时时有精彩相伴。

这是一个年轻侨领的故事。在远离祖国的异国他乡,他用宽广火热的胸怀关爱温暖自己的骨肉侨胞,成为他们的知音和旗帜。他默默奉献,无私无畏,从维护华侨华人权益到促进华侨华人团结,从推动祖国和平统一大业到捐助祖国教育和公益事业,关键时刻更见赤子忠诚。

这又是一个当代温州人的故事。风雨26载,他的每一段创业经历,恰好都与温州改革开放的历程相吻合——当年,他与温州一起从农村出发,后来又与温州一起经受风雨,经历第一次创业、第二次创业……或者说,他本来就是当代温州人群体中的一员,他的故事就是温州改革开放历程的一个缩影,就是一个生机勃勃的变革时代的写照。

温州，温州

他，就是浙江省政协海外委员、全德华人社团联合会荣誉主席、旅德浙江华人联合总会荣誉会长、德国冯氏贸易进出口公司和浙江国贸房地产开发有限公司董事长冯定献。

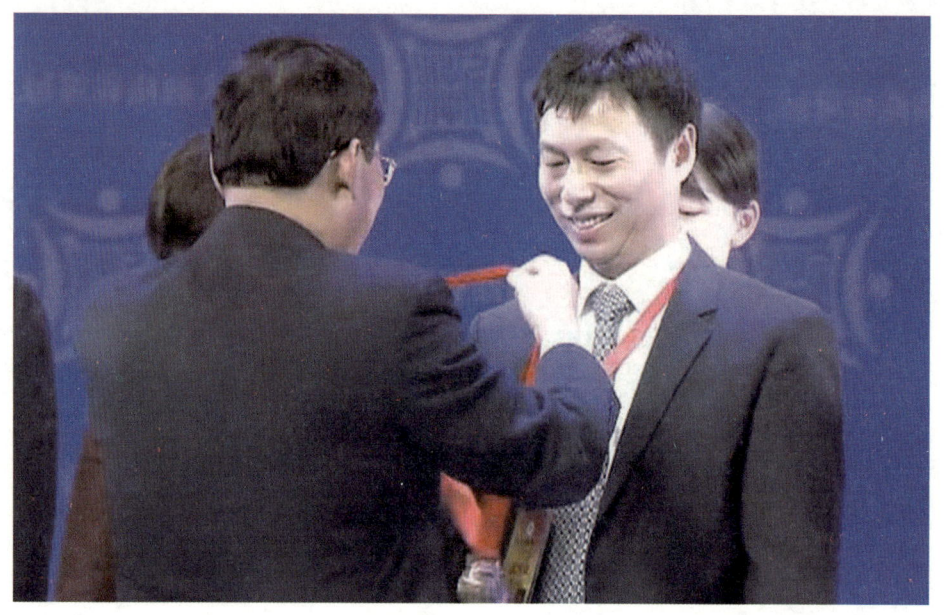

奖牌的背后是几十年的奋斗；精彩的背后是一路的艰辛。

一

1962年，冯定献出生于温州乐清北白象镇的项岙村。那是一个位于乐清与永嘉交界处的小村庄，一个山清水秀的地方。

虽说是山清水秀，项岙村却很穷。与温州的其他农村一样，她面临的也是一个无法解决的困境——人多地少。

在家乡，冯定献读过书，也种过田。他兄弟姐妹五人，他是老三，因为家阵大，父母也舍得让他去外地学点手艺，所以没等他成年，就把他送到别处一个县镇上当了学徒。三年学徒，活很累。师傅很严格，不但教了他一身好手艺，也教了他怎样吃苦耐劳，与困难抗争。年小气盛的他，那时候最大的愿望是：家乡什么时候别再这么穷就好了！

终于，冯定献所盼望的这一天就要来了。起码，它的脚步声能远远地听见了。20世纪70年代，在温州的农村乡镇，一大批由农民们创办的家庭作坊、"地下工厂"悄悄地涌现；为了替这些"地下工厂" 揽接业务、推销产品，一支十余万人的"供销大军"向着全国的城乡进发了。

冯定献也成了"十万供销大军"中的一员。1979年，他第一次带着家乡生产的五金电器产品的样品，乘坐"工农兵18号"客轮，经上海去东北的大连、沈阳、长春、哈尔滨"跑业务"。这也是他平生17年来第一次乘坐"工农兵18号"客轮出远门。那时的他，稚气未脱，个子瘦小，以至于客轮上的船政委见到他时都很惊讶："怎么像你这样的小小年纪都敢到大城市去跑码头？不害怕吗？"

"怕什么？不怕！"他自信地说，"等着吧，我会接很多业务回来的。"这种自信，源于他的性格。

也许，不光是自信。除了自信，还有勇气。这个时候的中国，虽说党的十一届三中全会刚刚开过，拨乱反正的号令已经发出，可是距离给温州摘除"资本主义"帽子的时日还很远。冯定献知道自己所干的这一行的风险，也知道自己所干的这一行的艰辛，但是，初生之犊不怕虎，为了心中的目标，他无论在怎样的情况下都没有退缩。

曾经有人用这样的词语来描绘遍布全国的温州"十万供销大军"，叫作：千军万马，千山万水，千辛万苦，千言万语。为了让"芝麻开门"，冯定献经历了太多的磨难。

温州，温州

    常常有这样的镜头：乘火车买不到座位票，他买张"站票"，上车后往人家座位下面一钻，照样睡觉；

    也常常有这样的镜头：满怀希望地敲开一个单位的大门，人家却根本不给你好颜色看。面对一双双冷眼、白眼，他默默地忍受着，即使被人赶出了办公室，他也不恼，静下心来歇歇后，面带微笑向又一个单位走去……

    不用说，这是一种考验。意志在经受考验，毅力在经受考验。冯定献已不记得，在七八年的时间里，他究竟经历了多少次这样的考验；他只记得，在这七八年的时间里，他以大连为重心，同时也向其他市县扩展，几乎已把整个东北大地走了个遍。

    精诚所至，金石为开。伴随着他不倦的步履、不倦的话语，他所获得的成果是："上帝"终于感动了，"芝麻"终于开门了，手中的订单越来越多了，业务额也越来越大了……这样，他不但为家乡的五金电器产品打开了偌大的一个东北市场，也为自己赢得了财富。

    等到完成了原始资本积累，冯定献面前的空间、舞台就更大了。他不仅在周围的朋友里第一个有了"大哥大"、第一个买了摩托车、第一个开上了小轿车，而且有条件利用自己精明的商业眼光，将一些好主意付诸实施。

    这一年，他将自己的经营方式由原先的单一推销转变为自产自销，先是在永嘉建立电器厂，继而在鹿城区高新工业园区建立三千多平方米的厂房，创办了温州市华通电器有限公司；

    几年后，他又根据市场的需求，把温州出产的品牌服装、品牌鞋类和品牌家用电器引入大连、沈阳、长春、哈尔滨、北京、上海的大商场销售，成功地扩大了自己的经营范围；

    又过了几年，他索性自办了一家叫作"港龙"的服装公司，自创了"飞狼""港龙"两个服装、皮件品牌,根据国际流行趋势,生产起时尚服装来……

温州人习惯于把自己20世纪90年代以前的创业之路称作"第一次创业"。冯定献有幸,作为创业大潮中最早一批"弄潮儿"之一,他为这段历史写下了难忘的一笔。

二

1992年,冯定献与故乡温州一样,踏上了第二次创业的征程。不过,与他的大多数乡亲不同的是,在这次创业中,他把目光投向了更遥远的地方,投向了万里之外的欧洲大陆。

一个很有诱惑力然而又很切实际的计划是:他要把浙江的五金、服装、鞋类以及小商品打进那里的市场。一个很简单然而很有远见的理由是:欧洲有很大的市场,可是还很少有中国货进入,如果能抢先一步,必然会很有作为。

他把国内的企业全部交给了兄弟,背起行囊,移居到了德国的不莱梅。

不莱梅,这个有着悠久历史的美丽的港口城市张开双臂欢迎了他。这里是德国土地上最古老的城市之一,也是世界上最古老的城邦之一,著名的"德国童话之路"就是以这里为起点的;现在,这里是德国北部的宗教、商业中心,以港口、航海、国际贸易和现代化工业的尖端产品闻名。对于这个既有古典色彩又有现代气息的城市,冯定献很新鲜也很有好感,走在大街小巷,他会觉得每一个角落都藏满了神奇,就连迎面吹来的海风也让人感到陶醉。

但是,不莱梅再好,也不是他的。作为一个外来人,冯定献现在所面对的首要问题是,他必须在这个人生地不熟、语言也不通的地方立住脚跟,然后重新创业。他告诉自己:这里不比中国,你要准备吃苦,一切从零开始哪!

温州，温州

从零开始，先要从解决"人生地不熟"开始。这难不倒冯定献，他自有办法，是一个老办法——温州话一说，就能够找到同乡一大帮；乡情乡事一聊，新朋友很快就成了"老朋友"。在这方面，作为温州人好像有天生的优势。果然，几天下来，朋友已经交了不少，大家也不像有的地方的人那样总替自己"留一手"，而是敞开了心扉为他的"生存问题"支招，劝他赶快找个合适的行当做做。他们直截了当地告诉他，在德国做贸易很难，中国人一般挤不进那一行；最好做的是开餐馆，在海外，这算是中国人最拿手的行业了，好赚钱不说，风险也小，"比贸易强多了"。

朋友们的建议让冯定献感动不已。多真心的同乡啊，为了乡情他们竟不怕别人抢了自己的"饭碗"。交了这样的朋友，冯定献觉得在德国不再是"人生地不熟"了。不过，他没有接受大家的建议，他认为以他的性格并不适合干餐饮业。他坦率地说：我还是再到处找一找吧，如果能找到更好的行当，我就打消做贸易的念头。

以后的日子，他就自己开了个车，从不莱梅这个"德国童话之路"的北边起点出发，一个城市一个城市地把整个德国跑了个遍；尔后，他又从汉堡到巴黎，从维也纳到罗马，跑了大半个欧洲；再接下去，他还与别人结伴去了几个岛国，将那些旅游生意红火的度假海滩和一伸手就可以抓到鱼的渔港都仔细考察了一遍……

走了一圈又一圈，冯定献还是一无所获地回到不莱梅。没有发现合适的行当是一方面，无法打消心底的那个念头是另一方面。说不出是为什么，这个念头总像长了手似地挠着他的心，挠得他心里老是痒痒的。

"假如真想做贸易，其实也是可以的，"见他积习难改，有朋友给他出主意了，"德国有很多好产品，你可以选一些对路的，把它们进到中国去。"

"不，我是想把中国的小商品销到德国来。"他说，"咱们中国的产品比德国便宜那么多，东西也不错，在德国不会没有竞争力的！"话说得虽然平实，却不能不令朋友们对他刮目相看。要知道，这可是90年代初期呐，在那个时候，人们只见到德国的工业品一大船一大船地往中国去，有谁敢将中国的工业品往这个发达的工业国销呢，就是有，那也是国有的外贸进出口公司的事，怎么会轮到冯定献这样的"个体户"呢？

别人不敢的，冯定献敢。他成立了德国冯氏进出口贸易公司，在德国一个订货会租了摊位，亮出了从中国采购来的服装、鞋类、小商品。

这是冯氏公司第一次亮相，第一次参加订货会，招牌一亮，摊位里天天挤满了观看询问的人。这可忙坏了冯定献，别人一个摊位只有两个接待人员，他这里配了四个还忙不过来，增加到六个仍然还是忙。不过忙是忙，实际效果却不好，参观者们看是看了，问也问了，就是没有订货的。究其原因，是他们不信任"中国制造"，说中国产品质量不好。

这件事，对冯定献的刺激自然是极大的。对那些小瞧了"中国制造"的人，他不想做太多的解释，因为任何解释的语言都是苍白的，只有事实才有力量。他咬着牙在心里说，等着吧，我们会让事实让欧洲信服的！

不久，公司接到了一个订单——一个"老外"公司要一批打火机。冯定献比照"老外"给的样机到工厂一核价，每只只要8.8元人民币就可以采购得到。可这种打火机，包括"老外"给的样机所用的配件有的不够好，如果改进一下，选用好一些的配件，对提高这款打火机的质量会有很大帮助。但这样一来打火机的成本就要增加到每只10.02元，使冯定献的利润变得极微。

在没要求"老外"加价的情况下，冯定献要求工厂选用了好配件。他对"老外"说，我们的打火机质量比你的样机好。"老外"起先不相信，等到货到了一

温州，温州

看，果然是。他信服了，逢人就说中国货好，中国人有信誉，从此成了冯氏公司的长期客户。

当然，也不是所有中国人都是讲信誉的。同样也是在打火机业务上，冯定献就遇见过一件令人不快的事。

那是1995年，冯氏公司在一次博览会上接待了两位瑞士客商，他们对冯氏公司的打火机展品很有兴趣，提出要先到产地温州看一看，然后就签订订货合同。冯定献于是安排公司的人为他们买了机票，还派人一路陪同他们来到温州。两位客商看了生产厂家后觉得很满意，准备第二天上午就要签合同。可是一夜醒来，客商突然变了卦，说要马上回国，订货的事以后再说。

冯定献丈二和尚摸不着头脑，猜不出其中的原因。直到后来才揭开谜底，是一个"同行"捣鬼：他们在半夜两点钟去饭店敲开了两位瑞士客商的房门，诈称自己是打火机直接厂家，而冯定献只是经销商，所以自己可以杀价杀到比冯氏公

从冯定献身上，人们看到的是温州人不畏艰难、自强不息的拼搏精神。

司低；尔后用车接客商连夜参观工厂，连夜订了五百多万元的合同。

这件事的结果是，那个"同行"的打火机交货后，很多气箱漏裂，质量上存在严重问题，瑞士客商损失惨重。于是，两位客商转而重新与冯定献订货300万元，此后双方来往密切，建立良好友谊……

诸如此类的故事不少，概括起来，主题词是：冯定献终于在异国的土地上为"中国制造"打开了一个新的天地。

三

正在欧洲大陆做得好好的，冯定献忽然又调动他的大批资金，"杀"回到他的家乡来。

这一次，他是被故乡，被祖国母亲召唤回来的。

时值1995年，温州市政府在香港举办了一次展销会，推荐温州的产品，也同时推荐温州的建设项目。冯定献与一位香港朋友一起前去参观，想看看温州近期的新产品。就在这个展销会上，他看到了温州市政府推出的一些房地产招商项目，被深深地吸引住了。

那是建设中的温州火车站附近的几处地块，地域位置很好，开发前景也不错，而且地价不高，招商政策优惠。参加展销会的市政府领导说：家乡温州正在进行热火朝天的城市建设，很欢迎海外的温州人回来投资啊。

冯定献以一个商人的眼光，与朋友一起仔细研读了这几个招商项目。从这些项目入手，他们还分析预测了温州房地产业的发展趋势，得出的结论是：温州当时的房地产业还处在一个沉寂阶段，高品质高档次的商品房还很缺，所以今后的发展潜力应当是很好的。望着眼前五彩缤纷的展示图板，冯定献心里很热，他意

温州，温州

识到这不但是故乡发出的邀请，也是故乡发出的召唤，作为温州的儿女，他既不愿失去这个商机，也不愿失去这个报效家乡、报效祖国的机会。

一切都发生得那么突然，一切又似乎都在情理和意料之中——

当天，在香港，他与温州市政府签订了意向书；

就从这一天起，他开始了人生路上又一次举足轻重的转移。

不过，做房地产，冯定献那时不是内行。他有自知之明，所以在开发第一个项目——"金瓯商住楼"时，便找了国内一家有建筑技术力量基础的房地产公司一起合作开发。

通过这个项目，他学到了很多。于是对房地产业这一行的兴趣和信心都大增，从此，他一发不可收，步子迈得更大了——

1995年，他与人合资，在温州下吕浦站前生活区开发了各约两万平方米的"献华商寓""献华商厦"等两个商住楼项目；

1996年，他与人合资成立了中外合资温州盛丰房地产开发公司，投资1.16亿，在温州市区吴桥路开发了"利府花苑"项目；

1998年，他参与温州旧城改造，投资1.9亿元，在温州市区江滨路开发了"博林大厦"项目；

2003年，他与人合股，在著名竹乡——浙江安吉县兴建竹椅专业市场，现在，市场的首期工程已经完成，市场内的商铺已售罄，继续开发的前景看好；

2004年，他与人合资在台州市黄岩区中心建造该市标志性建筑——黄岩国贸大厦，总投资2280万美元，目前尚在施工中，建成后其大型商场规模将是当地之最；

眼前，他又与人合资在温州市兴建一座占地八十多亩的高星级宾馆，总投资额两亿多元……

搞房地产开发,既有机遇,又有风险。在这条路上,冯定献再一次经受磨炼。

1995年,当他做完金瓯商住楼,正要开发"献华商厦"时,突然发现整个房地产市场比较低迷。房地产市场低迷,是房地产开发商最害怕也最无奈的事。市场低迷,项目的风险就大了,弄不好要赔个精光。

怎么办?不光是他,凡是熟悉的人都替他捏了一把汗。也有人为他想了两个脱身的办法:一是把赶紧把已经到手的地块退还给国家,二是把部分股权转让给他人。他考虑再三,觉得这两个办法都不可取,如果采取了这些办法,眼前也许躲过去了,但也意味着从此退出房地产业,不再有东山再起的机会。

他又仔细算了算账,对可能出现的最坏结果进行了估计。权衡再三,他还是选择了一条最艰难的路:照样动工。他在心里给自己打气:没什么了不起的,就算失败了,我也能积累一些经验!

"献华商厦"动工了,竣工了……但房地产市场的低迷状况很久没有好转,市场房价一降再降。最后,"献华商厦"被以类似于经济适用房的价格向机关单位的工薪阶层出售,毫无利润可言。但冯定献很高兴,他终究经历了考验,没有趴下。等到低潮过去,他迎来的将是房地产业的一个个好天气。

冯定献是一个很有天资又肯学习的人。做了这么多的房地产开发项目,他早已无师自通地完成了从外行到内行的转变,手下的人都说他是一个"没有设计师职称的设计师"。他针对每个项目设计所提出的关键性修改意见,常常令工程师们也很信服。

而且,对于每一个项目,他都会在深思熟虑之后提出自己的超前理念与务实措施。随着时间推移,这些理念与追求更是逐步显现出了效益。

建于温州市区江滨路的"博林大厦",屹立瓯江之滨、华盖山麓,地处昔日

冯定献创办的滨海大酒店是龙湾区唯一的五星大酒店。

城区东大门的闹市商圈内。在这个项目的设计理念上,冯定献花了不少心血。他日夜思索,提出了如何产生城市崭新广场的创新效应、如何让商业步行街与休闲广场纵横交集、如何将大厦同周边的建筑群有节奏地协调以及如何在造型方面增添一些欧式风格等许多想法。这些想法在设计和建造过程中得到体现后,果然效果极佳,深得业主和路人们的盛赞。

在竹乡安吉县兴建的竹椅专业市场,也是冯定献的一步妙棋。这个项目的原意,做的并不是专业市场,而是一般的商住楼。是冯定献根据竹乡盛产竹器的特点,想到了要以竹椅销售市场作为这个项目的主题。他后来果真与朋友共同合作投资建成了这些市场经营商铺。这个成功的项目,既繁荣和推动了当地市场经济的发展,又充分体现了房地产开发的最大效益。

万丈高楼平地起。能用自己的智慧和汗水为国家和父老乡亲造福,冯定献十分欣慰。

四

在海外，被华侨华人们推举为侨领的，一般都是德高望重、年岁也相对比较大的人物。像冯定献这样，虽然年纪还很轻，却担任着全德华人社团联合会荣誉主席和旅德浙江华人联合总会荣誉会长这样重要职务的侨领并不是很多。

他之所以能受到旅德华人同胞的推崇，并不是仅仅因为他在事业上的成功，还在于他对当地华人事业的贡献和作用，以及他在侨胞心目中的号召力和人格力量。

不莱梅的华胞们至今还记得上个世纪90年代的一件事。

那个时候，不莱梅虽然已有不少华人侨胞，可大家之间却很少沟通往来。这些侨胞大多是近几年刚从国内出来的新移民，他们在德国碰到的困难之一是生活上不适应——吃不惯德国饭，到了晚上则没事干，很无聊寂寞。

当时，冯定献也刚出国不久，看到侨胞们的这种境况，他很同情，就想了个办法，让大家在每个星期六晚上在一起搞聚会。他让大家轮流来买菜，然后拿到餐馆来烧，还从家里搬来了卡拉OK器材。聚会活动非常热闹，参加者通常都有六十多人。通过聚会，参加者不但加强了感情联络，还交流了相互间的信息，大家将自己在异国创业和生活的成功经验拿出来与别人分享，也将自己的教训告诉别人，让别人少走同样的弯路，这对带动不莱梅华人一起创业确实起了很好的作用。而冯定献在活动中体现出来的热心和组织能力也给大家留下了很深的印象。

在不莱梅，更有好多华胞忘不了冯定献在他们创业过程中给予的扶持帮助。

刚出国时，有的侨胞资金实力还不强，他们想创业，想开餐馆，可手头资金不够。开个餐馆需要10来万马克，可他们只有几万。遇上这样的情况，冯定献常常会豪爽地把自己的钱借给他们，帮助他们解决困难。不但自己借钱给他们，还

温州，温州

把流行于家乡温州的一种叫作"呈会"的办法也搬了出来，动员侨胞们大家一起来帮助他们。

所谓"呈会"，实际上是一种规矩已经比较成型的"民间银行""民间互助会"的形式，通过这个办法，好多刚出国的侨胞解决了资金的困难，顺利地开起了餐馆。这些侨胞直到现在还念念不忘：我们能有今天，离不开冯定献当初的帮助。

十多年来，冯定献时时处处将旅德华胞装在心里，为谋求和维护广大华胞的权益，促进德国华人社会的繁荣做了大量的好事，操了不少的心。他更关心华人社会的团结，认为在远离祖国、远离故乡的异国，华人社会只有凝为一条心，聚成一股劲，才会对外显示自己的力量，才会受到所在国人民的尊重和支持。

一次，国内一个非常重要的代表团即将访问德国。有两个华人社团知道这个消息后都向中国驻德大使馆提出请求，希望参与接待工作并宴请代表团。考虑到广大侨胞的爱国热情，大使馆同意了这个要求，但提出此事必须由所有社团共同出面联合来做。听到使馆的意见，好多人都认为这是一个解决不了的难题。由于种种原因，这两个华人社团之间很不团结，长期以来一直非常对立，按人们的说法，"别说合起来共同做事，就是一起坐下来谈一谈都不大可能"。

冯定献听到这个消息后，立刻放下了手头的事情，连夜去做两边的工作。他走了这一方又走那一方，一方方地劝，一方方地说，真的是把所有的本事都使出来了。也许是他的诚意感动了人，也许是他真的"和稀泥"和得不错，说到最后，两个社团居然都同意不纠缠过去的旧账，合起手来先把接待宴请的工作做好，"团结的曙光"开始出现……这件事的顺利解决，在德国华人社会反响很好，包括国内代表团领导、大使馆和一般华胞在内，上上下下普遍都感到非常满意。

近些年来，随着中德关系的进一步发展，到德国考察、洽谈的国内代表团较多，而且经常还有领导人出访德国。事关中德两国间的合作和友谊，事关国家外交政治大事,冯定献总是积极参与接待工作,想方设法把事情做得好些更好些。为此,中国全国政协副主席万国权、罗豪才,统战部部长刘延东,外交部部长李肇星,原中国驻联合国大使秦华孙等曾接见了他,对他的工作表示赞赏。

作为一个年轻的侨领,冯定献的社会工作很忙,社会职务也很多。除了担任全德华人社团联合会荣誉主席、旅德浙江华人联合总会荣誉会长之外,他还是中国和平统一促进会理事、欧洲温州华侨华人联合会德国分会荣誉主席、德国中国和平统一促进会顾问、浙江省政协委员、浙江省归国华侨联合会海外顾问、世界温州人联谊总会副会长、温州市侨商协会副会长、永嘉县侨联副主席和乐清市人民对外友好协会副会长,还作为海外华侨的代表,列席了全国政协十届三次会议。他把这些职务看作海外华胞和祖国人民对自己的信任与重托,宁肯自己多吃苦多受累,也要尽心尽职地把这些工作做好。

冯定献热心公益事业,特别关心祖国的教育事业,回国投资后,又对国内教育事业的现状有了更多的了解。站立在浙江的土地上,他想到:"浙江这些年在经济上发展这么快,在教育上也应当比别的省份走得快一些才是。"

出于这个想法,2004年,他通过浙江省委统战部,向浙江大学捐资100万元设立"献华奖学金",以鼓励在该校成绩优秀的贫困学生。

他的善举得到了浙江父老乡亲的赞扬,但他却说自己"不过是抛砖引玉而已"。他说,他更深一层的想法是:"我们浙江在海外有那么多的华侨,如果能带动大家一起来关心、支持教育,那么浙江教育事业的发展步伐一定会更快!"

有数字证明,冯定献对公益事业的捐助远非一日之功。创业以来,他曾先后为灾区捐款捐物、为家乡捐资助学和造桥修路,达200万元;近年来,他又在各种慈善公益活动中捐款,其中包括:为温州市政府举办的"慈善一日捐"捐款;为温州市防"非典"办捐款;赞助温州市侨商协会活动经费;为浙江省政协希望

温州，温州

工程捐款；参加由国务院侨办组织的纪念邓小平诞辰100周年活动，为四川省伟人故乡捐建"华侨林"；随部分侨资企业前往甘肃、青海西部地区考察，参与甘肃省积石山县侨资工程扶贫建设；为家乡温州台风灾赈灾捐款；等等。累计起来，至今已捐款350万元。

冯定献时刻关心着祖国的统一大业。多年来，他努力团结海外侨胞一道反独促统，他的身影总是活跃在欧洲和全球华侨华人推动中国和平统一的活动中。

德国有许多台胞，由于历史原因，他们对中国大陆不太了解，甚至存有偏见。这也使他们在中国和平统一问题上与大陆同胞的认识不太相同。为了尽可能多地团结台湾同胞一同反独促统，冯定献自掏腰包为七位台胞买了往返大陆的飞机票，让他们去亲眼看一看大陆今日的繁荣景象，增加对祖国大陆的认同感，收到了很好的效果。

2005年3月14日，中国十届人大三次会议以高票通过了《反分裂国家法》，冯定献感到十分激动。当天，他提笔致函全国政协和国务院侨务办公室，对中国制订《反分裂国家法》表示坚决的支持和拥护。作为全国政协十届三次会议海外列席代表，冯定献在致函中说，十届全国人大三次会议以无反对票的结果顺利通过了《反分裂国家法》，是中央审时度势、顺应民心做出的重大决策。他认为，该法的出台，有力地扼制了"台独"嚣张气焰，有利于台海的和平与稳定，有利于两岸经济快速发展和共同繁荣，是一部符合中华民族根本利益的大法。

在海内外，有许多媒体报道了他的反应。

飞向全世界的赤子之声，又一次昭示着他的赤子之心。

"想不到"的故事

【2006年】

杨小龙敢闯敢干的个性，很能代表温州人的精神面貌。

都说人生如戏，常常会有意想不到的"情节"发生。确实是这样。

回顾出国以来的日子，杨小龙说他有三个"想不到"。一个是想不到自己会出国，而且还走得那么远；二是他们家本来七八代人下来都没有一个做衣裳的，想不到轮到他会做这一行；再就是想当年如果有辆凤凰牌自行车骑骑就很"撑"了，想不到他现在一个人就有三辆奔驰汽车……

关于他的故事，得从头说起。

杨小龙的生日是1月7日，照温州人的说法，叫作"月很大"。他出生的那年，已是新中国成立后的第四个年头，所以"文革"中他在温州工读一中读的是69届初中，也就是紧跟着"老三届"的那一届。他的祖祖辈辈与做衣裳没有瓜葛，与钟表倒很有缘分。他的爷爷是个钟表匠，替人修表的。也许这个原因，他的父母也成了温州钟表厂的工人，是建厂时的第一批工人。不过这种与钟表的缘分，到了杨小龙这儿就断了。"文革"之后若干年，改革开放的序幕刚刚揭开一个角，他就大着胆子跑到上海的奉贤县，与当地人合作开起了电器、五金工厂，生产的是上海牌轿车上用的开关壳，直接为上海牌轿车供货。几年后，他从郊县

温州，温州

进入市内，在市里开了个门市部，做的还是电器、五金之类的生意，还是与钟表无关。

杨小龙虽然"月很大"，年轻时候个子却不大。再加上他生性好动不安分，所以模样看上去要比实际年龄小好多。有一次他去参加一个订货会，尽管都已是小老板了，竟然还是有人"有眼不识泰山"，看着他说："怎么谁把小孩也带来了？"

这种戏剧性的事情，最绝的还是后来。1985年，他送弟弟经澳门去法国。原打算送到通关口，站在边境之内看着弟弟出了关到了澳门那边，就可以回来了。谁知道因为他个小，边境两边的边防官员竟然谁都没有把他当回事，谁也没有想到去提醒他阻拦他，而他也不知道哪儿算是边界。等到他发现有点不对头时，双脚早已是在澳门的土地上了。那个时候，出国的门槛很高，要迈出这个门槛不容易。他想，既然已经出来了，索性就不回去了吧。就这样，他莫名其妙地出了境，出了国门。在澳门待了半年后，他也去了法国。

在法国，杨小龙先去投奔好友曾旭光。曾旭光在温州是当医生的，比他年长一些，出国时间也比他久，是他心目中的老大哥，他劝勉杨小龙说：既然到了外国，就要干点"名堂"出来。关键是人要"勤力"，只要"勤力"什么都好办。老大哥的话，他听进去了，一句"人要勤力"，他在心里记了20年。

杨小龙胆子很大，虽然路也不识，人也不熟，居然也敢出去找车衣的活干。他从法国人那里接了外加工的活，拿回家里车，没日没夜地车。没想到不认识法文，有一次把衣服上的商标全上反了。没有办法，只好拆了重缝。找了人一起干，三个人光拆就拆了一天，脖子都累酸了。一年一年过来，类似这样的洋相还真出了不少。

不知是看上了他干活的认真劲，还是看上了他乐天不知愁的性格，凡是给过杨小龙外加工业务与他合作过的法国人都很喜欢他。他们把他当作了自己人，有了好事都想着他。碰上大雨天路上水坑多，有时甚至还背他过水坑。其中有一位老板，是个犹太人，他有一天问杨小龙：假如做牛仔裤，你行不行？杨小龙那时其实还没有做过牛仔裤，可他想，别人能做，为什么我就不能做？他说：行。于是，借着这位犹太人老板3000平米的厂房并用他的钱买了机器，他真的做起牛仔裤来。想不到生意居然好得出奇，天天一大早就有人来等货，车间里的工人们都快被衣堆埋住看不见人了。

生意好，钱好赚，杨小龙很快发起来了。他还是替人家做加工，不管好做难做的业务他都接，因此客户都喜欢与他合作。当然，他也有失算的时候。为了顺带解决自己吃饭的问题，他用329万法郎买了个餐馆，因自己不懂，就包给别人做，做了两年亏了，只好又卖掉。

2003年，杨小龙在温州办厂，成立了歌特服饰有限公司。办厂的初衷，是因为看到了国外国内服装业越来越激烈的竞争。开始，他本来想把这个厂开在国内别的地方，可想来想去还是温州合适，也有感情。按理说，新建一个服饰厂，

杨小龙的歌特服饰公司。

温州，温州

从审批到盖厂房、进设备、投产开工，往快了说也得一二年吧，这叫走程序。可杨小龙没照这个程序走，他采取了温州人很独特的办法，既然自己的母鸡还没养大，就先借一只老母鸡给自己生蛋。他在市内找到一处旧厂房，租了下来，又用极快的速度进来设备，没等别人明白怎么回事，他这边已开工了。

歌特服饰公司生产的还是牛仔系列服装，男的女的、大人的小孩的都有，花样翻新，款式变来变去。用的他所拥有的一个法国牌子，在法国一些人中还小有名气的一个中上等牌子。与温州一些别的服装厂不同，杨小龙走的是自产自销的路，产品全部运往美国，在自己的门市部里卖。他那个门市部开在巴黎的二区，店面有两层，180平米，有他的妻子留在那头掌管，两个女儿相帮着。

歌特服饰公司成立三年，年年奏凯歌，第一年产值一千多万，第二年一下子跳到五千多万，第三年也就是2005年又跳到六千多万。这样的发展速度，让同行们都不免吃惊。于是，在杨小龙简陋的办公室里，挂上了一块大奖牌："优秀侨资企业"。

与此同时，在温州滨海工业园区，歌特服饰的新厂房也竣工落成了。新厂房总面积两万八千多平方米，是很现代化的漂亮建筑。杨小龙打算，搬到新厂房后，将员工从原来的二百多人增加到700人，将产品品种也扩大到牛仔服装水洗、绣花、印花，并生产内衣。看来，在杨小龙家过去七八代人都没做过的这个行业，杨小龙还真干出"名堂"来了。

企业做大了，老板做大了，要忙的事多了，社会的地位变了，要承担的社会责任也多了。市里成立侨商会，他当了副会长；滨海园区成立民营企业协会，又选他当了副会长。忙来忙去，变来变去，他就是有一个习惯不变：每天早晨，他还是最早来开门；晚上，还是他最后关门。

看来，他的"勤力"已经根深蒂固，这辈子别想改了。

升起你自己的太阳

——六位温州青年采访记

【1987年】

"待业青年",这是前些年出现的一个特定的专用名词,而且常常同"问题"二字连在一起。

一位曾经受过待业青年们"围攻"的劳动局长说:"青年待业,不光青年们急,家长们愁,我们心里也不好受呀。为了能安排更多的待业青年就业,我们动了多少脑筋!只要看看这几年的就业数字就知道了。但是,每年都有大批的青年从学校来到社会,远远超过了劳动部门的'消化'能力,'僧多粥少',我们也难哪!"

待业青年问题——一个令人头痛的社会难题,自从党的十一届三中全会以来,随着国民经济的发展和改革、开放、搞活方针的贯彻落实,正在逐步得到解决。而在一些地方,青年就业已不成为"问题",温州市就是这样的一个城市。

温州市人口密度极大,人均占道面积不过1.47平方米;而且工矿企业少,人员又接近饱和程度,与外地相比,是"僧"更多"粥"更少!市劳动局的同志告诉我们,他们之所以能解决就业的难题,靠的是待业青年们自谋职业,自找出

温州，温州

路，自我消化！

"靠的是青年们自谋出路……"这无疑就是一篇有意思的文章！

于是，我们在这个以"温州模式"闻名遐迩的，相当古老又相当年轻的城市，开始了一次带有很大随意性的采访。

第一个对象：陈其木，男。他向劳动局要回等了三年的就业申请，联合五名"同类项"于防空洞中办起电子器材厂……

你们算找对人了，我确实待过业。别看我现在这么"红"（作者注：中共党员、市政协委员、市劳动模范），企业这么好（笔者注：市区"十大明星工厂"之一，国家劳动人事部的部属厂，全国和全省"发展城镇集体经济，安置待业青年"先进集体），产品这么吃香（作者注：50—100门电话总机自动切换无停电源机填补了我国电子工业若干空白，系列交流稳压器和系列晶体管电源达国内先进水平，以上产品被选送国际劳联展览，还有产品作为我国第一颗地球同步卫星地控站供电设备），可我不会忘记，我的"出身"是"无业游民"。

我是1978年返城的，当时身无分文，连剃个头花三角钱都得红着脸向父母讨。向劳动局要工作，想不到一等就是一年。我急了，三天两头往劳动局跑，又问又催。劳动局办事员的回答是：耐心等待。结果整整干等了三年！三年，白白耗费的三年青春呀！我懊悔极了，一气之下，跑进劳动局要回在那儿躺了三年的就业申请报告，撕了！

撕了就业申请，就剩了一条"自找职业"的路。我根据自己自幼爱好无线电的特长，和几个同命运的"流浪汉"商量，准备创办一个电子器材厂。当我走进街道办事处，把自己的想法告诉主管劳动分配的一位主任时，她很爽快地答应说："好吧！"可随即又加上一个条件："你得给我多带几个街道待业青年！"

工厂办起来了，办在一个"暗无天日"、又潮又湿的防空洞里，还是租的。没有资金，我们大家凑；不够，只好连哄带"骗"地向朋友们借。我们没日没夜地苦干了一个月，搞出了第一台产品——供电机。

围着自己的"头胎婴儿"，大伙都喜欢得合不拢嘴了。可是，当我把它背到成都、新疆、北京等地去推销时，都吃了"闭门羹"。结论是一样的："机器不先进。"

我们没泄气。人家不是说我们的机器不先进吗？那我们就攻攻关，造先进的。整整三个月，大家伙不但没领一分工资，反而东凑西借又投入了几千元钱。终于，我们成功了！

后来的情况当然就不用我啰嗦了。由于我们不断改进生产工艺，拼命开发新产品，才有了现在这么多深受用户欢迎的吃香产品，你们看，好多还是国防科委的定点产品呢。我们的企业呢？当然也是"鸟枪换炮"了。我们的经济效益每年都很显著，人均创税利两万元，是全国同行业的佼佼者。至于厂房嘛，不用说，早已由过去的防空洞变为现代化的大楼了！

回想这些，我可称得上不幸之中有大幸哪。后来我懂得的道理多了，知道国家安排青年就业，作了最大努力，但还是有困难。也亏得我当年没有再傻等下去。要是再等下去，岂不是自己断送了青春好年华！

升起你自己的太阳

温州，温州

1979年，温州的第一家"个体户"。

第二个对象：王丛丛，女，"丛丛服装加工厂"主人。连她自己也没料到，像她这样的个体户，竟能在全市性的时装设计大奖赛中一举夺魁……

说真的，我最怕你们问我："为什么你小学毕业后不升中学，却当了裁缝？"这些年来，每当别人这样问我时，我的眼泪就会止不住地啪啪往下掉。能不叫人心酸吗？一个15岁的孩子，仅仅因为家庭出身不好，小学毕业后就被取消了升中学的资格！十年动乱留在我心上的这道伤痕，真是太深了。

　　升学资格的失去，使我过早地成了一名"待业青年"。每天，看着伙伴们背起书包去上学，我就一个人暗自抹眼泪。妈妈见了，说：老这么下去也不是办法，还是找个事做做吧。我听从劝告，让妈妈领着，到附近一位姓陈的裁缝师傅门上拜师学艺去了。学了一年，学成了，就在家中楼上偷偷干起"地下裁缝"来。

　　三中全会之后，政策放宽，我申报了执照，生意越来越好。温州人爱打扮，特别是女顾客，喜欢追求时装新式样。不是都说"穿在温州"么？听说我做的服装样子新，好多人都老远地骑车找上门来，每天都有人来问：你看我的体型，适宜穿什么服装，给我设计一下好吗？更有那些即将出国的人，再三请求我替他们进行"特意设计"，碰到这种情况，我就千方百计找资料，想方案，为他们做适合在他们要去的国家穿的服装。这样做很麻烦，但我愿意，我从中领略到了一种乐趣。

　　我也有过自卑感。走亲访友时，很怕别人问我干什么工作。因为我过去老以为，当个个体户，其实同失业差不多。就拿去年报名参加温州市首届时装设计大奖赛的事来说吧，当时心里头就是这么想的。尽管我也硬着头皮送去了作品，但从来也没期望得什么奖。报社记者采访我来了，告诉我说："你的'忆江南'连衣裙获得了最佳设计奖！"我一惊："真的？"这才相信，原来个体户也有自己应有的位置。今年，《科技日报》、《经济生活报》、《温州日报》、温州电视台都派记者来采访宣传我。《服装世界》《服装和纺织业》等刊物还将刊登我的设计作品。现在，再当人问我干什么工作时，我会很自豪地回答：服装个体户！

温州，温州

第三个对象：陈晓聪，女。她虽然才 22 岁，却已经当了七年美发厅"老板"……

好多人谈起自己早早就"顶替"父母参加了工作，好不得意。其实，高兴可以理解，得意则大可不必。

我也早早就参加了工作，15岁就"出山"，当上了红霞美发厅"老板"。不过我的"字号"是个体户。个体户怎么啦？我比他们强！我是靠自己的本事在社会上立足的！我的人生转折点说起来或许你们会不相信——初中毕业后没考上高中，我只当闹着玩，到阿姨那儿学烫发手艺。学艺才三个月，就产生奇想：我这两下子不比别人差，也能和别人一样开爿店嘛！父母亲和三个姐姐当时都反对我，他们许愿说，再等几年吧，等父亲退休后，你去顶替当一名国营工人。我听了却不动心，一个80年代的年轻人，要就业还靠父母？那不是太无能了吗？难道就不能走自立自强的路？我还是偷偷在筹备开店的事。1980年5月1日，我这美发厅终于开起来了。开业那天，三姐在厂里得悉此事，撂下活就往家赶，哭着劝阻我。我没听，她整整伤心地哭了八天，连班也没去上。她在楼上哭，我在楼下干，反正我认准了这条路，尽管当时我对人生的理解还很朦胧。

真正懂得"自立自强"这四个字的含义，还是在我1981年到上海学习的前后。当时，温州流行冷烫，顾客上门要求冷烫，我说不会，顾客很失望。于是我毅然关门，自费到上海广中理发店学习冷烫技术和流行发型。满师回来，我在温州第一个推出了"张瑜头""幸子头"等流行发式。渐渐地，我这爿美发厅在市区闹出了名气，店里每天门庭若市，那些爱俏的姑娘和讲究风韵的中年妇女情愿干等在店内店外，也非我不烫。她们说"红霞"是流行发式和美的呼唤的"知音地"。从这以后，我对美发的兴趣越来越浓。

2000年春节,广西南宁。一位温州女老板在路途上仍忙于联系业务。(萧云集 摄)

温州，温州

我明白，作为个体户，我们的社会地位，从某种程度上说是建立在"有本事"的基础上的。所以后来，我又千方百计托人介绍，到了全国第一流的美发厅——北京四联美发厅学习，继而又转入八一电影制片厂，投师著名化妆师颜碧君学习美容，学会了化生活妆、新娘妆、舞台妆、电影妆及舞会妆。求师期满，颜老师要我留八一厂工作半年，高薪聘请我协助她参加一部电影的化妆工作。但我没答应。因为我觉得我的用武之地在温州，在这里，我能够更好地施展才干。而且，作为一名个体户，我认为人生的价值不在于地位，不在于荣誉，而在于奉献之后创造力的实现。正因为如此，所以当我被评为温州市劳模、市发展城镇个体经济先进分子时，并没有感到自己就变得伟大起来。那么多的奖状奖框我都没挂，却只挂了鹿城区委奖给我的一块小红匾，因为那匾上镶了四个让我看着很中听的大字：自立自强。

第四个对象：朱青虹，男。在一条偏僻小巷的一个狭小空间里，包括他在内的十位青年在他们老师的带领下，创办了一个遐迩闻名的信息服务社……

对，我们十个人都是姜洪涛老师的学生。那是一所区办的业余夜校，叫文学讲习班，姜老师是我们的外国文学老师（当然，他也是业余兼课）。他是个热心人，将班里学习成绩最好的我们十个学生召到一起，搞了一个文学小组，每周两个晚上，给我们开起了"文学小灶"。我们十个人当时年龄最小的20岁，大一点的也才20多。我们有一个共同的特点：爱玩，星期天都要结伙出去游玩。遗憾的是我们每回都只能去近处的风景点，不能去太远的地方。原因很简单，游玩得花钱呀，像我这样袋中空空的，哪有钱走得太远！这事对我们刺激很大，开始有人提议：我们是不是该干件什么实事，赚它一点钱回来？

有一天，记得是清明节，我们聚在一个同学家吃芥菜饭，吃着吃着又议起那件事。姜老师说：你们几个都挺斯文的，还是干件斯文事吧。他提议我们搞信息服务。我们一听，觉得这主意不错。当时，姜老师刚读过《大趋势》，从他那里，我们也听说了国外对信息的重视。我们想，新技术革命的浪潮也正在席卷我国，随着我国经济的腾飞，信息的重要性必将越来越鲜明地显示出来。信息事业的这一前景，极大地扇起了我们的热情，大家七嘴八舌议论开了，当即商定由姜老师领头，亮出"东风信息服务社"的旗号。

万事开头难，我们的初创时期真苦！十个同学，加上姜老师，每人拿出50元钱，买了一台打字机，订了好多报纸，还买了油墨、纸张，至于桌子、凳子、墨水、订书机等办公用具，全是大家从各自家中拿来的。办公地点，也是借用的，一间十平方米的斗室，我们就在这里编印了《全国权威报纸信息分类缩编资料》旬刊，向全国发出征订。这套资料每期都汇集了大量国内外最新经济信息。夏天，怕风吹乱了资料卡片，不但不敢开电扇，连窗子也不开，那滋味是可想而知的。干了两个月，终于有两个同学受不了，退出了，这不怪他们，确实太苦了！

我们终于坚持了下去。我们渡过了难关，迎来了信息社的发展壮大。现在，除了编印"信息资料"，我们还开拓了许多信息服务项目，如举办"全国崛起产品展销会"，编写出版《全国新产品分类指南》，等等。自然喽，经济效益也日益可观……总之一句话，我们不但自谋了出路，而且还为中国的信息革命发了光和热。

温州，温州

第五位对象：陈百新，男，一个"不安分"的年轻人。在报纸宣传中，他得到了这么一个"头衔"："全国第一位从事录像制作业的文化个体户"。

我从小就爱好摄影，也算有一技之长。1984年初，我决定干个体户时，在选择经营项目时考虑了很久很久，经过一番权衡最后才选定了摄影业。因为这能发挥自己的特长。但此时温州市区的摄影部已多如牛毛，如果我再凑这个热闹，就不会有多少竞争能力。我想，搞经济活动得分析市场、预测市场，特别是要"透视"潜在的市场。有了市场意识，在经营对象上还要独树一帜，这样才有较强的竞争力。基于这种思路，我大胆投资创办了温州市第一家彩照冲洗经营部。结果一搞，生意兴隆。

没过多久，市里的彩照冲洗服务部一个个地冒了出来。这时，我看准当时温州冲彩卷得拿到450公里外的杭州市的情况，马上"转板"，又在全市率先经营彩卷冲洗业务。后来，许多人又起而效仿。我一想，罢！扛上所有的设备，登上北上的列车，只身打道数千里之外的陕西省咸阳市，与当地的摄影协会联营，办起了该市第一家彩照冲洗、扩印服务部。

事业的追求应该不断地创新。在咸阳市，我也无时无刻不在想如何创新。一个偶然的机会，我得悉该市某单位有一部摄像机，我马上打通"关系"，学会了摄像技术。我相信这本领今后会大有用处。

不久，我回到故乡温州了解生意行情，发现有不少企业已开始利用录像资料介绍企业的产品、工艺流程、管理水平等。而全市当时除温州电视台承担一些产品的广告制作和厂容厂貌的拍摄制作外，尚无一家这方面专门性的服务行业。另一方面，近一两年，市区家庭电视机已基本普及，而且录像机的购买力也大大提高。鉴于这些情况，我便萌发了创办个体录像制作业务的念头。1986年初，我开始攻读大学电视录像摄制与编导的函授教材，并筹措资金，购置了一套录像设备。等到万事俱备，我便毅然抛却咸阳兴隆的生意，"挥师南下"，回温州筹办个体录像服务部。

影视行业属特种行业，个体办录像制作业，当时在全国也闻所未闻，各种阻力、非难是可想而知的了。但我最后得到了市委领导和鹿城区工商部门的支持，终于在1986年10月，试办了全国第一家个体录像制作服务部，专为家庭盛事、企业经营活动拍摄录像。

我为什么喜欢在事业上不断创新呢？我认为，创办新事业容易受人注意，也容易被人接受。这同现代人的生活追求——要求快变化、图时新，是合拍的。今年以来，全市个体办录像制作服务的少说也有几十家。这对我来说，无疑是个冲击。但我不怕，我又有了新的打算了。有冲击有压力，才能不断追求创新，保持事业的生机和活力嘛，你们说对吗？

第六个对象：苏建华，女。看她充满稚气的鼻梁上那副时髦的进口金丝眼镜，看她身上那件勾勒着全身优美曲线的旗袍式连衣裙，你不会想到这位21岁的少女就是国内第一家私人经营的"电脑征婚服务部"的经理……

我只想说这么一句话：我们应该有选择观念。

我去年高中毕业，跟其他同学一样，面临两种选择：一是参加高考，二是自找出路。我感到一个青年人有没有出息，能不能成才，能不能生活得有意义，并非仅仅取决于是否考大学，在出路的寻找上应该有选择的观念。一个现代人，尤

温州，温州

其是现代年轻人，对生活、对工作、对事业的追求不应再采取传统的、封闭性的"非此即彼"的方式，而应采取开放性的方式。"条条大路通罗马"，何必吊死在一棵树上？假若考大学对我最适宜我就考大学，假若当导游对我最适宜我就干导游。知识不够在实践中再补学、选学嘛。就像找对象一样，干嘛非得要靠"媒妁之约""父母之命"？或者干嘛非得要从自己的"生活圈"里寻找？那样不是路子太窄了吗？要是换了我，哪种方式最佳就选取哪种方式。要是不行，还可以试试"电脑征婚"嘛。

正是出于这些想法，我经过"可行性研究"，感到自己高中毕业后还是直接干实业，就目前来说办"电脑征婚服务部"最合适，所以我就义无反顾地放弃了高考。现在，我这个"鹿城电脑征婚服务部"办得挺来劲，我既当经理又当电脑"月老"操纵员，感觉挺不错。但这还不算定局，也许经过一段时间的实践，我发现自己当公关小姐或者搞服装设计更为合适，我就毅然关掉电脑征婚服务部的大门，再作新的选择。

使我们感到欣慰的是，包括本文六位主人公在内的温州青年已经在努力掌握自己的命运，做自己命运的主人。他们用实际行动昭示那些至今还在等待国家来安排工作的青年人：

不要老埋怨阳光的姗姗来迟，朋友！愿你升起自己的太阳！

（本文与张和平合作）

木杓巷有一支歌

【1986年】

这姑娘，该不是发神经吧？现今当下，连好些文人都改弦易辙，弃文从商去了。她倒好，偏偏要点灯熬夜，写起什么小说来，莫非……

鲍玲秋知道，一旦风声走漏，在木杓巷，便会有许多怪异的目光朝她射来。甚至会有人围住她的小摊，像看什么怪物似地看她。

但她不怕。有什么好怕的？别人写得小说，个体户就写不得小说？她不信。她的那篇小说才写了多半，她还要挤零星时间将它写完。她已经让她笔下的主人公——一个跟她一样，在木杓巷摆摊子卖小百货的姑娘根据市场的需求办起了时装工场，接下去，她还要让"她"几经挫折。

几经挫折？为什么要那么"残忍"，硬要让"她"经受那么多挫折？她也说不上。她只知道，人生道路是不平坦的，要想取得事业的成功，不能指望一蹴而就、一帆风顺。这些话，她念高中时就会说了。临近毕业时，班主任老师没少用这样的道理提醒她们这些即将告别母校的学生。

不过，说归说，她那时候并没有把这些话放在心上。她太称心了，面对即将到来的高考难关依然是踌躇满志，信心十足。学习成绩优秀，写作能力又强，

温州，温州

大学之门能有什么理由不为她这样的尖子生敞开？展望前程，她已经看到，一个五彩缤纷的世界正在张开双臂欢迎她。"玲秋，你准备考什么，文科还是理科？""玲秋，你打算将来大学毕业后干什么？"连同学们与她说话时都带着羡慕的神情，好像她真的已经考上了名牌大学。她笑而不语。笑而不语也是一种回答。将来——这还用问么？少女心里充满了憧憬，当然是当作家啰，写诗，写小说！

挫折就是在这时降临的——高考成绩公布：她以两分之差落第了！

泪水一下子模糊了双眼，她从山顶一直跌到了山底。该死的两分之差，它竟然在倏忽之间打碎了一个大学梦，不，是在倏忽之间改变了一个人的命运！

"不愁不愁，玲秋，我们家条件还可以，不缺钱花。你可以再找个学校复习一年，明年再考。"她感激地看着父母和姐姐，止住了泪水。不缺钱花，确实不缺钱花。两个姐姐都有工作，父母也拿有退休金，即使再多一个吃闲饭的也养得起。她于是"心安理得"了，生活也慢慢恢复了平静，除了每天去学校上课，还像往日课余那样，练练书法，看看小说，学学画画，拉拉小提琴……

但是，她岂能心安理得！翻阅报纸，一篇介绍美国青年生活的文章将她搅扰得寝食不安。文章说："美国青年18岁就要自立，包括总统与大企业家的子女……"好！她在心中大声喝彩，我们中国的青年也应当这样！不过，在中国，这样做能行吗？我们有我们的国情，老话说，"在家靠父母"，这是我们的传统习惯。

传统习惯？传统习惯怎么啦，就不能改改？就在那一刻，她决定了：到木杓巷摆摊做生意去！

全家人都被吓了一跳。"玲秋玲秋，还是读书考大学吧，爸妈会培植你的。""玲秋玲秋，爸爸妈妈旧社会没书念，姐姐我们虽说念到小学毕业，可是碰到'文革',除了每天读语录,其实什么也没学到。就是你有福气赶上了好时候,我们全家说什么也得让你上大学……"玲秋笑笑:"我也没说就不考大学呀。我白天摆摊子,晚上还可以复习嘛。"她的性格属于"黏液质",内倾性很强,打定主意之后就很难改变。家里人知道她的脾气,只好表示支持。

木杓巷好热闹!好多个体户看中了这块宝地,争先在这里摆出卖小百货的摊子,很快就把整条小巷变成了一个小商品专业市场。鲍玲秋拉着二姐赶到工商管理所,要求申请一个摊位,得到的回答却是:摊位早已满了。"满了?再挤一个也不行?""挤不下了。""没有办法可想了?""没有了。……等等,对了,有一个摊子,是专卖江心屿纪念章的,我们可以问问他,看他肯不肯把摊子移到江心屿去……"工商所的同志去了,她等着。很快有了结果,那人同意了。"谢谢你,替我谢谢他!"她眼里闪着激动的泪光。刚走上"自立"之路,迎面吹来了和煦的春风!

出摊了。她用一件件新颖漂亮的衣衫裤裙,把个小摊位挂得满满当当。都是替人代销的新鲜货。顾客来了,观看货色,打听价钱,却看不见摊主。奇怪,摊主呢?摊主去哪儿了?噢,其实她哪儿也没去,就半遮半掩地躲在那些悬挂着的衣衫后面呢。哟,还通红着脸,一副难为情的样子,是个新手吧!

她的确是怕羞。日想"自立"夜想"自立",等到真的当上了生意人,心里头又禁不住跳跳的,像揣了只小兔。要是撞上了老师怎么办?要是见到了同学怎么办?一个高中毕业生,还戴个眼镜,人家见了会说什么?越是想得多,她的脸越红;越是想得多,她的头越是抬不起来……

还有一个难题:不懂生意经。躲躲闪闪做生意本来就不带劲,加上不懂生意经,她的生意哪里还做得开?别的个体户一天少说也赚几块钱,可她,几天下来,平均每天收入竟然不过一元钱。离她的摊子不远,有个专卖裤子的小摊,卖

温州，温州

的裤子与她的相同。摊主老叶每天黄昏收摊回家，路经她摊子时，都要向她打听当天裤子生意的情况。她也向他打听。奇怪的是，明明卖的是同样的货，老叶的流水却天天比她高一倍。她卖出10条，老叶卖20条；她卖出15条时，老叶能卖30条。

生意经，生意经当真就这么厉害？她心里痒痒的，干脆早早收了摊，到老叶的摊子上当"观察员"。看来老叶吃的盐多，对顾客的心理也摸得准。有顾客来了，他先猜你的心理，是来随便看看的，还是真想来买裤子的？他的眼可真准，顾客一来，他就能一口气报出你应该买多长尺寸、多大腰围臀围的裤子。有的顾客本来只是逛街，并不想买裤，听他这么一说，无形中就有了一种信任感，于是就想穿穿看，这时他就会紧接着向你介绍起此裤的产地和质量特点来，没有多久，一笔生意成交了……

呵，没想到摆摊子也有摆摊子的艺术！玲秋好不兴奋，她觉得自己一下子懂得了许多许多。不知是买的还是借的，她的手头多了一本书，叫《服装裁剪指导》。她开始学着裁剪裤子了。渐渐地她也能报出顾客的裤子尺寸了……

毕竟她是聪颖的。毕竟木杓巷是一个大课堂。毕竟时间是一个好老师！一切都在变，悄悄地变，迅速地变。咦，是什么时候，当初那个半遮半掩躲在暗处的姑娘不见了羞容？咦，是什么时候，昨天那个对生意经一窍不通的姑娘不但学会了做生意，而且还做得比好些人更活更叫人满意？

"对不起，我妻子从你这儿给我买的裤子太小了，我这大肚子，根本穿不进。""没关系，我给你换一条……不过，像你这样的身材，现成的没有。要不，我替你做一条大的？""那太过意不去了，太过意不去了！"

"很抱歉，从你这里剪了一米布料（这时，她的摊子已由经营成衣改为经营布了），想做条三尺半寸长的裤子，但裁缝师傅硬说布料不够。""我帮你

1984年，温州市区木杓巷一景。这里是温州地区最早的自由市场。（萧云集 摄）

做吧，可以在裤脚折边里头假贴一块，这样就够了。""那太好了，谢谢，谢谢！"

玲秋应当欣慰，她终于自立了。她是带着幸福的笑容，将赚到的第一笔钱交给母亲的。她是带着幸福的笑容，填写入团志愿书的……

但她很快又收起了脸上的笑容。因为她看到了那些飘动在街头的团旗和红横额。

红横额，为什么星期日的街头会有这么多团旗和红横额？噢，是全市国营和集体单位的团员青年们走上街头"为您服务"呢。满城的青春倩影，满城的青春闪光！看着看着，玲秋突然有了一种被人遗忘、被人冷落的感觉。不是说个体劳动青年也会得到社会的承认么？在星期日的街头，这种承认在哪儿呢？不行不行，我们也要搞个体劳动青年的"为您服务"活动！

"什么为您服务，给钱不给？不给？鬼才去！"她与几位同批入团的团员商量，分头去动员鹿城区的个体劳动青年，结果吃了钉子。她认识的人少，只能挨

家挨户瞎摸，吃钉子自然是难免的。"钱钱钱，就知道钱！"她很生气。生气也白搭，还得去第二、第三家。不过毕竟还是支持者多，一个月跑下来，手中的报名者名单是越来越长。"我也早盼这一天了！""太好了，我一定去！"他们说。确定了行动的日子，他们"嘭嘭"关上店门，一齐涌上了街头……

大街小巷上，这回绽开了个体劳动青年的笑脸。消息传开，整个鹿城区都被震动了，人们惊讶地走出家门，挤到街头围观，说他们是"现代生意人"。玲秋的摊子不能搬到大街上来，她就帮助理发组洗头，搞后勤。忙得要命，也愉快得要命，是打心坎里冒出的愉快。

哦，原来人生的快乐不仅仅是获取，还有给予！

然而，"给予"亦非易事。除开自身的因素不说，光是外界压力就够你受的。"嗳，怎么老见鲍玲秋的摊子关着？""她呀，有钱不赚，傻！木杓巷这么多人，也就她东跑西跑，真不知图什么？……"不是她有钱不赚，是有好多要紧的事需要她去做啊。城区个体劳动青年团支部成立，她担任了书记；市中个体劳动者协会诞生，她是委员。经常有人有事找她，她要负起职责，没有别的办法，

20 世纪 80 年代，繁荣的温州服装市场。

只好关上摊子。不是她不知道吃亏，关了摊子没有收入，每天该交的税款还是得照交，她太知道这"一进一出"了。

可是世上的事只从个人的得失来考虑，行吗？支部里有个团员准备开店，货品组织不好，两排货架空了一排，拖了五天都没能开业，只好求助团支部，她一听关上摊子就走，冒着大雨为他奔走牵线，一直忙到半夜才组织到一批皮鞋，让那个团员的新店第二天一早就响起了开业的鞭炮；市场里有个青年想办夜市却货源不足，也找她商量，她二话没说，就把自己摊子上一批最好卖的牛仔裤转让了出去；至于她负责主办的《木杓巷墙报》，则给更多的人带来了好处，远的不说，仅是入夏之前一条"今年将流行方格裙"的市场预测，就让几乎所有的摊主都发了财……

都说唯利是图是生意人的本性。看来，在鲍玲秋这样的"现代生意人"面前，这个偏见要改一改了！

当然，玲秋也不仅只是一个生意人。她的本领与才能，也不仅仅是做生意。她会小提琴，能拉好些曲子；会画画，名人肖像、山水花鸟无所不画；会书法，篆隶行草,都能拿得起;会田径,短跑长跑都在行;会写散文,已有文章上了《温州日报》;会写诗歌,好些诗已送至刊物编辑的案头;她还在学写小说,自信自己的小说会有一天能够发表。太多的兴趣,太多的才能!这不就是人们所说的当代青年的特征么?噢,这都是被逼出来的。她说。个体户青年个个都是能人,要想把他们吸引到团支部周围来,作为书记不是应当更能一些?

春去秋来,冬去春来。

鲍玲秋站立着,在木杓巷。她心里,是从未有过的充实。前不久,党组织刚刚通知她,她已被批准为中共预备党员。她感到激动。在生活中,她终于找到了自己的位置,自己的价值。原来,我也是金子,对国家对社会有用的金子!

木杓巷,一条兴隆的小巷。每天,都有成千上万来自五湖四海的顾客慕名而来。你的名字,已经传向全国甚至海外。

木杓巷,一条洋溢着青春与活力的小巷。在你的深处,有一支歌,一支激情澎湃的歌!

在历史的重要节点上。

"上北天"的故事

——有关"温州模式"与"温州性格"的一个小注解

【1988年】

  能为我们写点有关温州的文字么?读者想读。那儿对他们有吸引力……

(一家刊物的约稿信)

  告诉你个素材要不要?一个"上北天"的故事——当然不是上西天,那儿早有唐僧师徒走过啦。我是说"上北天"……

(一位"好事者"的话)

温州，温州

A. 故事前的说明：关于谜及谜底

许多人看温州，温州像个谜。

也是。同是一个共产党领导，同属一种制度的阳光照耀，为什么偏偏这儿的人们能冲出禁区，走出一条别具一格的发展商品经济的道路？为什么偏偏在这块并不起眼的土地上，就能产生震荡整个中国的"温州模式"？

磁场产生效应。众多的人们，包括党和国家领导人，包括经济学家、社会学家，包括作家、记者，千里迢迢，涌向温州——为了探找谜底。宏观分析，微观调查；小会研讨，大会论证——也是为了探找谜底。

谜底似乎不难找见，而且不止一个。概括而论，不外乎历史渊源、地理因素、经济缘由以及政策原因，等等。都可信，又都令人（即便是提出这些谜底的人）感到不甚可信，或者说，总觉得有点隔靴搔痒，尚未切中要害。

于是，开始有人放胆提出一个新的名词："温州性格"。

哦，"温州性格"，"温州模式"之谜的一个不可忽视的谜底，一个最为重要的真正的谜底！没有"温州性格"，便不会有"温州模式"。

可是，谜底本身依然像谜。"什么是温州性格？""温州性格究竟是怎样的性格？"几乎一从新的名词诞生之时，人们的提问便就接踵而至了。

我也面临提问。在我的案头，摆着好几封"逼"我作答的友人来信；不管走到何地，也总有不少新老文友"缠"住我穷究问题的答案。

我回答不出。

我需要寻求。

我正在寻求。

就在这种寻求中，我走进一个小厂，结识了一位年轻的厂长。小厂确实小，只有140多人,还是街办的;厂长也平常,貌不惊人,而且名不见经传。据说,我国著名经济学家费孝通在视察这儿时曾有过这么一句话:"温州模式,在你的这个小厂体现出来了。"

就在这个小厂,我听到了这个故事,这个"上北天"的故事,故事的主人公,便是小厂的厂长,名叫张金华。

我不明白,为什么在任何情况下,温州人都能表现出他们的超前意识和挑战意识,顽强地显示着自身的存在价值?

(友人来信)

你觉得自己有什么特点?/不安分。/还有呢?/大胆,自信,脾气犟。

(同张金华的对话)

B. 必要的人物介绍:张金华其人

先给你介绍一下张金华吧。听说你们搞文学的对"人"最感兴趣,对吗?那好,我也先撇下故事,单给你说"人"。

怎么说呢?我同金华相识已有年头,但真正了解他,是1973年。

1973年,动乱岁月。整个中国在动在乱。可是你说怪不,动乱中的中国青年在就业问题上却很是安分。除了渴望劳动部门的安排,成亿的待业者们便很少有其他非分之想。

就在这时,金华来找我。他当时二十出头,比我大几岁。我们头上都戴"待业青年"的帽子。同我们所置身的整个群体一样,他本来也应该乖乖地坐等安排。

可他不。为什么要坐等呢？他说。这么多人守在树下等待落下个果子，谁知道这个果子什么时候能掉下？还有，就算真的也有果子掉下，谁知道什么时候才轮到我们去捡？

我知道他想法多，就瞪大眼睛看着他问：那你说怎么办？金华说："可以自己办厂嘛。靠自己的力量开条路给自己走，不比把命运交给别人支配好得多？……"金华的想法使我以及另五个伙伴心里痒痒的。说干就干，我们马上进行筹划，写了份申请报告，一溜小跑，递到街道办事处。

读着我们七人的报告，街道"工办"头头着实吃了一惊。当时是什么政治形势？十亿人都忙着"关心国家大事"，怎么偏偏有一群年轻人不安分，不走大路走独木桥？就不怕别人上纲上线，找你们政治麻烦？还有——"工办"头头还说："办厂要资金，要厂房，还要担风险——你们没见前一阵街道辖区内又倒了一个厂？"

"工办"头头所担心的，金华其实也想过。还是在写报告之前，他就同我们议论形势。他说，台风越强，台风眼里越没风；同样，现在人们越忙于路线"大事"，就越不会顾及我们要干的"小事"，我们就越有空子钻。倒是资金、厂房是实际问题，但我们也都早有对策：资金，是七个人你一百我二百地凑起的，凑到了1150元；厂房，是在郊外租的农家小屋，有个35平方光景；就连桌椅板凳和榔头、螺丝刀之类的工具，金华也同我们盘算好了——大家从家中带。现在，所欠的就是"东风"——街道一颗红印。

金华缠住"工办"头头说我们的计划，说了好久。"工办"头头听着，脸色逐渐开朗。也许是他被金华的话打动，也许是他心好，觉得应当给我们条出路，反正他后来点头了，打开抽屉拿出了红印……

就这样，响在郊外农家小屋里的叮叮当当的铁锤声，宣告了我们这个小厂的诞生。这就是我们今天这个"温州低压开关厂"。不过那时我们不叫这个名,我们那时实际上还只能算一个生产算盘铜栅和铝包角的作坊。可金华与我们都很高兴。你想,在那狂热的时代,能够有这样与众不同的存在价值,我们能不兴奋?

不过小厂出生得不是时候。古城温州又响起武斗的枪声,封锁了我们去厂里的路,职工们被隔在封锁线那边,根本无法上班。

别人去不了厂里,张金华他不能不去。他夜夜都冒险闯过封锁线,到厂里守卫我们那份并不太富的产业。只说办厂要冒风险,谁料到现在要冒这种险!街头巷尾空荡荡的,只有子弹不时尖叫着划破黑夜,在身前身后炸开了花。金华后来告诉我,他不是不怕,他也知道子弹不认人,假如有哪一颗看上了他,一百多斤说完就完。而他还是要提心吊胆,硬着头皮去闯封锁线。因为在他心里,我们这个厂比什么都重要!

事隔多年,厂里的老职工(其实都还是年轻人)还时常提起当年这一段。可以说,从那时起,大家真正认识了金华,了解了他的性格。当然,大家也未能忘记这样一个事实:办厂第一年,我们这个小厂盈利一万多元,还征用土地盖起了自己的厂房。

也有一些人,特别是晚些时候进厂的职工,却记得金华的另一段。

那是1979年,金华"走麦城"的49天。

说金华"走麦城",其实也不确切。其实"走麦城"的不是他,而是那些想要逼他"走麦城"的人。那些人吃惯了"运动"饭,尝惯了整人的味道,早就想堵金华所走"资本主义的道"了。所以当"一批双打"的风儿一透,他们便瞄准金华作为目标。

怀疑自然是无理的,推理也很荒谬:张金华这些年不是老在外边跑业务吗?跑业务,货进货出,款进款出,经手的经济数目小不了。数目大,油水也大,月

温州，温州

积年累，凑成个"万字号"很容易。现在不是有很多跑业务的都是"万字号"吗，难道他张金华就没问题？……这就是"常在河边走，哪有不湿鞋"了，这就是"哪有猫儿不偷腥"了！当然，也不光是猜测、推理，还有"材料"——捕风捉影得到的"材料"。总之，一猜二疑，七估八算，金华很快变成一个"万字号"。立案报告一送到市里，上头就派出了工作队，马不停蹄"杀"进厂门，内查外调广撒渔网。

金华却不惊。也是，为人不做亏心事，半夜不怕鬼敲门。他还忙他的，他不愿厂里机器停转。这一下，工作队怒了。队长说，没见过这样的顽固分子！把他隔离起来，办"学习班"，用"铁的手腕"制服他，杀杀他的威风！

金华的处境很使我们这些当朋友的担心。我们想了个主意。有个朋友叫林植国，也是个当厂长的，他跑到金华家，以高薪请他到他们厂干，他说："离开你那个厂吧。我买张车票，让你马上出差，管他办什么班！"金华不同意，说："我就是不离开我的厂，看他们把我怎么样！"

"不愿离开厂，就随便找个地方避避风吧，等过了风头再出来！"他妻子劝他。她那时正生肝炎，住在医院。可金华也不躲。他是硬汉，他要用行动证明他是清白的。他把妻子提前从医院接回家，又给家里买好柴米油盐，第二天就自己带上牙膏牙刷，坐工作队为他设的"牢房"去了。

金华被送进一个严加看守的小间，一关就是49天。

这49天，对于金华的家庭和他自己都是极艰难的。他妻子，抱病躺在床上，流着眼泪为他的境遇担忧，从此落下个病根，至今身体都很虚弱；他孩子，天天哭喊要爸爸；他自己，因为妻子有病、孩子又小，只得由小姨子、小舅子老远地从家里给他送"牢饭"。送了一个星期，厂里的人都恼了，说，金华为我们厂操劳了这些年，我们不能不管他！工作队无奈，只得同意改由厂里给他送饭……

这49天，工作队也是挺恼火的。每天，工作队头儿都要拍着桌子喊："张金华，你要老实交代你的严重经济问题！"可每一次，金华都是坦然地回答："我没有什么经济问题，你们不信可以查嘛！"

工作队知道硬的不行，又来软的。他们派人来找金华，"张金华，我与你哥哥是朋友。有什么问题，你就讲了吧，只要你讲了，明天就放你出去。"金华回答："让我在这里住下去好了，还是那句话：我没问题！"

过了几天，又过来一个人："张金华，你妻子有病，孩子又小，我很同情。我看你还是委屈一下……"金华针锋相对："不要假仁假义！谁不知道你们的'好心'！"

49天过去，内查外调的结果证明，金华不存在所谓经济问题。工作队准备撤离。撤离之前，他们托人做金华工作，要他为工作队开个欢送会，好让工作队体面下台。作为回报，工作队可在会上宣布金华无经济问题，为他恢复名誉。

金华摇头："不开。"

来人说："做个顺水人情也好嘛，何必弄得那么僵呢？"

金华还是摇头："不开！你知道这49天，我们损失有多大吗？个人事小，我能忍。厂里受这么大损失，我难容！"

欢送会到底没开。工作队是灰溜溜地走的。自然，恢复名誉的事也拉倒了。

你看，这就是张金华的脾气。可以说，就是因为这种脾气，才会引出"上北天"的故事……

    对于商品经济活动，温州人似乎具有天生的驾轻就熟的能力。这种能力，与他们的性格是否有内在的联系？

（"温州模式"研讨会上的一个论题）

温州，温州

> 你问张金华？那人行。脑子活，办法多，事业心还强。常能出奇制胜，震你一家伙……
>
> （北京某单位一位科长的话）

C. 故事的本义："上、北、天"

你可别听他们瞎吹，好像我张金华真有多了不起似的。其实，你也看到了，我这人挺一般。还有他们说的那个故事，也吹得玄了。那件事其实很简单，也没有什么意思，只不过稍微有点巧罢了。

事情得从"文革"最后几年开始说。我们这个小厂虽然是避过它的狂浪问世的，可毕竟不是真空，因此也无法不受它的影响，几年过去，终于也乱了，派性生，人心散，工人消极怠工，机器时时停转，生产资料被大量偷盗。及至1977年，日子就过不下去了，发不出工资、支不出出差费不用说，就连烧炉用的炭都没钱买了。到了1979年，虽说也稍有好转，但积重难返呀，特别是手头没有像样的产品，业务很成问题。

就在这种时候，上级正式发文任命我为低压开关厂厂长，要我带领全厂扭转落后局面。

不用我说，你也一定能想见我当时的焦急心情。面对赤字累累的账本，我心里像猫抓一样，觉得自己已被逼到一条江边，除了咬牙一跳已别无他法。

我想，既然别无他法，那就只好咬牙一跳啦。问题是究竟怎么个跳法——是往下跳，跳到水里被水淹呢，还是拼出力气，努力"飞"过江去，跳上对岸的绿草地？（作者插评：如今的人们在谈及温州人从事商品经济活动的过程时，大多只注意到他的"被逼而跳"的一面，却极少注意到他们在"咬牙一跳"前的选择——那种哈姆雷特式的"生还是死"的选择。事实上，在此种选择上，最能充分看出温州人的聪明和他们对于商品经济驾轻就熟的才能——他们竟成功地选择了商品经济生产作为自己的出路！张金华亦然。他的才能，也表现于他面临困境时的选择。）我当然是想"飞"过江去的。我这个人好强，不愿意不喊不叫地就让水淹了，不管怎样也得"飞"它一回。所以，在全厂大会上，我提出：应当尽快开发一种适合本厂生产的，并能有效地消除本厂危机的新产品！

有人问了：什么叫适合我们厂生产，又能消除我们厂危机的产品？我回答："就是大厂不愿做，小厂又做不了的产品。"简单地说，我选中了"D23—15空气开关。"根据我这些年来跑业务所了解的信息，这确实是一种大厂不屑做，而一般设备技术条件差的小厂又做不了的产品，现在全国供不应求，却只有一个天津低压开关厂在生产。（作者插评：有经济专家事后分析，张金华选取"大厂不愿做，小厂又做不了"的产品作为突破点，实际上是采取了一种"夹缝战术"，而"夹缝战术"的采取，恰好亦说明了温州人的聪明。）

这一下，厂里热闹了。全厂议论纷纷，很多人表示赞同我的意见，也有人疑虑：凭我们厂的技术、设备条件，能生产"D23—15"吗？你说是"大厂不愿做，小厂又做不了"，可我们不也是小厂吗？

疑虑是不奇怪的。其实，我这个当厂长的心里也不是没有疑虑。那些天，我一天抽的烟够平时抽一个星期的。不错，我们厂也是小厂，多年来只能生产熔断器等简单电器，假如按照常规，也只能划到那个"做不了"的范围里去。但是，我在心里说，我们就不可以改变条件吗？譬如说，厂里缺技术力量，我们不可以到社会上公开招聘吗？守着这么大个温州，社会上什么人才没有，我们还怕技术力量不足？

我壮了壮胆，又把这个想法抛了出去，又是一阵热闹的浪花。你知道的，这是1979年下半年，公开招聘还不像现在这么盛行，我们的做法当然难免招来非议。有人说：年轻人，尽玩新花样（这个"新花样"，在当时不算好词）。厂内也有舆论：工资都发不出了，还增人？再增，大家一起饿死！

我不顾舆论，也不再一支接一支抽着烟想前顾后。我知道再不下决心已经不行。就让人用张大纸写了招聘启示，拿到五马街闹市口贴了出来。这事在全市一时成为新闻，要求应聘者还真不少。这样，我们很快就找到了开发"D23—15"所急需的技术员、车工、电工、制模工，使得试制工作的机器很快运转起来，不到半年，就拿出了"D23-15"的样品……

这年冬天，我们厂里技术人员带着D23—15到上海进行测试鉴定。测试在机械部上海电器科研所进行。开始时很顺利，一个个指标测下来，都是合格、合格……看到半年的努力没有白自费，想到小厂翻身有望，我心底的石头渐渐落地。想不到这时，精密的测试仪器用一个结果浇了我们一头冷水："D23—15"底部胶木击穿！

我坐卧不安，带着"D23-15"，连夜赴沪走访一位位工程师、技术员，想要找到解决难题的钥匙。寒冬的上海，夜风很冷。尽管我和技术人员们把腿都快跑断了，但还是没有哪位工程师、技术人员能提得出防止胶木击穿的办法来。是因为萍水相逢，见面只讲三分话呢，还是因为难题过难，他们也无计可施？倒是劝诚的话听了不少："D23-15"技术要求高，如果真正不行还不如早下马……

说者无心，听者有意。与我同行的人泄了气。他们说，别浪费口水和腿力了，我们还是回温州吧。我也觉得累了，可我不想就这么回温州。我有我的算盘：上海这么大，技术力量这么强，我们应当借这只"鸡"来孵我们的"蛋"。况且现在都已上了马，怎能轻易下来？

同行的人知道我的臭脾气，只好跟着我继续上门。一家、两家、三家……一天、两天、三天……就像小学生拜见老师，就像小学徒拜见师傅，既谦恭，又诚恳。

真是应了那句话：精诚所至，金石为开。我们终于没有白跑——有人感动了，而且还是一位很有经验的总工。他拿过我们的"D23—15"研究了一番，不但像一个高明的医师一样很快看出了毛病，而且一下就开出了一个药方。"毛病不大。"他说，"我给你想个简单的办法，可以在这里加个衬垫，或者……"我茅塞顿开，兴奋得拍大腿。科学的是与非之间常常只隔着一层窗户纸，而为了戳破这层纸，我们有时又要走多少艰难的路！

我们很快改进了"D23—15"，又很快再送上海鉴定。测试结果：所有指标均达到国家要求！消息传开，工人们笑了，说：我们厂有救了。

我依然不敢笑。鉴定合格，不等于通过市场销售关。鉴定是通天河，推销才是火焰山。所以温州人很重视跑业务，有句话叫：机器未响，"供销"先行。

我背起行装直奔北京，计划让"D23—15"在首都立住脚跟后再打向全国。因为我考虑在销售条件上，我们是远不如那个厂大牌子也硬的"天低"（天津低压开关厂）的，为了使用户的心理天平从"天低"向我们厂倾斜，就要借个牌子，非首都莫属。

但是首都不相信小厂。经过我费尽口水再三恳求，北京的公司才勉强开了条"门缝"，同意让我们的产品进入这儿的机电市场。不过，条件却苛刻得让人受不了：（1）只能代销（销后才付款）；（2）质量出问题，由厂方负全部责任。我不禁一愣。按照这样的条件，对方太占便宜了，我方太吃亏了。

再吃亏我们也要做这笔生意。舍不得孩子套不着狼；不吃小亏就占不了大便宜！我眉也不皱就满口答应。非但答应，还主动将第一个条件改为"在产品销出后三个月，待用户信息反馈证明质量可靠时，再向厂方付款。"

温州，温州

这回轮到对方惊讶了。他们没想到我们厂的魄力会这么大。红利的吸引力，再加上产品的质量确实不错，他们的积极性来了，几百只"D23—15"上柜，很快销售一空，销售量很快上升到半年后的几千只、几万只。就是说，我们从门缝插脚到登堂入室，这时又堂堂正正地坐上了一把显赫的铁交椅。

不过坐北京铁交椅还不是我的全部目的。用别人的话说，我"吃着碗里的，又盯着锅里的"。我把第三个月目标定为天津，想到那儿同我们的对手展开正面交锋。

对于要不要同"天低"这个对手正面交锋，也有争论。一种意见是，全国市场这么大，去哪儿不行，何必到天津去拼？这话当然也有理，可我说，我们要把眼光放远一点，不但现在要把货销出去，还要考虑到如何长远地占领市场，从这点看，与"天低"的正面交锋是越早越好。我带上人，买上硬座车票，奔天津去了。

天津机电公司的大门倒是为我们敞开着。也是，人们对已在首都占一席之地的厂家不能不刮目相看。只是"天低"这个对手极不高兴，他们自恃厂大、质量好，本来就看不起我们这个同行小厂，现在见我们"杀"入他们的大本营，很是受不了，就一边四处打听我们的虚实，一边放出空气，说要马上将我们逐出津门。

我笑笑，让同来的人都分头活动，宣传我们的产品质量，宣传我们在首都的销售情况。

"天低"不信。他们到机电公司买了几只我们的产品，进行严格的测试，试图一旦找到把柄，就对我们采取行动。

测试结果，竟找不到把柄。除了外观上略有不足（那是不能作为把柄的）之外，我们的"D23—15"在质量上与"天低"的不相上下。"天低"沉默了，也

历经风雨考验,温州的民营企业如今已经成规模上档次。

信服了。于是,一统天下分而治之,天津机电公司乘机拍板决定:今后由"天低"供货60%,"温低"供货40%。

40%其实也只是最初谈判的数字,后来很快就突破了。原因是我们还有一张优于"天低"的小"王牌"——服务质量。每当天津那边"D23—15"脱销,机电公司来电要我"救急"时,我都要急他们所急,派人打快件送往天津。这样一来二来,机电公司便也习惯成自然,老是舍近求远为我们追加业务,很快使我们的供货比例升到了50%以上,做到了与"天低"平起平坐。

在天津站住脚以后,占领全国市场就不难了。而且从"D23—15"出发,我们很快又开发了"D23—50""D25—50""D210—250""CTO—75"等十多个品种,有全国五十多家机电公司为我们经销。这样小厂的日子就好过了,产值不断翻番,很快从1979年的17万元上升到1985年的435万元。这是后话。

说也巧,开发销售"D23—15",我们所走的路线正好是三个直辖市:上海、北京、天津。不知哪个好事者嘴巴快,就管这叫"上北天"。实际上"上北天"也不准,上海北京天津的简称应当是沪京津,怎么是"上北天"呢?

> 人说国境线内,凡有人烟便有温州人的足迹。我想知道的是,这些"满天飞"的温州人,他们靠什么打开商品经济的大门?
>
> (友人来信)
>
> 你确实发扬了战争年代那种精神。
>
> (李雪峰同志视察"温低"时对张金华说的话)

D. 故事的延伸:"上北天"

不,我们厂长其实只说对了一半。工友们说的"上北天",除了指他当初在上海、北京、天津那段经历,还有更广的意思。

也许你也觉察到了,我们厂长是实干家。我们厂的业务,有3/4是他亲自从全国各地接的。据他自己说,他沿用的是日本人的方法:第一把手(总经理),一抓销售,二抓新产品开发,三抓内部管理。为了销售和开发新产品,他成了"满天飞",一年到头总有六七个月,甚至七八个月在外边跑。

别以为"满天飞"是全国到处游,是舒服的事。才不是呢。举例说吧。张厂长在全国交了许多朋友,在北京也是。这些人,有的是我们厂的技术顾问,有的是我们厂的销售顾问，为我们厂的发展起过很大作用。张厂长每次到北京，第一件事就是租辆自行车，骑着挨家拜访。他说这叫"感情投资"。为了这"感情投资"，他可没少吃苦头。既然大家都用得着，当然要摆平关系，不能只去这家不去那家，那样容易引起误会，伤人感情。可人多时间紧，一个星期都走不完，他只好早上6点半起床出发，晚上12点以后才归，不分白天黑夜地奔忙，也不管寒冬酷暑、下雪下雨，真够他难的。听说有一次，他出去时天还好好的，回来却遇上了大风，车蹬不动了，只好下来推行；人正着不能走，只好侧身往前挪，又冷又饿，又困又乏，直到半夜两点才回到旅社。

曾经有人奇怪地问：你们一个小厂，怎么也有这么大能量，能在全国造成这么大影响，不但能与许多权威性科研单位建立技术协作关系，还同各地好多实力雄厚的大厂搞联营？我想，要是他们看一看我们厂长"满天飞"时那般劲头，他们就不会奇怪了。厂里有一个技术员，跟张厂长出差去过一趟上海。听他说，在上海，为了节省时间多跑几个单位，厂长天天和他吃面条啃面包。吃了许多天，他受不了了，对厂长说："我们今天上菜馆点几个菜，吃顿好饭吧。"厂长回答："等炒菜太费时间，还是以后吧，等到事情有了眉目，我请你。"技术员实在熬不下去，一天假称有事，溜出去吃了顿好的。回来，他大发"牢骚"，跟厂长出差，像是拼命，太遭罪。他哪里知道，张厂长常年在外，都是这么对付肚子的。甚至为了跑路而误餐的情况，于他也不在少数。为此，他落下了很重的胃病。

不但胃病，还有腰脊骨质增生，压迫神经。这毛病要命，发作起来疼得他都立不起身。就是这样，厂长还时常忍痛出差。有一回，他陪客户从北京到温州，途经杭州时不巧病发。客人以前没来过杭州，想去看看西湖。为了密切感情，他瞒住病情陪他们在湖边走了一上午，直到实在支持不住，才说："下午请你们自己去玩。"客人知道了他的病情，被他的情义感动得说不出话来，过了好久才说

温州，温州

了一句："张厂长，你让我们太欠情了！"再一回，北京机电公司在黄山开订货会。接到通知时，张厂长也在发病，我们大家都不让他去，可他说，我认识的配套单位的人多，还是我去吧，他忍着病痛，出现在会议上，许多客户吃惊了："听说你病了，怎么还来？"北京机电公司业务科的冯科长也用责怪的口气说："这个厂是你一个人的不成？"我们厂长说："利用这机会见见老朋友嘛，老朋友见次面不容易。"冯科长很感动，特意安排他在会上宣传介绍了我们厂的情况，使我们厂又接了一大笔业务。

你看，这就是我们厂长，他总是那么真诚。厂长说，在现代"生意经"中，真诚和信誉是很要紧的一条。只有以诚待人，"生意"才能持久。

更叫我们难忘的，是厂长在去年颁发产品许可证之前的那几趟出差。那几次，他疼得坐不住，你猜怎么着？都是躺卧在汽车上去杭州、上海办事的！所以厂长那些企业家朋友们都说，我们全市这么多厂长，谁也没有你辛苦！

不但自己辛苦、受苦，家里人也跟着他受苦。就说那一年吧，他孩子出麻疹，他妻子也正好生老二，可他为了厂里的急事，抛下她们出差75天才回，回来一看，妻子由于产后劳累，又病倒在床上。再说另一次，他孩子患化脓性关节炎，他只顾忙厂里事，没时间送孩子去医院，直到过春节，才住进医院治疗。可不等孩子出院，他又要出发参加厂里在北京开的订货会。他妻子说："家里这样，你不能不去吗？"他说："那怎么行？通知早已发了，客也请了，我不去，这戏怎么唱？"待到从北京回来，孩子的病情加重了，只好送上海抢救，医生说："好险！要是再晚几天，孩子的关节就要整个拿掉了！"

也真怪，厂长一出差，他家老出事，今天这孩子骨折，明天那孩子腮腺炎，这样再三再四，她丈母娘火了，说："一个家庭要靠男子汉撑着，你一年老在外跑，把家当作旅馆，怎么行呢！"

一个家要男子汉撑着,一个工厂不是也要靠张金华厂长这样的男子汉撑着吗?这些年来,我们厂从原先只能生产熔断器发展到今天能生产空气开关、接触器、漏电开关等14个品种一百多个规格的产品,而且许多产品还进入上海飞机制造厂、上海石化总厂、华一电器厂、中央519工程、宜昌330水库工程等二十多个大厂、大工程配套使用,哪一步不是他努力的结果?

对了,说到上海石化总厂、中央519工程等单位,我还想给你补充点材料。为这些单位供货是要有点胆量的。那个上海石化总厂,他们在买我们的开关之前就声明说,他们单位不允许停电,停电一分钟就要损失4000元。他们问:你们的开关能保证质量?张厂长说:"你大胆用吧,如果我们的产品质量不好,造成你多少损失,我们赔偿多少!"还有519工程,是为纪念老一辈革命家而建的重要工程。工程指挥部物资科长警告张厂长:假如你们产品质量出问题,咱们要一起蹲班房的!我们厂长拍拍胸膛:"你放心用吧!"还有上海新火车站、上海电视台和为国防科委造中频电源的华一电器厂等,他们也都问过类似的问题,而我们厂长呢,他还是那句话:"你放心用!"他是大胆的。他的自信总能给人以信任感,但他不是吹牛,他也不会吹牛,事实证明:我们厂的产品确实是过硬的。

当然,也免不了有人对我们这种小厂抱有偏见。有个钢厂,由于电路故障,报废了七炉钢。他们也不分析,就认定是我们厂的开关质量有问题,来电要我们厂赔款40万元。张厂长火速赶到钢厂一看,发现不是我们的开关有问题。对方不信,组织人马当场检查,才知道原来是他们的电工经验不足,接触器皮线未装免荷罩而引起相间短路,根本不是我方原因。一场虚惊!

像这种事,哪年都要碰上一件。所以说,像我们这种小厂,想要打出去,比起大厂要难得多,当厂长也要辛苦得多。厂里的工友们也说:我们低压开关厂15年走的路,真比上天还难!

"上北天"的故事

温州，温州

话说到这，你该明白什么叫"上北天"了吧。自然，比起唐僧上西天取经的八十一劫难来，"上北天"还是容易得多的。可是，唐僧取经是神话故事，而我们说的是生活真事，你说它们又怎能相比呢？

每一个温州人都是一块看得见摸得着的砖/许许多多的看得见摸得着的砖砌在一起/怎么反而成了一座迷宫？

（一位诗人的诗句）

你对你们厂长理解吗？/有时理解，有时不理解。

（与"温低"一工人的交谈）

E. 故事以外的故事：捉摸不透的张金华

故事的来龙去脉已经清楚，我的采访满可以就此打住。可我没有。起码，我还要向张金华再提一个问题——

是在来"温低"之前，一个当记者的朋友告诉我，几年前，他也采访过张金华。"那人不爱说话，不喜欢宣传，不肯配合。"

我心里咯噔一下。我知道这"三不"意味着什么。我将面对一支难挤的牙膏。

不曾想，见到张金华，情况正好相反。他口若悬河，从工厂的昨天讲到今天，又从工厂的今天讲到明天，越讲越来劲。而且白天讲了还不够，晚上还开着摩托找到我门上，一直讲到半夜，哪里像一个"不喜欢宣传"的人！

我惊讶。是朋友谎报军情？不，怀疑记者朋友是大可不必的。那么……我突然觉得张金华有些捉摸不透。

捉摸不透的事情其实还多着呢。有他那些部下提供的事例为证——

他大方。

每有客户来，他都待为上宾，舍得花钱。即使是小笔生意，也不愿亏待人家。

他舍得花钱买设备。当年，在厂里日子还很紧巴、手头还很拮据之时，他就力主搞正规化生产，买下了11万元测试设备，三十多台精密机床、锻压冲床、剪板机、点焊机和一套闭路电视装置，还买了10台窗式空调装在检查室，使产品质量显著提高。

他舍得花钱买技术。上海一项"D215"空气开关技术转让，全套图纸要价五万元，他眉头一皱不皱地买了下来。有人觉得要价太高有些犹豫，他说：技术是鸡，可以生蛋。只要能多生蛋，再贵的鸡也要买。（后来的结果是：这只"鸡"生了比自身价格高数十倍的"蛋"。）

他又小气。

到上海出差，他放着舒适派头的出租车不坐，却天天去挤公共汽车。对方单位的人说：你的"兵"（厂里的供销员）上我们这儿都是坐豪华轿车来的，你当"司令"的怎么反而寒酸？他笑笑："该省的就省。"

不但自己"该省的就省"，还从此煞了"兵"们的阔气，规定今后出差不准坐小轿车不住高级宾馆，惹得供销员们怨声载道："真小气，没有企业家的气度！"

他固执。

厂里刚改革分配制度、实行计件工资那阵，某些工人吵吵闹闹予以反对，一些征用土地时进厂的农民工更是用"罢工"相威胁。有人告诉他："农民伯伯"惹不起，最好通融一下，以免不好收场。他却不听劝，不但不通融，反而要拿几位"伯伯"作突破口,以硬克硬,居然很快平息了风波,打破了大锅饭制度。

厂里有一批"特殊工人",他们或者是他的亲戚朋友,或者是他的上级领导的子女。他们自恃"特殊",工作拈轻怕重,动辄要求照顾。也有人劝:"对这些人只能迁就,不能过于认真。"他竟然谁也不听。一声"请便",就把他们"请"出了"温低"。

他又圆通。

在他的厂,新来的技术人员可以自由选择科室岗位。厂里有个女同志,原是搞全面质量管理的,因为几年来工作无成绩,很不安心,要求动动地方,他立刻迁就了她,说:"你认为在哪儿可以得心应手就去哪儿。"结果她去了质检科,在那儿她独当一面发挥了作用。还有一位技术科长,认为自己适合干生产科,要求调动。他也满足了他的要求,尽管当时技术科很缺人。

厂里一些技术人员反映,工厂对开发新产品的物质鼓励不够,他们没有干劲。有人反驳:开发新产品是你们的本职,还要什么额外的鼓励?他听见了,却体谅了技术人员,规定设立开发奖,奖金为500元或者更高,使得技术人员热情高涨,甚至下班后还将图纸带回家去画。

他精明。

一次,一个河南来的骗子自称是河南物资局业务科长,同厂销售科签订了一份20万元业务的合同。听销售科汇报了此事之后,他到旅馆看望这位"科长"。在谈话时他发现"科长"对业务很外行,马上产生警觉。向销售科要来合同一看,发现几份合同上对方的合同章竟有细微的差别:一份上的五角星上角对准的是一个字的左边,另一份上却对准了这个字的右边。他马上向公安机关报案。经他协助侦破,这个行骗多时的罪犯终于落网。其作案方法,原来是先以小圆盖印出圆边,然后盖上印刷铅字来伪造合同章进行拐骗。为此,张金华荣立了公安二等功。

他又迟钝。

和所有的企业家一样，他也有对立面。这些人人数不多，散布流言蜚语制造舆论的本领却大。他们想让他听见这些舆论后难受，最好能躺倒不干。奇怪的是张金华在这一点上特别不敏感，他听不见那些舆论，他不知道有人在背后说他什么……

（有人对这一条表示异议，更正道：不，厂长不是听不见，而是不听。他说他亲耳听厂长说过这么一句话："让他们去造舆论好了，反正我不听！他们说他们的，我还干我的！"）

如此等等，不一而足。

捉摸不透是扑朔迷离的前奏。

我来低压开关厂的目的是为了寻找谜底的，难道现在又要撞上一个新的谜？

但我现在只能把其他"捉摸不透"先放到一边。好奇心告诉我，应当先解开那个属于我和记者朋友的疑题。

我于是向张金华和盘托出心底的疑惑。张金华笑了："那时我们还不想宣传，那时我们手头需要宣传的产品还不多。"

"那么现在呢？"张金华答："现在我们可以宣传的产品多了。特别是我们近年来新开发的200A经济型漏电保护器和100A漏电保护器，属国内首创，原来都由水电部从日本"三菱"进口，每台要1000美元，现在我们填补国内空白，做出来了，每台只要220元人民币呢。请你一定多写写这两个产品。还有，你还要多写写我们的产品质量。你知道，我们已有五个产品获得全国工业产品生产许可证，这在温州还是独一份呢。我再告诉你件事：去年这个时候，北京有个单位向机械部反映，说我们厂的产品质量差，机械部就组织北京计量局、物资局、机电公司等单位，对我厂和"天低"、保定开关厂、北京电器元件厂、常熟开关厂

"上北天"的故事

温州，温州

等单位（都是些老牌子大厂）的产品进行抽查对比。抽查的结果，我们厂产品质量第一，比北京电器元件厂还好。这个厂的总工不相信，又到机电公司查，结果还是我们厂的质量好，这才没话。去年，温州检测站也组织了一次抽查，查了10个单位，也是我们厂第一。所以全国电器标准技术安全委员会主任傅洪畴同志和国家劳动部总工程师杨志尧同志在视察我们厂后也说我们"质量意识浓厚，职工素质较高，质量控制较好"。总之，现在要稳定扩大产品销路，对质量的宣传很重要……"

"照你的意思，是要我……"

"是啊，我很看重你们这些当作家的。借你写的报告文学来宣传我们厂的产品，广告作用不是可以大些吗？"

我恍然大悟。原来如此！原来是"利用"我义务为他做广告。这种实用主义的企图很使我有些哭笑不得。

但是我马上又释然了。毕竟，他是坦率而真诚的。外地人评论温州，说温州人性格的一大特点是讲究实效，不玩"花架子"，不失一切时机地创造条件争取自己事业的成功。他不也是这样吗？

我突然觉得面前这位厂长又"捉摸得透"了……

哦，既捉摸不透，又"捉摸得透"——这便是张金华。

哦，既捉摸不透，又"捉摸得透"——这便是温州人，便是被人称之为"模式"的温州！

"大嗓门"队长

【1988年】

一

张秀峰最大的特点是他的大嗓门。

说"最大",是因为除此之外再无更大的。也是,一个书生,既不抽烟喝酒,也不唱歌跳舞,甚至连球都不愿摸一下,除了看书就没有其他属于个人的爱好?而看书,那是当然不能算作特点的。

可偏偏他有一个大嗓门。往全大队五六百号人前一站,声音响,底气足,不用扩音器都能让全场听得清清楚楚,打雷一般讲上三四小时也不倒嗓子,那才叫"不同凡响"呢。这手功夫,非但那些在他"治下"的地质队员们,即便是省厅的头头脑脑们闻之,也都只有佩服的份儿!

当然,除开会作报告,大嗓门最要紧的功用更在于"熊"人。北方人的火爆性子加上直来直去、心里藏不住话的脾气,不管什么人,哪怕是天王老子,只要他认为不正确、"需要批评教育"的,都敢直愣愣地正面开火,结结实实地"熊"你一顿。此间相传,大队里有一工人,一日违反作业规程,他见了,马上亮开嗓门命令他撤出钻塔。工人不从,还同他顶牛。他一听,勃然大怒,像火药

桶揭了盖，劈头盖脸就是一顿严词训斥，"熊"得对方脸上红一阵白一阵，羞不是恼不是，尴尴尬尬地下了钻塔……

　　凡此羞辱，尝饮者绝不在少数。知道的理解的，说他是严辞善心，直率豪爽；不知道不理解的，则说他认真过头，不近人情。大队资料室负责人老肖，自称是他干仗的"老对手"。他们之间的"作战史"，据说可以追溯到张秀峰还是副大队长的若干年前。有一回，张秀峰发现老肖印制地质取样表格时仅只标明矿石取样的宽、高，却不标明取样的长度，便怒气冲冲"杀"进资料室兴师问罪，说老肖白在地质队干了这些年，连规范都不懂。老肖解释，他是按部颁取样规范要求做的，那个规范条款中没要求标明长度。张秀峰不听，连声训斥老肖"白吃干饭"。老肖不服，抢白张秀峰是强词夺理，自以为是……于是，针尖对麦芒，

世界最美廊桥之：
泰顺北涧桥。

任谁也劝不住，终于演成一场"超级大战"。

"超级大战"到头来其实只是一出"三岔口"。差错的原因不在于老肖，当然也不在于张秀峰。事隔不久，地矿部发下一个新的取样规范，修正了原先没要求标明长度的规定。烟消云散，矛盾不复存在了。张秀峰反而不自在起来，他找到老肖门上，诚心诚意地说："老肖，都老同志了，你别计较我的火爆性子……"

老肖叹道："唉！'文革'那阵，见你挨批挨斗仍笑嘻嘻的，我还心底直纳闷，以为你脾气变好了，变得有涵养了呢，没想到你本性难改，还是大嗓门炮筒子一个……"

温州，温州

二

一个书生，却有着这么一个大嗓门，却是这么一个炮筒子——不管怎么说，人们很难将这两个形象揉合在一起。起码，谁都很难排除从心底爬出的别扭感觉。

可是，历史却偏偏会有这样的时候：需要一个"书生+大嗓门"出来踢腾打闹一番。而且非他出来踢腾打闹不可！

1988年，是浙江地矿局第十一地质大队（当时还叫温州地质大队）的历史上一个面临生死抉择的严重关头。

说"面临生死抉择"，当然不是夸大其辞，耸人听闻。若干年后，在浙江地矿系统，确实就有一个倒数第一的地质大队被从花名册上抹去了。当时几百号"难兄难弟"凄然分手，各奔东西，眼泪汪汪，好不悲哀。而当时，第十一大队就居全局倒数第二。

好悬！危机已经到了无可复加的地步。由于班子不团结，形不成拳头，指挥不力，也由于管理落后，制度不健全，劳动纪律松弛，从1979年起，全大队生产效率逐年下降，生产成本却连年上升，各项主要经济指标都在全局处于倒数第一、第二水平，骑上了乌龟。

因为骑乌龟，队里的干部同时得"病"了。得的是一个怪病：害怕上省里开会。因为不管大会小会，只要开起会来，省局领导必定大刮十一大队的鼻子无疑。刮得你"鼻青脸肿"，见人矮三分，恨不得钻进地缝，换谁也受不了哇……

不但干部害怕外出，工人也怕外出。出差在外或外出作业，难免遇见兄弟大队的队员。谈起十一大队的不景气状况，大伙觉得脸上无光。地质队员是最自尊的，他们当然忍不下这口气。他们盼望着：什么时候我们也能挺直腰杆过过扬眉吐气的日子？

不过，要说忍不下这口气，最忍不下的还数张秀峰。这时，他是大队的副大队长、党委委员。队里的症结所在，他看得清清楚楚，每逢开党委会议，他便忍不住大声疾呼，献计献策，要改变大队落后状况，可并未引起大家的重视。

张秀峰的心声，并非他一个人的心声。夏天，一个由省局领导亲自带领的工作组来到了第十一大队。经过数月的民意调查和组织考察，省局下达了一个文件：任命张秀峰担任第十一大队大队长，同时全面调整了大队领导班子。

——在一个关键时刻，历史选择了他。

张秀峰懂得这一点。他明白自己肩上担子的分量。"要我当队长，我原先没想到。你们说，该怎么干？"他向他的新班子成员们讨教。这是一个崭新的班子，其成员大部分是年富力强，在地质战线跌打滚爬了多年的知识分子，知识化、专业化程度比过去的老班子有很大提高。

"就用你一贯的风格干吧。"大伙都这么说。

"一贯的风格……"张秀峰沉吟着，"我可是个大嗓门啊。"

"没事，我们做你的后盾！"

后来的事实表明，张秀峰的后盾是坚强的。副大队长周福淦，是个厚道多智的内当家，每到艰难时刻，总是他第一个鼓励张秀峰："干下去！假如有错，将来我陪你一起下台！"总工林奇，是个倔脾气，奇怪的是他从不同张秀峰倔，他俩的配合总是那么默契。张秀峰也说，我同什么人都备不住要吵，可同老周、老林就是吵不起来……

有这样的后盾，张秀峰可以义无反顾。他决定按照自己的风格来烧"新官上任"的"三把火"，把它烧成三把大火。

第一把火：烧惰性。

乌龟骑久了，难免麻木。他想，想让十一大队变，首先非得来个屁股下烧火，烧烧惰性不可！

"同志们！"他大步走上讲台，开始了就职演说，"我这里有一串沉甸甸的数字，反映的是咱们大队四年来的生产情况，概括起来就是四个字：脸上无光！现在我念一下……"会场上出现了从来没有过的寂静，谁也没料到，张秀峰会选择"危机感"作为自己的话题。这场演说一直持续了好几小时，全体职工始终被一种沉重的气氛笼罩着。

"有人说，咱们地质队是'三铁'：铁饭碗、铁工资、铁交椅。我告诉你们，不行了！今后得改……"会后，他一个一个基层单位地串门，跟队员们聊天。可这哪像聊天啊，简直就是"耸人听闻"，蓄意制造"危机感"！

"还有，我再次提醒大家，我今后批评人时会更不讲情面……"他利用各种场合一次次地宣布，一次次地"威胁"。每到这时，"危机感"简直像刀一样立着了。

平静的心潮不再平静。开始有人茶饭不香，夜不能寐。"危机感"的渗入，使得过去一直处在惰性运动轨道中的十一大队开始脱轨。

第二把火：烧陋习。

多年的后进，滋生和助长了种种陋习：有人纪律松弛，旷工迟到，吊儿郎当；有人出勤不出力，没有工作责任心，上班时间打扑克、下象棋……

"来个限期整顿，消灭这些陋习！"张秀峰提出。

"不行吧，陋习这么多，能一下都没了？"有人表示怀疑。

"不怕陋习多，就怕没制度。"张秀峰说，"只要从规章制度上抓，陋习就会改变。"

张秀峰亲自动手，起草和移植了一批规章制度交全队讨论。一个一个，哪方面的都有，装订起来，竟然有厚厚的一大本。顿时，全队上下大动员，在制订修改规章制度中迈出了制度化的第一步。

有了规章制度，还得有执行规章制度的严格性。张秀峰要求各部门要有铁的面孔，有令必行，有禁必止。而他自己，则身体力行。

"张队长，我今天迟到是有原因的，是不是……""不行。申诉原因是你的自由，可执行队规是我的权利，队规上没说有原因的迟到可以不受处罚！"

"张队长，他弄坏的那架碎石捣臼价格在800元，可他家生活困难，是不是……""不行，赔偿10％，这是制度。"

"张队长，这两个青年职工虽然严重违反队规队纪，但考虑到他们还年轻，是不是……""不行，制度就是制度。一定要坚决动员他们辞离……"

不管什么情况下，大嗓门里发出的声音都是那么坚定，不留情面。

于是，不满的声音开始出现，"真苛刻！""太不近人情了！""缺乏灵活性！"

也有劝告的声音："张队长，你不知道，你得罪了不少人呢。这年头，还是少得罪人好。"

"得罪人就得罪吧。他今天骂我，明天想到了，就会说我好的。"张秀峰笑着说："你发现没有，近来队内的懒人陋习逐渐少了。"

这一点倒是真的。

第三把火：烧"懒根"。

凡事要挖根，要转变懒人陋习，改变十一大队面貌也是如此。张秀峰考虑，能否把企业承包经营机制也引进到地质队里来，使大家多点拼命精神呢？

"不能不能，"有人说话了，"我们地勘单位是靠国家投资拨款的，执行的是'刚性'加'刚性'的'双保险'工资制度，怎么可能像企业那样搞承包？"

温州，温州

怎么不能？张秀峰大声驳斥说，难道我们地勘单位就只能"大锅饭"吃到底？他坚决主张"试一试"。"是马是骡，拉出来遛一遛再说！"

于是，承包分两种类型进行：在野外分队、矿区、钻机，实行任务、成果、投资、工资基金和时间五包干；在辅助生产单位，实行包死利润上交基数，超基数分成奖励，完不成基数由工资补足上交。张秀峰宣布，两种类型，都将实行重奖重罚！

365天弹指过去，结果出来了，有喜有愁：有的分队年终任务完成不好，又没有节约资金——"合同兑现！"张秀峰大嗓门一响，果断地扣了分队领导的工资，有的单位则相反，经营效益好，利润超过核定基数一倍——"合同兑现！"张秀峰脸上乐开一朵花，朗声说："奖！"

"怎么，你真要兑现合同？"

"当然，取信于民嘛。"

"这么做合适吗？出问题谁负责？"

"能出什么问题？即使真的出问题，由我顶着！"

有奖有罚，打破"大锅饭"，很快调动了职工的积极性。第十一地质大队的钻探台年进尺很快由承包前的2853米上升到3750米，产值由196.7万元上升到379.48万元，利润由12.78万元上升到51.9万元，而生产成本则由每米86.29元下降到66.1元，各项指标均创历史最好水平，进入了全省地矿系统先进行列。

危机，解除了。

1985年，第十一大队被浙江省地矿局评为企业整顿先进单位，1988年5月被省地矿局授予"双文明"单位称号。

三

"路漫漫其修远兮"。在第十一地质大队面前，仍然横卧着一个致命的难关。

这个难关是全国性的，是中国所有地勘单位共有的，是由于旧的地质体制的多年禁锢和羁绊造成的。那就是：地勘经费严重不足，地质队伍长期以来一直游离于商品经济之外，缺乏生存能力和活力。

为了渡过难关，张秀峰和他的战友们又使出了浑身解数。

解数之一：开辟地质市场，发展多种经营。

张秀峰没做过生意，也没学过经济。但是，当队长办公会议讨论研究这项工作的时候，他自告奋勇负责对外经营。

不懂做生意不要紧，学嘛。自己不是经常说"当领导光懂硬科学还不行，还要懂经营么"？他于是搬来了许多书——《市场学》《企业管理学》《会计学》《心理学》《人际关系学》《金融诀窍学》……见缝插针，有空就读，居然把它们读得滚瓜烂熟。

他开始介入地质市场的经营活动。凡是这方面的会议，他都要亲自参加，讲话稿是自己写的。凡是这方面的谈判，他也要亲自参加，合同书上的字，都要亲自一字一句斟酌、敲定。

可是，有人在一个会上提出：地质队长不抓找矿，却要抓副业，是不务正业。

不务正业？张秀峰在心底笑了。不错，地质队的"正业"确是找矿，但找矿要有钱呀。没有钱，地质队伍都保不住，怎么找矿？

除了说他不务正业外，还对他启用老黄任勘察公司经理不满。老黄确实是个有争议的人物，他过去在一些问题上做法不注意，地质队部分同志对他不满意。

温州，温州

但他确实是个很有本领的人，在社会上熟得不得了，有经营能力，在开辟地质市场方面很有一套办法。

"怎么办？用他不用？"请示者的口气很是犹豫。

"没什么了不起的，用！谁有意见找我提！我都包着！"张秀峰不是在说，简直是大着嗓门喊了。他顶住舆论，委老黄以实权，使老黄很是感动。勘察公司通过工程地质、水文地质勘察等业务活动，第一年就创收25万元，人均利润达一万元。

张秀峰还要求全队动员，大挖潜力，开展多层次、多渠道、全方位的"找钱创收"。按照他的设想：在完成指令性任务之外，钻机可以有偿帮助山区打井，物探分队可以帮助找水，计财科可以搞咨询，机修厂、实验室也可以对外……总之，八仙过海各显神通，所有部门都可以利用特长对外创收。

他们成功了。创收项目如工程地质、水文地质勘察、基础施工、地质资料有

偿转让等迅速达到几百个,五年来共计创收450万元。

直到这时,张秀峰才把分工负责"找钱"的工作移交给了一位副队长。

解数之二:联合办矿。

长期以来,地质队只管找矿,不管开矿。这是铁定的老规矩了:找到了宝藏,告诉人家埋在哪里,他们就两手空空地离开了……

"陈年的老规矩就不许改改吗?"张秀峰说。他带着地质队员们冲进了一个新的领域——

龟湖乡,浙闽交界的深山冷岙。这里埋藏着储量丰富的叶蜡石矿。可是这里的农民缺乏认矿知识,开采的矿石品位不高,产值很低,不但很少有收入,甚至还亏了本。

"咱们来个联合开采怎么样?"和副队长、总工程师们一起踏勘这里资源的张秀峰见状,心上一计。

南麂列岛是国家级海洋自然保护区。

温州，温州

"好呀！"当地农民求之不得。县矿冶公司经理很快便赶赴温州达成协议，一个由十一地质大队、泰顺县矿冶公司和龟湖乡工业办公室联合组成的叶蜡石开发公司诞生了。

联合办矿，显示了威力。龟湖乡资金短缺，张秀峰取得省地矿局支持，搞到五万元专款作资金。农民开采不懂矿石品位高低，地质队派出的技术人员在现场划分不同级别，指导他们按品级高低分别堆放。有时开采的矿石运输有困难，地质队就派车帮助运输。此外，地质队还负责通过矿业开发处提供信息，联系了温州各厂家来购买产品。真是有人出人，有力出力，有技术出技术，有信息出信息！使得矿石产量很快由原来的300吨增加到4000吨，第二年又猛增至12000吨，其中有的还打进了香港、日本市场。

联合办叶蜡石开发公司，取得了一箭双雕的效果——既按上级领导的要求，帮助了贫困山区农民脱贫致富，又为地质队赢得了可观的收入。

泰顺洋滨，一个待开发的锡矿。这里的锡金属量有二千七百余吨，潜在价值在2000万元以上。过去，当地以土法选矿进行开采，回收率很低。张秀峰又看准了这里。

"我们有足够的技术力量，如果双方联合办选矿厂，变土法选矿为科学选矿，回收率可以提高一倍，经济效益会显著得多。"张秀峰放开嗓门，游说开了。

他的话，首先引起了温州市政协领导的注意。他们便把这个意见转告了泰顺县。经过一番协商，又一个联合开发的协议达成了。

按照协议，十一地质大队向锡矿派出了技术人员。两年后，选矿厂建成投产了。这个选矿厂，年生产精锡矿四十多吨，年产值可达45万元，年利润可达10万元以上。

联合办矿的新天地，景色迷人，前景更诱人。然而不是所有人对此都能接受的。"张秀峰的路又走偏了。""地质队办矿,不成了矿务局了吗?"又是同样的腔调。

"怎么?就许我们把自己封闭在地质勘查的狭隘单一的范围内,而不许我们稍稍染指一下矿产开发业吗?"张秀峰沉思着回答,"不!我们中国的地质队伍在以往的日子里由于受旧的传统思想的影响,在这方面已经吃亏够多了,失去的机会已经够多了。为了我们地质事业的明天,我们再不能失去这样的机会了!"

张秀峰是勇敢的,有眼力的。他的战友们是勇敢的,有眼力的。他们正以自己不懈的努力,迎接着共和国地质事业的春天!

四

张秀峰仍然还是一个大嗓门。他照样用大嗓门作报告,用大嗓门"熊"人。

但是对此,地质队员们习惯了,宽容了。

"队长是北方人,北方多硬汉,性子当然暴啊。""哎,他那是事业心强,急于求成,恨铁不成钢哪。"甚至有人说:"男子无性,等于纯铁无刚,还是有棱有角有性格的好!"

1986年、1987年,第十一地质大队第二届职工代表大会对干部进行了无记名评议。评议的结果表明:张秀峰两次得到了百分之八十多的优秀票,为全队最多。

1988年5月,张秀峰因患肺炎卧病在家。消息传开,数百名干部职工纷纷自动前往慰问,张秀峰家那间小屋站不下,好多人就站在天井里。

这真是一个奇怪的现象。张秀峰"熊"过那么多的人,"得罪"过那么多的人,可他的优秀票居然还是最多,他的部下们居然对他还有那么深的感情!这个"秘密",也许只有十一大队的人们才能知道。

温州，温州

"哎，别看张队长批评人挺严的，处分人时却挺宽的，常常把错误的责任揽到自己头上。他不是老说吗，对一个同志的处分关系到他一辈子的事，所以要特别慎重，不像批评人，批评得不对你也可以批评我，我们是平等的……"——人们的议论。

"嗯，他这个人外表看起来硬，其实心底挺软的，极有人情味。你看他平时对职工的关心劲，不但工作上困难他要管，生活上有困难他要管，就是夫妻吵架、父子闹矛盾他都管……"——人们的议论。

"还有，他这个人从来没为个人的事同谁吵过，有人背后造他的谣，说他的坏话，他还拼命为他评职称的事奔忙，还推荐他当队劳模……"——还是人们的议论！

一句话，没有人记他的"仇"。相反，他们倒是怕他"引退"，不再当他们的队长。因为他们听说过，曾有不少的人，包括他过去的一些老战友，托人给他带来了忠告：地矿系统日子难过，估计今后几年困难将更多，你已经把十一大队搞成了全省先进队，你自己也当了劳模、优秀队长，趁现在身体有病，体面地"引退"……

但人们很快就放心了：张秀峰不会听那些"忠告"。人们看到，即使是在病床上，他也没有一天不在忙地质大队的工作。

"我不想'引退'。"张秀峰说话了，声音很响很坚决，"我渴望着能为地质事业再闯几个难关。"

哦，这个大嗓门队长！

一鸣惊人

【1991年】

说真的,我挺惊讶。

近几年来,"市场疲软"成了无处不闻的"苦经"。不少企业,甚至一些原本颇不错的企业也都像坐滑梯似地一直滑进了低谷。相比之下,这个工厂的基础和条件并不见得特别好,它为什么不会滑坡?非但不滑坡,还上升,还崛起呢——一年一年地、飞快地上升着,崛起着!莫非他们有什么灵丹妙药不成?

说真的,我不能不惊讶。

假如论资格排座次,在温州众多的国营企业中,这个工厂充其量不过是个小弟弟而已。它只有430名职工,而且名不见经传,很少受人注意,也很少有记者、作家造访。可是,谁也没有料到,奇迹偏偏就在这里发生——1990年,该厂创利润423.12万元,居全市国营企业之首!

不鸣则已,一鸣惊人。无数钦羡、赞许的目光射向这个企业。

这个企业,便是位于美丽的楠溪江畔的永嘉化工厂。

温州，温州

一

到过永嘉化工厂的人，无不为这儿的自然景观所吸引。工厂面对楠溪江，正好与雄伟的楠溪江大桥为邻。每当涨潮时分，伫立江岸，放眼观望滚滚滔滔的江水一浪高过一浪，像煮沸了似地急剧上涨，确确实实很有一种"心潮逐浪高"的感受。

可是，在"永化"，人们告诉我，如此壮观的景象，前些年带给他们的联想却只有一个：化工原料的价格上涨。

请不要责怪他们的想法过于实际，缺乏艺术想象。不管是谁，只要他身临其境，到化工界走走看看，也都会有这种焦虑的。这些年，化工企业的日子确实不好过，昔日"是亏是盈国家养着"的"铁饭碗"已被日趋激烈的市场竞争打破，而各种化工原料价格潮水般的上涨则成为巨大的威胁，直接冲击着每个化工企业，影响着它们的生存。"永化"的拳头产品是橡胶促进剂M——橡胶工业生产中的一种必不可少的助剂，在全国，生产此种助剂的厂家仅有九家。九家厂家依生产方法的不同，可以分为两类：有四家是以苯胺为原料、采用"高压法"进行生产的，其中包括"永化"；还有五家以邻位硝基氯化苯为原料、采用"常压法"进行生产。后一类五家企业就是因为近几年来邻位硝基氯化苯大幅度提价和缺货而陷入山穷水尽的境地，相继停工停产。

对于一个企业来说停工停产意味着什么，"永化"职工自然是明白的，因为他们也吃过这种苦头。那是1987年，由于苯胺缺货，"永化"也曾吃了上顿没下顿，停产达两个多月，造成惨重的经济损失。"巧媳妇难为无米之炊"，面对如此尴尬窘迫的局面，全厂四百多号人谁的心里也不好受。

全厂四百多号人中，最难受当属厂长吴永国了，这个吴永国，是个老"永化"。他自1968年从浙江化工学校毕业后便到"永化"工作，至今已有二十多个年头。在这儿，他从普通工人到技术员，到车间副主任、主任，光在车间就干了15年；1984年，他被任命为副厂长，1986年又担任了正厂长。二十多年里，他与"永化"结下了不解之缘。在M车间工作时，他就参与了促进剂M生产流程技改的全过程，与同事们一起把M的年产量从原来的100吨提高到600吨，并且借此出席了省科技大会，在会上获了奖。1985年，已经担任副厂长的他又同厂里的工程师、助工等人一道攻关，用生产M时排放的硫化氢废气生产焦钠原料，解决了科研机构耗资十多万元都未解决的课题，不但有效地防止了有害废气对环境的污染，每年还能为国家节约硫黄15万斤……

作为一厂之长，吴永国确实太爱"永化"了。而爱之愈深，他也愈发感到自己肩头责任的重大。他的想法是：一定要抓住机会，使"永化"摆脱"无米下锅"的窘境，在市场竞争中立住脚跟！

那么，抓住机会，这"机会"又在哪儿？吴永国说：就在眼前。

原来，所谓苯胺原料"缺货"，并不是说市场上真的就买不到苯胺。不，如果想办法，要买也不难。问题是价格太高，叫作"议价"，每吨要七千六百多元，比平价（每吨两千多元）贵了好几倍，购进来生产成本打不住，眼看着要吃亏，所以其余几个以"高压法"生产M的厂家宁愿停工停产也不敢贸然购进。

人家不敢购进，我们敢不敢？吴永国会同副厂长余松生、林胜利以及供销科长施建光，在心里拨开了算盘。在经过一番盘算之后，他们达成了共识：立刻向银行请求贷款，想方设法进它一批议价苯胺！

言之既出，全厂皆惊。谁也猜不透厂长们的葫芦里究竟卖的什么药。"其实很简单"，吴永国说，"国务院有明文规定，部分化工产品在价格上可以'高进

温州，温州

浙南大地，生机勃勃，气象万千。

高出'，这正是我们可以利用的机会。"

既是机会，当然就要抓紧。吴永国亲自去县财政、县银行汇报，得到了支持。从县银行，"永化"一口气获得500万元贷款。于是，从1988年初至1989年初，一批又一批苯胺源源不断地运进了"永化"，不仅堆满了仓库、车间，就连操场、饭厅、走廊过道上也堆得满满的。合起来，少说也有个1000吨。

触目可见的苯胺，使得风险也触手可及。"太冒险了。弄不好，这个厂会垮的！"有人忠告说。从"永化"县主管部门，甚至到省化工厅，好些人被惊动了。

冒险吗？是有点。这里包括了成败两种可能。成，则可以使"永化"获得转机摆脱窘境、立住脚跟；但要是败了呢？那么"永化"便要垮台，彻底垮台！问题就是如此严峻，吴永国他们承受的压力就如此之大！

不过，吴永国他们是自信的。他们的决定是有充分的依据支撑的。

依据之一：全国目前对轮胎需求量很大，因而对橡胶促进剂M的需求量也必然会大。在从国外进口M不合算（因为价格太高）的情况下，国产M自然会更加吃香；

依据之二：由于用"常压法"生产M的厂家相继下马，以"高压法"生产M的厂家只要手中掌握原料，便可以占有绝对优势；

依据之三：根据国际与国内信息，苯胺的价格还有可能继续上涨，目前的价格将是今后的低价……

后来的事实证明，"永化"的决策者们抓住了一个不可多得的机会。正如他们所预料的，苯胺的价格还在继续上升，很快便涨到了每吨九千七百多元。这样，他们购进的那批议价苯胺，每吨比现价便宜了一千四百多元，光从差价上说，这批原料就净赚了二百多万元。再加上这批原料维持的正常生产所产生的二百五十多万元的净利润，其效益就更大了。

曾经有人问：对于企业领导者来说，最重要的素质是什么？答曰：决策能力，大胆、果断、正确无误地进行决策的能力。

思考"永化"所经历的这场"苯胺之仗"，可以从中得到启示。

温州，温州

二

当然，企业领导者的素质，往往还体现于企业的创新精神。

可以先举一个例子。美国的施乐公司曾是一个很出色的公司，由于注意开发新产品，它曾经赢得极大的成功和增长。但是到了70年代，施乐减慢了新产品的开发，从而错过了一个新的"产品生命周期"，原来由施乐公司统治着的复印机市场很快便被善于开发创新产品的沙芬公司、佳能公司和其他公司占领，施乐公司的市场份额在不到十年的时间里便从几乎完全占有下降到不到50%。这个教训，被国外经济专家称作"令人吃惊的例子"。

在"永化"，人们告诉我，他们也曾有过类似的教训。那是1984年以前的事，当时"永化"在生产上还处于"单打一"状态，在产品方面仅有橡胶促进剂M这么一个"独生子"。

"单打一"也罢，"独生子"也罢，"永化"人当时并没觉得有什么不好，相反，他们倒为此感到骄傲。这也难怪，永嘉化工厂是50年代创办的老厂，原是个集资厂，设在永临区，1965年才迁来清水埠。作为一个设备简陋的老厂，为了拥有一款过硬的产品，全厂上下付出了巨大的努力。从1970年起，厂里便开始生产橡胶促进剂M，可十几年过去了，产品质量尚不过关，一等品为零。进入80年代，厂领导和技术人员组成质量攻关小组，奋战一百五十多个日日夜夜，经历了成百次反复试验，才赢得了成功，使一等品率达到70%。

俗话说："一招鲜，吃遍天。"促进剂M确实使"永化"获益匪浅，用户纷纷上门，产品供不应求，充分显示了"永化"的优势。

没想到，好景易逝，优势也有消失的时候。由于产品的单一，使得"永化"在对手面前失去了竞争能力。

这个对手是黄岩一家化工厂，一个集体企业。这个企业上橡胶促进剂M的时间比"永化"要晚，照理说不应是"永化"的对手。但他们因为同大专院校有挂钩，买进了人家的技术，已开始开发橡胶促进剂系列产品，从而受到用户的欢迎，就连一些原本与"永化"有业务关系的用户也忍不住"倒戈"另投门庭。在全国助剂会议上，他们的名气也越过了"永化"。

为什么本不应是"对手"的对手，现在却比"永化"更能赢得用户？在"永化"召开的用户代表座谈会上，一位来自杭州橡胶厂的同志说出了真情：原来，作为用户，他们喜欢生产厂家配套提供M系列产品，这样用户每次只要用一个车，就能一下子备齐生产中所需要的所有M助剂，既方便，又降低了成本。

事实启迪了"永化"的决策者们。在面临激烈竞争的今天，过去那种守住一个产品不需创新的做法确实已行不通了。要想使企业具有发展后力，立于不败之地，除了改变"单打一"状态、不断开发新产品已别无他法。于是，他们审时度势，把"开发化工产品品种，形成促进剂系列，拓宽市场"作为企业发展的战略目标确定了下来。

开发新产品少不了投资。作为一个国营企业，惯常的办法是等待国家拨款。但这容易贻误时机，使新产品开发进程变慢。"永化"的决策者们制定的开发计划是每年增加一个新产品，为了不失时机，他们决定发动全厂克服困难，利用现有的旧厂房，依靠自己的资金来干。

他们成功了。从那些不起眼的旧厂房里，每年都有惊人的捷报传出——

1985年，他们建成了促进剂NOBS的生产线并成产出NOBS，为浙江省填补了一项橡胶助剂生产的空白；

1986年，他们开发了促进剂DM。这种产品，马上成为橡胶生产行业的紧俏货；

1987年，他们扩建了M车间与DM车间，使M和DM的产量翻了一番；

1988年，他们新建了促进剂CZ生产线，使产品品种又得到扩大；

1989年，他们投资二百多万元，开发成功专供大庆乙烯工程腈纶厂使用的可替代进口的上档次产品——专用焦亚硫酸钠；

1990年，他们又投资46万元，开发了促进剂TMTD……

一年一个新产品，一年一级新台阶。从这里，谁也不难发现这些企业领头人的事业心和创新精神。也许只有他们自己才知道，为了这些战绩，他们曾经吃过多少苦，流过多少汗！

不过，他们是欣慰的。新产品的开发，确实使"永化"尝到了甜头。就拿1989年来说吧，这一年，国内市场普遍出现"疲软"，"永化"的一些老产品销售上也受到很大影响。在这时候，是新开发的NOBS和CZ等产品发挥了作用，使企业仍能保持较好的势头。换句话说，正当别人为打不开市场而苦恼时，"永化"却在动脑筋如何提高NOBS的产量。他们以挖潜增产的有效措施将产量翻了一番，使NOBS的年产量高达140吨。以当时每吨41500元的价格计算，NOBS使"永化"增加了近60万元的产值。

还有专用焦亚硫酸钠的开发，也给"永化"增加了活力。根据大庆乙烯工程腈纶厂的要求，这种新产品年需求量为1800吨，年产值为1500万吨，相当于又建成大半个"永化"……

"北有新生，南有永化。""永化"飞跃了！在全国橡胶促进剂生产厂家中，它成了第二大家。江南那些橡胶大厂，如上海正泰橡胶厂、大中华橡胶厂、杭州橡胶厂，已大部由它提供助剂原料——即是说，它已基本上占领了江南的大市场。

三

然而，"优秀的企业不仅注重市场，而且是顾客至上。"——国外一位市场营销专家曾如是说。

对于"顾客至上"的道理，人们或许不难接受。这些年来，它成了随时可见的时髦标语，都快被人说滥了。可是，说是一回事，做又是另一回事，要真正将顾客奉为"至上"的"上帝"，有时还真不容易！

不妨先说说留在采访本上的几个故事。

故事之一，是关于一份求援电报的。

那封电报是大中华橡胶厂发给"永化"的，要求"永化"马上为它发一批橡胶促进剂NOBS，以解生产上的燃眉之急。

NOBS是紧俏产品，由于订货合同多，一直呈供不应求的旺势，哪还有余货解"大中华"之急？所以就有人提议说，最好的办法是给"大中华"一个回电："无货可供。"或者再加一句客气话："敬请原谅。"

"无货可供"固然是事实，可这么一来"大中华"怎么办？他们的生产怎么办？难道因为市场旺盛，就可以拒绝用户的要求？"当然不能，"吴永国厂长说，"不管任何时候都不能让用户失望，这应成为我们的营销宗旨、一条不成文的规则！"他与供销科的同志左思右想，东挤西挤，硬是挤出一批产品，救了大中华橡胶厂的"急"。

似这样的求援电报，平时多不多？据供销科同志说，每年都有好几次。他们说，"只要接到求购电报，我们就一定设方想法尽可能地满足用户的要求，即使是那些报为紧张的产品……"

第二个故事，与杭州橡胶厂有关。

温州，温州

这个厂有一次从"永化"购来1000公斤DM，运到家后发现水分偏重，就向"永化"作了反馈。获知这个消息，"永化"十分重视，马上派人去查看，确认情况属实。但他们查对这批产品的检验记录，发现出厂时其含水量又是符合标准的。这究竟是怎么回事？经检查分析，问题原来出在运输上，是用户在产品运输过程遇雨进水所致。

既然是用户不慎，照理说"永化"就不负有责任了，而他们却本着负责到底的精神，用车把这批产品全部拉了回去，给换了一批新的，使杭州橡胶厂的同志感动得不知说什么好。

第三个故事，发生在1988年。

那一年，全国一些化工产品调整价格，橡胶促进剂M、DM的价格均由原先的每吨一万五千余元猛涨到两万四千余元，市场价格甚至达到25000至26000一吨。在此次调价前，"永化"曾同各地用户订了400吨M和250吨DM的供货合同，当价格调整时，双方尚未交款和发货。按照惯例，既未交款、发货，那么卖方完全可以按新的价格供货，这样，"永化"通过其中的差价至少可以多获利500万元。

对于这笔"飞"来的横财，"永化"采取什么态度？"永化"的领导者想，如果从眼前利益考虑，他们当然可以吃进这500万元，但如果想得更远一些，从今后抓住用户、抓住市场的大局考虑，则更应该注意同用户的关系，按合同签订时的价格执行。

就是出于"想得更远一些"的打算，"永化"毅然做出了一项使同行们都感到震惊的决定：凡是合同内的供货，均不提价！这个故事的结局是："永化"的此举，大大地感动了各地的用户，他们同"永化"的关系也比以前更为巩固。自然，"永化"后来从这个巩固的市场所获得的经济效益，则远远超出了500

万元。

故事之四，说的是他们在安徽所做的一笔"赔本生意"。

做赔本生意，是为了开辟新的市场，因为此前他们在安徽没有"关系"。后来，他们选中了一家用户，并与他们说好，先送半吨DM让其试用。谁知对方很是挑剔，说"永化"的DM熔点偏低，不受用。

半吨DM，对于"永化"只是一个小数目，既然对方不愿意，是不是就拉倒算了？"永化"的决策者们都不这样想，他们采取了两项措施：一，派化验室主任亲自前往安徽了解情况，帮助解决问题；二，在价格上可以给予特别优惠。

有人说了：一趟安徽来回，差旅费要多少？再加上优惠价格，明看是"赔本生意"了。为半吨DM如此兴师动众，值得吗？而"永化"却执意要做这样的"赔本生意"，他们把用户看得比什么都重，为了让用户满意，他们舍得下大力气！

……

类似的故事，是举不胜举的。但不管故事有多少，结局却只有一个，那就是："永化"赢得了用户。可以举一个例子来说：为了征求用户对产品的使用意见，"永化"每年起码都要召开两次用户座谈会，倾听大家的意见。根据同行企业的经验，这种座谈会是很难召开的，一些用户出于各自的考虑，总是请而不到，使得会议越开越冷，越开人越少。而"永化"的用户座谈会，却总是越开人越多，越开越热闹，本来预计50人的会议，都来了八十多位代表。用户们都是有情的，他们说：在我们企业最困难的时候，是你们"永化"帮助了我们，你们开的会，我们说什么也要来捧场！

对于"永化"的产品，用户们的评论更高。

生产"回力"牌产品的上海正泰橡胶厂说：促进剂NOBS，全国就是你们的最好。

生产"双钱"牌产品的大中华橡胶厂说：我们用你们"永化"的原料生产出了获得全国奖的产品，这里也有你们的功劳！……

都说"知己可贵，知音难求"，"永化"能有这么多知己和知音，这是它事业发达的又一明证。请让数字说话吧：

1987年，该厂产品销售额和税利分别为1075万元和150万元；

1988年，增加到2439万元和556万元；

1989年，增加到2984万元和713万元；

1990年，又达到3300万元和767万元。

"用户——市场——效益"，"永化"这一招真高！

四

对外有高招，对内呢？也得有良策——调动职工积极性的良策，强化企业内部管理的良策。听起来，这似乎是老生常谈，实际上，其中却有不少学问。

就拿"永化"来说吧，在吴永国任正厂长之前，厂里也曾想过一个调动职工积极性的办法：奖金。当时，厂里的奖金额高得惊人，然而非但未能达到预期的目的，反而给以后的工作造成了严重的后遗症。1986年，吴永国任厂长后，想把过高的奖金额压下来，结果就尝到了苦果——当时，"永化"亏了七八万元。

事实启发了吴永国和领导班子一班人：良策良策，关键在一个"良"字上。就是说，只有好中选好，选择一条适合"永化"的健康的路子，企业才会真正充满生机和活力，企业的改革才有希望。

这条路终于找到了，那便是：层层承包，责任到人，强化企业的内部管理。

按照这条路子，"永化"与县计经委签订了"两保一挂"的承包合同，使职工的工资总额与税利挂钩，把职工的经济利益同企业的命运紧密相连。在此同时，厂内也签订了厂与车间的经济责任制承包合同。承包合同内容很具体，包括了消耗定额、生产产量、产品质量、基础设施建设、安全卫生等诸多部分。干多干少、干好干坏，都能在合同中得到体现，目的就在于使各车间在降低原料消耗的同时，大力挖掘内部增产潜力，达到增产增收。

除了工人，行政人员也被卷入了旋涡。其办法是让工人给他们打暗分，然后取普遍分作为评定依据。

在"永化"，这无疑是闻所未闻的新鲜事。尤其是当承包合同兑现，车间与车间、人与人在分配上拉开差距的时候，那才叫热闹！有人哭喊，也有人骂娘。不过这只是开始一瞬间的事，当最初的风潮过去，人们又复归平静的时候，效果出现了——

过去，厂里的焦钠硫黄和能源煤的消耗总是降不下去，现在，马上大幅度地下降了；

过去，m、dm和焦钠的产量总是增长不快，现在，很快便以20%、30%甚至40%的幅度往上升；

过去，厂里浪费现象严重，现在，旧的阀门有人修了用，旧的布袋有人补了用，费用比过去节省了不少……

最典型的是有一个车间，过去常有亏损。因为亏损，他们与别的车间在分配时差距被拉得很大，只获得别人50%的报酬。这使他们很受震动，于是狠查原因，落实了增产增收的措施，很快便改变了亏损面貌。

一句话，通过拉开差距，全厂职工你追我赶，出现了团结奋斗、爱厂如家、争当先进的热潮。

温州，温州

与此同时，厂里的劳动纪律也严明起来。根据化工部规定，化工企业内是不准吸烟的，对此，厂里制订了严厉的奖惩制度，规定：职工在厂大门内吸烟，厂级领导罚款30元，科室、车间干部罚款20元，工人罚款10元，并追罚季奖、半年奖和年终奖。还有，职工在生产区违纪，如睡岗、脱岗、洗衣、看小说等，也要受到同样惩罚。由于纪律严明，执行有力，全厂职工很快便养成遵纪习惯。

"永化"职工应该庆慰，他们有一批很好的带头人。这是一个步调一致、事业心又强的领导班子。多年来，这个班子的成员相互尊重，相互配合，为全厂职工树立了一个好的榜样。不论吴永国厂长还是几位副书记、副厂长，他们都只有一个心思：让"永化"早日振兴！为了这个目标，他们不知付出了多少心血、多少汗水！

这个班子又是最肯学习的，他们总是虚心向兄弟单位学习，丰富自己的头脑。建德化工厂是个二级企业，那儿有位副厂长是吴永国的同学，吴永国就经常带人到那儿取经；温州电化厂是无泄漏工厂，吴永国也带了车间干部前往学习；就是出差外地，他也特意走访那些将要升特级的企业、二级企业和同行工厂……难怪职工们说：我们领导瞄准的，都是先进的楷模！这便是我们"永化"能够一鸣惊人的原因。

不鸣则已，一鸣惊人。永嘉化工厂，楠溪江畔的一颗明珠，愿你有更灿烂的明天！

风

中

依恋

【1985年】

大陈岛宛如一只巨大无比的船，巍然屹立在波涛之上。

那波涛，滚滚滔滔，奔腾不息，仿佛蕴含着无限的深情。它使我突然想到：海岛所以不沉，可是因为有浪花的依恋？

在这块远离大陆的土地上，我认识了许多当年的垦荒队员。他，就是其中的一个。

在他的家乡，永嘉的一个小山村里，他被人叫作"呆大寿春"。

其实，他并不呆。解放前夕有一年，他穿着一身褴褛的衣裤，把游击队的密信放进鞋帮，大模大样地朝敌人的哨兵走去。敌人见是远近出名的呆大，理都没理他。他于是一路"绿灯"，把情报送了出去。敌人的哨兵自然不可能想到，这个17岁的"呆大寿春"竟是一个地下党员。

解放了，凭着当年的光荣历史，怎样也能有个一官半职吧？他却扛着锄头去了四海垦荒队。1956年夏天，领导上要重新安排他的工作，问他要到哪儿去，他不假思索，张口就说："大陈岛。"

消息传开，全村哗然。好心人都急了："那边比我们这里还苦哩，张寿

温州，温州

春。"其中自然也不乏危言耸听，"张寿春，大陈岛是前线，离台湾那么近，要是国民党的飞机来了，你往哪里躲？"

他笑笑。他有他的心思。半年前，当他从报纸上看到团中央书记胡耀邦同志倡议组织温州青年垦荒队奔赴大陈岛时，他的心就飞向了那里。用自己的双手建设被敌人破坏成废墟的大陈岛，这是多么令人神往呵！

像鱼儿得水，似鸟儿投林，他走进了一个崭新的生活天地。

大陈岛的生活是艰苦的。他却觉得很快活。200多名队员，男男女女，整天歌声笑语不断，使人时刻感到青春时代的美妙，感到集体生活的温暖。

没想到，为了发展畜牧生产，垦荒队派他和另外两位队员到竹屿去养羊。

竹屿，大陈本岛西南方向一个荒无人烟的小岛。在这里，与三个青年为伴的，除了一群山羊，就是小岛四周单调的海水和头顶寂寥的天空。太寂寞了！爱蹦爱跳的青年人，谁受得了这个？二十多天下来，那两个队员忍受不下，回本岛去了。

1956年1月29日，温州青年志愿垦荒队奔赴大陈岛。（黄拜法 摄）

1956年1月，人们欢送温州青年志愿垦荒队开赴大陈岛。

他也是爱热闹的人。到了竹屿之后，他的心也空荡荡的。可他却不能离开，离开了，那群羊怎么办？

大队长坐小舢板看他来了。他握住大队长的手说："就让我一个人在这里养羊吧。"

"一个人，你不怕？"

"不怕。"他硬着头皮说，"我从小就胆大。"

"生病怎么办？"

"我认得山上的草药。你不知道，我父亲是土医生，会中医西医，他教过我。"

尽管心里有点发虚，他嘴上却很硬。他认为必须这样，要不还叫什么共产党员？大队长很感动，点头同意了，还与他约定了联络信号：如果断粮了，就用柴草点一堆火；生病了，点两堆火；发现敌情或重大情况，点三堆火……

每日每时，他默默地放养着羊群，只有在每个月尾，大队部派船给他送粮食

温州，温州

菜蔬、接他到本岛理发的时候，他才难得有说几句话的机会。

整整三年！他过的不就是鲁滨逊式的生活吗？可他又不是鲁滨逊，他的伙伴们就在咫尺之隔。隔着一条几里宽的海峡，就是一个截然不同的欢乐的天地——对了，据说，那边的好些男女队员都成双成对地谈起恋爱来了！

"恋爱"，神秘的，最富诱惑力的字眼！它在他心头勾起的却是比寂寞更难忍受的烦恼。在垦荒队，他是年龄最大的一个，比其他队员大十多岁，已经三十多岁了。

"你一个人在竹屿，连同女的说个话的机会也没有，谁能爱你，同你谈恋爱？"

他缄默了。同伴们的话，他自己也想到过。孤寂的荒岛之夜，他时常为此长叹。

"建设伟大祖国的大陈岛！"垦荒队员们的誓师会。

1956年2月2日,温州青年垦荒队在大陈岛上破土垦荒。

"同队长说一声,调回来吧,你三十多岁了,应当照顾。"

"不,不,"他如遭火烫似地躲开了,一边走还一边嘟囔,"总得有人在竹屿啊。"他的心一下子坦然了。去他的!他想,如果真的没有机会,那就一个人过算了。

偏偏"机会"在这时降临了。

一天,几条海门的机帆船来到了竹屿。渔民们白天在附近洋面上打鱼,晚上就泊船在小岛。一来二去,他与他们混熟了。几天下来,他被渔民中的一位姓许的大队支书看中了。老许问:"我家有个18岁的小姨未出嫁,给你讲讲好吗?"

他慌了:"不行不行!我都三十多了,年纪太大了,又很呆……"

老许却自有主意。他很喜欢这个勤劳忠厚的垦荒队员,第二趟船,带来小姨的照片一张;第三趟船,带老丈人来"考察";第四趟船,便要他跟船去相亲。

他动心了。搭船回本岛汇报。垦荒队的领导喜出望外,极力怂恿他,批给他20斤粮票,大队长还从自己的口袋掏出15元钱给他,同伴又借他一套新衣帽,把他打扮了一番,送上了去海门的船。

在船上,老许告诉他,见面时要把年龄说得小一些,就说24岁好了。他个子小,看上去一点也不像三十多岁。

海门,一个像国际谈判似的"介绍会"开始了。铺了桌毯的长条桌四周。坐

温州，温州

满了女方的亲属。介绍人老许致开场白后，男女双方介绍情况。不曾想到，女方在介绍时，竟把她自己的年龄往上提了两岁。这无疑也是老许的计策，一提一压，他们真的极像"天生的一对"了！

眼见得一场谈判就要成功，在场的人都面露喜色。他却"通"地站起，颠来倒去地大讲起大陈岛的艰苦来。"大陈岛目前还很苦，"他说，"我每月只有十三元五角的工资，除了吃饭，只能节余几角钱。请女方慎重考虑，跟着我是很苦的……"

"女方"低着头，没吭气，脸上通红。

他一见，索性全挑明了："我提出下面几项条件，请女方考虑一下，做到做不到，把态表一表：一，到大陈岛后，你要参加垦荒队劳动；二，不能怕艰苦；三，不许当逃兵；四，不许拖后腿……"

在座的人全愣了：这是打擂台吗？

"女方"脸红得不得了，脑袋都快耷拉到桌底了，拉都拉不起来。没有办法，"女方"的姐姐只得拉她到会场外私下交谈。过了一会儿，当姐姐的高兴地回到"谈判"桌边宣布："她肯了！"

她上岛来了。新房是一个又矮又小的茅棚，新床是在一堆茅草上铺了一张蓆子。

婚后二十多天，当她按乡俗回了一趟娘家的时候，他向垦荒队领导要求，上了上歧岛。

上歧岛也是小荒岛，比竹屿离大陈本岛更远。这是三年自然灾害时期，为了帮助国家解决困难，垦荒队准备在这里养猪。考虑到他刚刚结婚，大队部开始并不同意派他去。可他说，他的妻子一定不会有意见的，因为她表过态。

他没有猜错。她从娘家回来，二话没说，也跟船去了上歧，又在上歧岛上搭起茅棚安下了家。

上歧岛比竹屿更苦。这里的淡水,是靠岩缝滴水、一滴一滴积起来的。到了旱天,为了省下大部分给猪喝,自己嗓子干得冒了烟也舍不得多喝一口。就在这时,他胃病发了,她心疼他,煮了一顿稀饭让他吃。他一看,却同她大吵了一顿,批评她浪费了淡水,呛得她吧嗒吧嗒直掉眼泪……

七月,一次强台风袭击了上歧岛。

海潮直扑到小岛的半山腰,风势大得怕人,卷走了他们的茅棚,把他们刮倒在地。

"寿春!"妻子惊叫着。

"抓住茅草!"他喊,"当心让风刮进海里!"

风,撕烂了他们的衣服。雨,像瀑布一样迎头浇下。他们攀着岩缝,抓着茅草,才算坚持到风停。可这时一看,他们傻了:他们用来装粮食的酒坛也让风刮进了海里,一粒米也没能留下!

怎么办?丈夫和妻子商量。照规定,得点一堆火,不,点三堆火报警。可他说:"本岛上也遭了同样大的风,他们一定更困难……"

拿起的火柴,又放下了。

本岛上的领导奇怪:怎么会不见报警的烟火?大队长亲自带人驾船将一袋粮食送到小岛,大家才蓦地明白是怎么回事。人们不由得肃然起敬:好样的垦荒队员!台风虽然使他们失去了不少,也使他们得到了更多——那就是对小岛、对大陈的与日俱增的依恋!

正是在这样的依恋中,一个小生命即将诞生。从她的高高隆起的肚皮上,谁都看出来了。大队长专门派人通知:为了确保母子安全,要把孕妇送到大陆去分娩,起码要到大陈本岛。

温州，温州

　　小两口发愁了。"我们不在，猪怎么办？"她问。"大队部说另派人来。""能接得上手吗？""难……"他沉吟着，把牙一咬，"由我来接生吧。"

　　"这不行。"大队部来的人说。

　　"行的。我小时候跟父亲学过。"他又搬出了"王牌"。于是，他托人买了几本关于接生的书，还给在家乡的父亲写信，请教一些还弄不清的要点：如何处理婴儿脐带？如何处理可能出现的意外？……

　　临盆的时刻到了。妻子感到肚子里一阵阵疼痛难当。他镇静地守卫在她身边，告诉她如何用力气和他合作……

　　随着一声嘹亮的哭声，垦荒队又多了一名小队员！

　　离开家乡二十多年之后，他回到了他那个小山村探亲。乡亲们都赶来看他，他们都很惊奇，当年的"呆大寿春"竟会变得这么有出息？

　　一个人，当他把青春融进了自己所热爱的事业时，他的身心都是幸福欢悦的。

　　这恰如一朵浪花，当它把自己汇入大海之中的时候，它永远是美丽的，生机勃勃的！

泥土情

【1983年】

二儿子结婚时,新娘子给公公朱伟尧送了一双新皮鞋。这是温州的古老风俗,因为温州方言"鞋""闲"同音,送鞋的意思就是祝公公从此有"闲",安享清福。

园艺师朱伟尧并非温州人,可他的二儿子是在温州长大的,而且娶的是温州姑娘,所以一切照温州的规矩办。他们费了很大的劲,从皮鞋厂走后门买了这双鞋。

鞋是好皮鞋,皮好,做工也整。谁知老朱穿上没走几步,就像烫脚似地,赶紧脱了。

儿女们疑惑了:"是太小?"摇头。"太大?"摇头。"那怎么……"他笑着指指床下:"穿惯了。"

床下,是一双旧得不能再旧的、沾满了泥巴的"猪头鞋",一双与他的知识分子身份很不相符的、被妻子叫作"乞丐鞋"的旧鞋。

儿女们明白了。缄口了。还能说什么呢,对于父亲,他们是太了解了……

穿惯了!是穿惯了。有这样的人,他们闲不住。有闲、享清福,于他们算不

温州，温州

得好祝愿。园艺师朱伟尧，是否这样的人？

穿惯了！确实是穿惯了。斑斑的泥渍，像花一样开在鞋上，也开在他心底。唯有这双泥渍斑斑的旧鞋知道：这些年，他的主人走过的是一条怎样坎坷的道路；他在浙南原野上留下了多少艰辛而坚定的脚印……

它与我们一样，同属于中华！

凡是来过温州的人，都会记得这里出产的温州蜜柑；

凡是品尝过温州蜜柑的人，都会赞叹它是水果中的珍品、极品。

温州蜜柑也叫无核橘。据史书记载，温州栽培柑橘已有两千四百多年历史。早在唐代，温州柑橘就被列为贡品；早在南宋孝宗淳熙五年，就有永嘉太守韩彦直著《永嘉橘录》，系统记述温州一带柑橘的品种、栽培技术、病虫害防治、贮藏和加工的经验。至明代，温州柑橘被引入日本，后经改良成为皮薄无核、味甜如蜜的温州蜜柑，1916年后又从日本引回到温州繁殖栽培。

作为水果王国的"柑橘皇后"，温州蜜柑如今在世界上的名声可谓如日中天。统计数据显示：在世界柑橘罐头市场，它占了总数的70%；在日本柑橘栽培面积中，它占了78%；在国内，在一至四届全国柑橘罐头评比中，它亦连连夺魁，备受赞誉，如今已在14个省大面积推广，还有一些省份已开始试种。

"后皇嘉树，橘徕服兮。"这是屈原的《橘颂》。三闾大夫倘能活到今日，定会重赋一曲《温州蜜柑颂》！

可是，人们呵，当你们赞不绝口地品尝着肉汁丰富其味甜蜜的温州蜜柑时，有谁能够想到，在中国，它们曾经有过濒临灭绝的时候；更有谁能够想到，为了让这个濒临灭绝的"柑橘皇后"于神州大地复活，我们的园艺师付出了怎样的心血！

1962年前后。

一份份来自橘乡的紧急报告，纷纷飞向温州市农林特产局。"我们这里1958年栽种的蜜柑，四五年来只开花不结果，经济损失很大……""我们这里的蜜柑结果不多，我们已决定砍去改种其他作物……"

大同小异的内容，而且往往都是"边斩边奏"——这边报告还在邮局的分拣台上，那边果园里就只剩下一排排树茬了。

死刑！死刑！所有的报告，都传递着同一个信息。

死刑！死刑！所有的信息，都储进了特产科副科长、园艺师朱伟尧的大脑皮层。他，忧心忡忡。

朱伟尧知道，温州蜜柑是有"留洋史"的。相传五百七十多年前的明洪武年间，一位日本高僧到温州烧香，带了几篓柑橘回国。他将吃下的柑橘籽粒随手扔向当院，不想隔年竟长出了幼苗，后来又结了果实。在这些柑橘树中，他意外地发现了一棵结的是无籽果实，便剪下枝条插栽培植；若干年后，又传遍日本诸岛，发展为诸多品系，被定名为"温州蜜柑""唐蜜柑""改良温州""地温州"……而在"温州蜜柑"的故乡，这种本来就少得可怜的无粒蜜柑却不知何故失了传。至于那些截至目前还仅占全市柑橘栽种面积7.2%的"唐蜜柑"的"后裔"，还是20世纪初从日本重新引种回来的。但这些"留洋"回来的"后裔"们变得"华而不实"了，除了"花瓶"的功能，毫无经济价值，因此数十年来只能栽种在有闲阶段的花园小院，成为公子王孙饭饱酒足之后的观赏品。在"敢想敢干"的年代，它们虽然总算有机会重返果园地头，但是，没有人去改变其"华而不实"的根本问题，到头来还是照样挨刀子挨斧子！

老朱坐不住了。带上几个同事，他直奔柑林。

"这玩艺长年生在国外,恐怕是不合我们此地的土气。""改种瓯柑吧。要不,再种它十年二十年载还结不了几个果,就劳民伤财了。"一双双含忧目,一句句丧气话。甚至有人怀疑:"蜜柑蜜柑,也许是'美柑'——美国的柑吧?"

不用说,"美柑"之说肯定是无稽之谈。但是,朱伟尧啊,你能够拿出哪怕一点点的论据来证明它的荒谬么?你能够证明眼前的蜜柑树不姓"美",也不姓"日",而姓"中"么?诚然,你那么盼望它们果实累累,都抱上金娃娃,可你能保证它们都会结果么?要是事与愿违呢?

他沉思。他食寝不安。——毕竟是情况不明,两眼漆黑,寸步难行呐。科学不是儿戏,不能光凭主观愿望办事。要想有发言权,就得给那些零零星星地散布在全区各地的蜜柑树都查一查"户口",找到它们的"根"!别无他法,他上路了。

风景秀丽的九山湖附近,九棵四十多岁的蜜柑树在晚风中摇曳。他欣然前往。寻访。谈话。调查工作出乎意料地顺利:这九棵老树,正是直接从日本引回的!引种人:曾在日本兴津园艺场工作的王宙仙先生;引种时间:1916—1917年;引种品种名称:温州蜜柑(当时尚未分品系)。

瞎眼鸡啄着虫,巧了!如此迅速地抓住了"根",老朱根本没想到。"这四十五六年中,你们都向什么地方传过种?"他高兴地问,随即掏出了记录用的本子。

"没有,没有传过种。"王宙仙先生的堂妹夫回答。这棵树,始终是由他栽种、管理的。

"没有?一次也没有,你再想想……"

回答很肯定:"确实没有,我记得很清楚。"

朱伟尧大失所望。它们没有传过种!就是说,它们同散布在浙南各地的蜜柑

闻名天下的温州蜜柑。

树都没有关系,是一条没有后代的"根"!

只得另辟蹊径。一番侦察之后,他从茶山公社茶一大队院子里的一棵老树开始往上溯"根"。这一回,倒没像前次那样"断根",恰恰相反,它的"根"系往上往下都十分发达,发达得叫人掉进迷魂阵。这好比是一只母鸡生了一窝蛋,这些蛋被卖到四面八方后都孵成鸡,这些鸡又各生了一窝蛋,蛋又被卖到四面八方并孵成鸡,这样鸡生蛋、蛋孵鸡,循环反复,如果要你明白无遗地倒推出它们八九代"家谱",会是一件易事么?这也像一棵枝叶繁茂的大树,枝上生杈,杈上分枝,枝枝杈杈又生枝杈,如果要你历数它的枝杈,岂非难办?朱伟尧正是这样陷入了"南北追踪,疲于奔命"的困境。今天一条线索,他赶到70里外的飞云江;明白一个情报,他又追回到原来的出发地,再一查,查到了瓯江北岸;再一追,又得登上波涛环抱的灵昆岛……"路漫漫其修道远兮",为了这一条"根",他花了整整一年时间。

整整一年的风霜雨雪啊!

温州，温州

酷暑，烈日晒脱脸上的皮；严冬，寒风裂开唇上的缝。清晨，顶着月亮出征；夜晚，拖着疲惫的身子归来。他像一盏走马灯，整天转呀转呀。"上海京剧团来了！"哦，来就让它来吧；"新春佳节到了！"哦，到就让它到吧；"咱家的房顶漏了！"哦，漏就让它漏吧……并不是他不爱看戏，并不是他不愿过年，也并不是他喜欢挨雨淋，实在是肩上的担子太重了！他只能像一个苦行僧，忘却人间的喜怒哀乐，醉心于自己的事业。

西山灰炉，一间平房。已是子夜时分，万籁俱寂。屋主人项林松一觉醒来，忽然听见有人叫门。夜半叫人，会是什么急事？老项心中突突直跳，赶忙起床开门，让进来的是一位不速之客。"听说，你家里有一棵蜜柑？"来客未等落座，就开口问道。老项明白了。凝望着对方脚上高卷的裤腿、开花的胶鞋，他猛地走上前去，一把握住了来客的手……

松台山麓，一幢瓦屋。雷鸣电闪，夜雨如注。不速之客又在叩打社员陈永明的家门。他浑身上下都让大雨湿透，冻得牙齿打战，脸色惨白。陈永明赶忙找出一套干衣服请他换上，他却一抹脸上的雨水，便迫不及待地谈起了蜜柑。陈永明忍不止心头一热："你比我们农民还急呀……"

毋庸说明你也能明白，这位不速之客就是我们的苦行僧老朱，不过，管他叫"苦行僧"也许不对。不，他是快乐的，甚至有高兴如狂的时候！就在茶山公社一个偏僻的小山岙里，他发现了一棵30岁的温州蜜柑。好一幅奇异的图画啊，浓绿的枝头上，沉甸甸地挂满了橙红色的果实，看一眼都叫你爽心悦目，看一眼就叫你口水直流。他不相信自己的眼睛了，使劲一擦，再定神一看，没错，并不是幻景！他乐得只想大喊一声：不是说它"只开花不结果"或"结果不多"么，请来看一看事实吧！……这一夜，他兴奋得两点钟还未睡去，一不小心，接连打碎了两个茶杯。

呵，苦与乐竟这么和谐地混杂在一起。它们构成了使他如痴如狂的生活，变成了留在乡间小路上的脚印。

不同凡响的"追踪"！它牵动着众多领导的心。关键时刻，浙江省农科院派出两名同志，协同他发起冲锋。他们的笔记本上，画满了一道道相沟通相连接的线条，活像《智取威虎山》中的联络图。……终于到了这一天，所有的线条开始汇合，从茶山，从蒲鞋市，从瑞安，也从永嘉、灵昆……所有的箭头都笔直地指向一个共同的引种点——平阳县郑楼小学。

该揭锅了。经过一番寻觅，朱伟尧叩响了何位中先生的家门。何位中先生当年曾是郑楼小学的校园负责人，他翻箱倒柜，找出了一张发黄的纸条。上面写着：

（日本）兵库县川边郡稻野村东野

精苗园主　久保武兵卫

振替口座大阪一八四三五番

民13年电月（1924年3月）运来

何先生说，这是当年从购买苗木的发票上抄摘下来的地点、苗主姓名、银行账号和后来补记的托运时间。这个有心人，他还告诉老朱："我清楚地记得，那张发票上标明这些苗木的品系是：'改良温州''地温州蜜柑'。"

"联络图"上的最后一笔——一条力透纸背的粗线直指日本兵库县。事实雄辩地说明：零星散布在浙南各地的蜜柑树，大部分都是郑楼小学校园里那些从日本引种回来的温州蜜柑的后代！

老朱的嘴唇微微地颤动。幸运的蜜柑树呵，你与我们一样，同属于伟大的中华！

全国最大的围涂工程——瓯飞滩。

在感情的天平的这一边和那一边

有人说，瘦子性急。此话不一定全对，可用于朱伟尧倒挺贴切。他，一张清癯的脸，一副精瘦的身材，正是火烧屁股的性子。

他风风火火地奔走于柑橘之乡，操着浓重的开化口音，鼓动人们重新试种温州蜜柑。

可是……

"无菌性坏死！"医生望着他的瘫死的左腿，眼里闪着冷峻的光，"要马上切除！"

突如其来的打击！一个冷战，老朱怔怔地问："不切不行吗？"

"不行。骨头死了。不切这条腿，生命也难保！"

"不，医生！我是搞农艺的，锯了我的腿，就是要了我的命哇……"满腹的愁情，却不愿屈服。

新华书店，他的目光落在一本医书上。

草药偏方：桑叶枝条、大叶辣蓼、垂柳嫩枝……水煎熏蒸。

牙齿咬得咯咯响。应当抗争！一个月，两个月……靠着意志和力量，靠着对泥土的眷恋，他胜利了，生命保住了，腿也保住了。他的身影，又在柑橘林中闪现。

没想到，又是一个"可是"——

"朱伟尧硬要农民种蜜柑，劳民伤财，搞瞎指挥，到底执行什么路线？"

"朱伟尧埋头业务不问政治，是农林特产局内走白专道路的黑典型！"……

这是到了"史无前例"的年月，政治狂风据说正在"荡涤旧世界的污泥浊水"。

一记闷棍！本来，围绕着"要不要发展温州蜜柑生产"，两种意见的争论在特产局内早就有之，争得面红耳赤的场面也不罕见。但那都是正常的争鸣呀。他想不通，又没有"政治发酵粉"之类的东西，那些人的"路线斗争觉悟"怎么突

美丽的温州农村公路。

温州，温州

然间"提高"得那么快？

试种的事中断了。非但如此，在蒲一，在方岙……他帮助试种的六七百亩温州蜜柑几乎被砍伐干净。种树三年，毁树一旦！他的心疼呵，任凭什么言辞也表达不出满腔的愤怒！

"算了，想开些。"趁人不察，几个大胆的同事悄悄地安慰他，他们是怕他想不开，"眼前最好的棋，就是逍遥……"

话只说了一半，就停住了。因为一转身子，他们都望见了老朱那张摆在窗口的桌子。小小的办公桌上，铺满了大大小小、厚厚薄薄的书本、手册，一份有关温州蜜柑的技术资料刚刚整理了一半。原来，他还真的"想不开"，事至如此地步，还在偷偷地走他的"白专道路"！这个急性子，性急得连"避避风头"都不懂；他根本不曾考虑，这样一来便铸成了大错。

没有不透风的墙，事发了。于是乎，一场"倒朱"闹剧揭开了序幕：

"朱伟尧自称出身贫农，为何解放前读得起书？有何政治靠山？"

"朱伟尧解放前当过省立衢州高级农校和开化师范的校长，有严重政历问题！"……

政历问题？朱伟尧莫名其妙。这使他想起了一件事：1963年8月，农林特产局机关党支部曾召开支部大会，表决通过他加入中国共产党；不料报上级党委审批时却一直没有回音。后来，隐隐约约地听说是因为他政历不清而搁下了。这一搁，便没有再拿起的时候。

政历不清？他茫然了。他出生在开化一个贫农的家庭，早在开化解放之前就参加了党领导的游击队。在解放全中国的隆隆炮声中，他随游击队配合解放大军进驻了开化城，被安排到军管会文教股工作。解放初期，人才奇缺，知识分子干部更少，党委派他到开化师范任主任委员（相当于校长），后来又调他到省立衢州高级农校任总务主任，直到1954年才调他到温州加强农业科技力量。这些年来，他不但多次被评为先进工作者，还连续当选为市第四、五、六届人民代表。

他不明白，本来清清楚楚的一段经历，怎么会"不清"了呢？参加革命这么些年了，当年同他一道参加游击队的丁士伟同志如今已经当了一个自治区的第三把手；还有一些经他介绍参加革命的同志也都成了党的中级甚至高级干部，唯有他"官"越当越小，最后变成了一个副科长，而且连党员都不是！"官"越当越小他倒不在乎，革命工作的需要嘛；说他"政历不清"，他却怎么也想不通。"解放前读得起书。"是的，解放前的学生固然是有钱人家的居多，然而难道连一个例外的也没有？你们知道我的父母是怎样吃糠咽菜才争一口气供我念"农专"的么？"当过校长。"是的，我确实当过校长，但那不是在解放前，而是在解放后，是党、是军管会派我去的，那是我的光荣呀，怎么能黑白颠倒，把光荣说成罪恶？"政历不清"，政历不清你们可以去调查嘛，找丁士伟同志也行，找其他同志也行，怎么能无中生有，诬陷革命同志？

第一个受株连的是大女儿朱秀菊。这个勤快、懂事的孩子，下乡到了安徽，后来被抽调到一家机床厂工作，以出色的表现赢得了群众的好评。1971年，工厂要发展她入党，专门派了人到温州来调查她父亲的政历问题。

失望得很，他们带回去的调查材料上写着这样的结论：朱伟尧政治历史有问题，家庭历史也有问题。不用说，秀菊入党的事吹了。

年轻人的上进心受到了挫折。她泣不成声，几天里就瘦了几斤。不但她焦急，就是厂党委的同志也难过，他们无可奈何地摇着头："秀菊是个好孩子，可惜摊上了一个不体面的爸爸！"

还有老二朱秀华，也面临着同样的磨难。他是温州锅炉厂工人，有牛一样强壮的体格，干起工作来也很受人赞赏。1972年，海陆空三军先后三次来征兵，他

温州，温州

三次前去体检，居然关关都顺利通过——这在小伙子当中是并不多见的。

呵，秀华不知做过多少美妙的"兵梦"！时而梦见自己骑着骏马、挎着钢枪在边境上巡逻；时而梦见自己驾着飞机在蓝天上翱翔；时而又梦见自己穿着海魂衫、揿动发射电钮把一枚枚鱼雷射向敌舰。每一个梦，都离不开这两样东西：一枚鲜红的帽徽、两片鲜红的领章。可梦总归是梦，一连三次，入伍的红榜上都没有他的名字。找接兵部队的同志问，回答都是一样的："你的父亲……"

后来，厂里打算吸收他入团。在支部大会一致通过后，厂里也派人到他父亲的局里调查，结果，除了原先的那条结论外，又多了一条现行的：朱伟尧路线斗争表现不好！

子女们人前抬不起头，见人矮三分，肚子里都窝着怨气，窝着火。怨气和火迟早是要爆发出来的。

秀菊从安徽寄来一封信，连连向父亲发出责怪："爸爸，你究竟有什么历史问题？究竟有什么家庭问题？为什么要给我造成痛苦？！……"

秀华则以"绝食"来发泄怨怒，表示抗议。他一头扎在床上不起来，饭端在面前不吃，菜夹在碗里不看。母亲心疼了，劝道："你父亲也是被冤枉的啊。"

"冤枉？谁叫他为了工作，在局里得罪别人？要是他也像别人那样在家扇扇煤球炉，当当逍遥派，别人也不会整他，我们也不会受连累……"

子女们的怨恨责难，是抽打在父亲心上的鞭子。想到孩子们的坎坷遭遇，他愧疚得流下了两行浑浊的冷泪。孩子们呀，我对不起你们，耽误了你们的前程，叫你们受苦了！我不该，不该……不该什么呢？也许，当年就不该调到温州来？如果不来温州，现在起码是局以上职务了；或许，是应当照孩子们所说的那样，以逍遥求平安？要知道，他是多么疼爱他们，多么盼望他们都能成才呀……

抉择，痛苦的抉择！彻夜难眠，肝碎胆裂！惝恍之中，他看见儿女们悲哭着向他扑来，跪在他的脚边，喊叫着："怎么不想想我们呀，爸爸！怎么不救救我们呀，爸爸！听我们一句话吧，爸爸！……"然而，更多的人出现了，向他走来了。他们喊道："老朱，你是答应过我们的……"

答应过你们？不错，是有这回事。我确实答应过他们。那还是50年代吧，我第一次下乡，就被朴实的农民兄弟围到了圈子中间。亲切的笑脸，热情的话语，我的脑子里仿佛开了一扇天窗，涌进来大团大团新鲜的空气。原来，在这块土地上，竟有那么多宝贝似的蔬菜品种：长达一尺三寸的长茄子、八条就够一斤的子带豆（豇豆）、鲜嫩爽口的筒型菜、香甜如蜜的马蜂瓜（南瓜），还有一种香菜，只要在屋子里摆上一点，苍蝇就不来叮，蚊子就不敢来……可惜它们现在都失传了。"朱老师，同我们一起把它们找回来吧。""老朱，温州是块宝地，风调雨顺，就是缺你这样的园艺师哪。"……从那以后十多年，我便离不了这块土地了。在这块土地上，我和农民兄弟相依为命，进行了多少改良蔬菜品种的试验，茭白提前上市了；广东花椰菜引种成功了；蕃茄、丝瓜、芋艿、冬瓜的产量提高了；防治蝼蛄、黄条跳蚤、菜白蝶、猿叶虫和蔬菜根肿病、霜霉病有了新法。当时的地委农工部长郑嘉顺同志还带着照相机亲自到我们的试验园里拍了照片，勉励我"当一个永远替人民着想的园艺师"呢……唉，一个永远替人民着想的园艺师！当这样的园艺师可真难呵……

曾经有一些外国评论家这样评论说："中国的知识分子，他们好像是一个谜；而谜中之谜，便是他们的忍耐性。"

忍耐性，让外国评论家们大感不解的忍耐性！这里，究竟包含着一种什么样的自我牺牲精神？一种什么样的风格和品德？让我们还是来读一读朱伟尧给大女儿的回信吧。他写道：

温州，温州

　　……秀菊！爸爸可以坦然地告诉你：爸爸政治历史上没有问题，家庭历史上也没有任何问题。你完全可以这样对组织上说！你因为爸爸的事没能入党，爸爸很难过。但是，难过归难过，爸爸想好了，个人的处境事小，工作上的事大。爸爸不准备躺下，也不希望你躺下……

　　在特产局，人们曾怀着不同的心理预言：这回，朱伟尧完了，温州蜜柑的事完了！他们都推测错了。要犟脾气的朱伟尧偃旗息鼓是困难的！他又在公开呼吁："应当马上把温州蜜柑的栽种试验重新搞起来！"

　　一言既出，四座皆惊。这怎么可能？现在是什么时候，还讲这种话，太不识时务了！倒是局里的第一把手叶达信同志摸得准他的心思。为了减轻老朱的压力，他提出：成立一个"三结合"的试验中心组，由自己任组长，由老朱和一位贫下中农代表任副组长。

　　够"鬼"的老叶，他可真有办法！那年头，在"三结合"中放几个贫下中农代表，还真能镇住一些反对派呢。这叫作"卤水点豆腐——一物降一物"吧。试验组开会了，老叶亲自主持会议。会议开了三个钟头，他就三个钟头不挪窝。这件事，让朱伟尧感动不已，要知道，那时的行动准绳可是"政治就是一切"哪。这个知足知恩的园艺师，他高兴得逢人便说：你看，我不孤立，有党组织做靠山哩！他奉献给会议的，是一份几乎揉烂了的工作计划，上面开列着一长串急需进行的试验项目，什么"山地柑园深翻改土、深施有机肥和磷钾肥比较试验"，什么"平原柑园深沟高畦，降低地下水位试验"，还有什么"抹芽放梢对比试验""'九二零''二四滴'生长素提高座果率试验""硼酸保花保果试验"和"隔行移栽试验"等，不多不少，正好32个。

　　好一份详尽的计划！难道说，他早就料到会有这么一天？

三九严冬，冰封霜凝，天寒地冻。柑园深处，却别有一股热流。忙碌的试验中心组的同志们，正用自己的热量和信念，呼唤枝繁叶茂的春天。呵，告诉那些外国评论家们吧，中国知识分子的忍耐性，就来自这种坚定的信念！

命运的奇迹和金色的收获

他，躺在扫描机下，额上满是豆大的汗珠，听凭医生把他翻过来，调过去。其他的声音都消失了，只有扫描机的"嘟嘟"声在这死一般寂静的氛围里凄厉地响着，仿佛死神的狞笑，一下一下钻入人的耳膜，强烈地摧残着人的神经。

这是在肿瘤医院。这是在进行癌症复查！——又一个"可是"从天上砸下来。命运之神啊，这就是你对朱伟尧的挑战？

残酷的"判决"始于1973年6月。那天，老朱与同事们步行前往郊区，路上，他因肝部剧痛而突然昏迷，被送进了医院。急救室，医生揭起他的衣服，看到了胀鼓鼓、明晃晃的肚子。肝腹水！医生一惊，问送他来的同事们："发病多久了？为什么不早送来？"

"我们，我们不知道呀。"同事们面面相觑，"他天天同我们下乡工作，从来没有说起。"

"唉！"医生叹息。很快，他们把诊断结果通知了单位：肝癌！他们还附带嘱告："病情不要告诉病人本人，他活不久了。"

单位领导赶忙把情况通知了老朱的儿子秀华。悲痛立即笼罩了全家。可是在老朱面前，他们都强露着笑颜，将忧愁藏到了心底深处。经过再三商量，他们决定由秀华劝劝老朱。秀华想了好久，才考虑好这么几句措词婉转的话："爸爸，从今以后，你要注意休息，工作少干点……"

温州，温州

"怎么，是因为我的病，是怕我死？"

"不不，我们不是这个意思，不是这个意思。医生说，你的病不要紧的，只要好好休息……"

"算了，别瞒我了。我都知道了。"他用平静的眼光看着惊慌的家人们，"我问过别人了，我的病历上写的'肝CA'，就是肝癌的代号。CA就是癌。"

"哇"的一声，妻子儿女们哭出了声。

老朱倒很镇定。他一个一个医院去复查，甚至跑到杭州、上海几家有名的医院，请一些名医作诊断。说来也怪，这些诊断并不统一：七大医院中，断为肝癌的三处；断为肝硬化的三处；还有一处，则认为肝癌、肝硬化的可能性同时存在。不过，不论说是肝癌也好，说是肝硬化也好，有一点上，医生们的结论都是统一的：病人朱伟尧，生命的极限为三四个月。

这便是最后的"宣判"了。看来，命运是不好抗争的。儿女们噙着眼泪悄悄合计，父亲这辈子忙忙碌碌，一天福也没享着，现在应当……于是，饭桌上，朱伟尧的面前开始多了几样好菜，孩子们恭恭敬敬地伺候在两旁，用央求的目光催促着他多吃……

死神在招手，该准备告别了，与亲人，与同志，与工作，与心爱的农业科学事业。他忍着剧痛，把自己收藏的书本、资料和多年来搜集的素材搬到一起，按类别分成一摞一摞，这才把孩子们召到跟前，嘱咐说：

"我死后，这些书你们不能当废纸卖掉！我这里开了张名单，写好了素材给谁，书给谁，你们到时候一定替我办好。"他用恋恋不舍的目光望着这些宝贵的财产，"这样，我死了，就会有人完成我还没有完成的试验，写完我没写成的论文。"

儿女们哽咽着点头："爸爸，您放心。"

后事吩咐完了，可以放心地去了。而他仍不想去，不肯就此"束手待毙"。为什么要束手待毙呢？在旷广的田野上，还有那么多绿色的希望在招手，如果能使死神晚一天到来，不就多一个工作日么？老办法，他步履蹒跚，又进了书店。

这一本，《浙江中草药单方验方选》。

那一本，《中草药临床汇编》。

这边的，《常用中草药手册》。

那边的，《江西草药》……

只要同中草药沾边的全要，一点就是几十本。"蛮荒"时期，这种大"胃口"的购书者不多。营业员用猜测的眼睛盯着他：他是干什么的？草药"博士"？草药郎中？还是采草药的？

他真的成了"草药博士"。几十本药书中凡是同肝、同癌有关的单方，他都一个一个摘抄出来，比较、分析、综合，找出其中出现得最多的几味中草药。一番土办法的筛选的结果，一百多种中草药"当选"了：半枝莲、半边莲、虎杖、黄柏、仙鹤草、女贞子、黄栀子、黄檀根、紫丹参、田字草、银芥菜……

自然，他这个"博士"只是个纸上"博士"。那么一长串中草药，他才认识二三样。这不要紧，好多草药书都是图文并茂的，拿着到野地去"按图索骥"不就行了？这一来，他真的成"采草药的"了，整天流浪汉似地在山野、河畔转来转去。毕竟是搞植物的，学起草药来也比旁人要快，他把采来的草药一样一样拿给摆草药摊的老民医看，大部分都找对了。

药罐里飘出了药香。同医学无缘的园艺师就这样给自己治起病来。反正是被宣判了"死刑"的人，他反而没有思想顾虑，用起药来比任何一个医生都要大胆果敢。一百多种草药都轮换着煎了来吃。加大剂量，再加大剂量。他不怕失去什么，相反，他希望自己这项"死刑"帽子失去得越快越好。

温州，温州

药香飘得很远。市郊六个区、方圆几十里的乡村山庄很快都闻到了。朱老师病了！老朱在采草药呐！消息不胫而走。多少人牵肠挂肚。多少人黯然神伤。人们说："他是为我们累出病来的。"人们说："宁愿让我们得这种病，也不能让他死呀！"

呵，云遮雾盖的山巅，芳草萋萋的水滨，为什么同时出现那么多采药人？须发皆白的老人，血气方刚的小伙，他们怎么会在一起跋山涉水，四处奔波？

呀，他们是在替朱伟尧采药呢——没有谁通知，没有谁分派任务，完全是自愿自发的。

这在那个"史无前例"的年代，那个有那么多的人信奉"人性恶"的年代，无疑就是一段"神话"。

百样草药，万般深情。这一切，像烈焰一样炙烤着老朱。他的脑子里，至今还记着一笔笔"人情账"：某月某日，李志明——曹棣大队副支书挑来数十斤虎杖根；某月某日，章高方——慈二大队山林队长送来九种草药；某月某日……

最难忘是那一日，朱伟尧刚用止痛药压住肿痛，迷迷糊糊地睡去，一阵沙沙的脚步声将他惊醒了。

"朱岩进！怎么，是你？"他吃惊地喊，挣扎着坐了起来。

没错，站在他面前的，正是朱岩进，白水公社度山大队山林队的技术员。朱岩进从小落下毛病，是个驼背，四十多岁后又增添了好多其他的病，平时走路都很困难，他是怎么翻山越岭过来的呢？

"我想看看你。"朱岩进喘着粗气，把一只麻袋包放在园艺师的床前。袋口张开了，是各种各样的草药！朱伟尧的眼睛润湿了。他想象着，一个驼背的残疾人，背着这么重的一麻袋草药在崎岖的山路上穿行，该是多么艰辛！

疾风知劲草，岁寒识人心。多好的乡亲，多暖的心！尽管天上有着乌云，但是在我们的社会、我们的生活中，毕竟是美占多数，好人占多数。朱伟尧啊，单单是为了这些人，你就应当活下去，坚强地活下去。他们，值得你奉献自己的全部心血和汗水。

当然，丑是与美并存的。就在同一时刻，另一角落上演的是一幕令人气愤的丑剧。一条黑影，两次趁黑夜潜入朱伟尧的办公室，砸开抽屉锁，盗去了老朱精心编写的资料《温州柑橘治种资源调查》和一本《温州蜜柑图集》。卑鄙的行为！他们甚至在人家病重的时候都不肯停止捣乱。为着生活中还存在这些丑事，朱伟尧呵，你也应当活着！

朱伟尧活着。是的，他顽强地活着。非但活着，而且活得很好；非但能在公园里太极拳习学者的队伍里出现，而且又出现在市郊各个温州蜜柑试验园中……

就在这一年，全市郊各处栽种的温州蜜柑普遍获得了高产。

金色的收获季节。累累的硕果，压弯了枝头。来自全国各农科部门、各农学院的教授、科研员等园艺专家，在喜气洋洋的柑橘之乡举行了温州蜜柑鉴定、定名、推广会议。朱伟尧在会上进行了汇报。会议选定了"茶山温州"、"梧埏温州"等品系的温州蜜柑推广全国。很快，它们都在全国14个省开花结果了。

朱伟尧活着，顽强地活着。一年，二年……整整八年过去了，命运之神终究无计夺去他的生命。他的病体正在出人意料地康复着。这个奇迹，很使人震惊。究竟是什么在对病体起作用，是草药，还是太极拳，还是……此事只能留待医学工作者们去研究。而老朱，他只注重这么一个事实：他，起码还可以再干上几年！

温州，温州

不，不是结局

"爸爸，今天早点回来。"

"干什么？"

"唉，看你，又忘了！我哥哥结婚……"

"没忘，没忘。儿子结婚，做爸爸的会忘吗？"朱伟尧笑着走了，一路走还一路念叨，"不会忘，不会忘……"

说是不会忘，偏偏就真的忘了。路经菜市场，两个拎着菜篮子的妇女迎面过来。几棵小得可怜的白菜在篮子里一抖，他的魂魄又被勾走了。

"粉碎'四人帮'都两年了，菜还那么贵！"条件反射——在脑子里盘旋了几个月的那句话又响了。能叫老百姓们不埋怨吗，气候温和、条件优厚的温州为什么就种不出菜了呢？从外地调拨的大白菜国营牌价都卖三角五分一斤，叫他们怎么吃得起？每当想到这些，老朱就要耿耿于怀，他捶着脑门说："我们这些园艺师，失职啊。"

心理学家认为：大脑皮层发生的兴奋、抑制过程相互作用，兴奋过程可导致抑制过程或加强它。现在，老朱脑子里的兴奋点便是蔬菜，此外的一切都被抑制着。等到一天的忙碌终于过去，他顶着夜风饥肠辘辘地往家走的时候，他才想起来又犯了一个不可宽恕的错误：亲生的父亲不肯（在外人的眼里，当然是"不肯"啰）参加儿子的婚礼，妻子儿女们不知道要怎样不满呢。

果然有一番"声讨"。不过，不仅仅是为了儿子的婚礼。"机枪""大炮"一齐开火，不出三二分钟就能明了另一个实质性问题——他在局里的"表现"。

在局里的"表现"？是的，这两年，他在发疯似地工作："周游"农村的次数更多了，园艺科学试验的项目更多了，还夜以继日地赶写了对发展蔬菜瓜果生产很有指导意义的论文、资料18篇共五十多万字。他只想到，打倒了四人帮，没有了身上的枷锁，应当拼命地多干。他怎会想到，这样做却会得罪于人，招来非难呢？

也许，是他的脾气太耿直了。看到局里工作上的漏洞，看到有的同志工作吊儿郎当，他总要忍不住说上几句。是这些造成了人家的不满？

也许，是他生性太不喜欢交往了。当别人一张报、一杯茶、一支烟，海阔天空谈笑风生之时，他却心平静气地躲在一边，埋头于自己的工作。是这样造成了人家的误解？

都是，又都不是。正直的朱伟尧，他搞过那么多"对比试验"，可就是不懂在生活中，现在也有了一种"对比法"。你发疯似地工作，不就反衬了我的懒惰么？你出了那么多科研成果，不就是反衬了我的无能么？你一个人冒尖出头，获得成功，那么，我们"排排坐，吃果果"的局面呢？我的地位呢？……正因为如此，有人放出了空气，散布出舆论："朱伟尧这么积极，还不是为了在局里出风头，捞资本！""他其实没有什么真才实学，什么人民代表、农专毕业、编写了18本书，都是假的……"

事态的苗头，连几个最不敏感的同事都看出来了，他们劝老朱："现在的人哪，最要紧的是关系，你不拉拉关系、讲讲好话不行。像你这样直来直去、独来独往的还行？抽空到别人家里走走吧。"

"别人也都这么做吗？"他问。

"嗯，有不少人。"

"要送东西吗？"

"那倒不一定。机关内部的关系学比社会上的干净得多，重精神赛于重物质。"

温州，温州

老朱蓦地领悟了一条做人的"秘诀"。怪不得有的人干工作要滑，争私利要奸，照样有人为他吹捧，照样受领导器重表扬。看来，是要"走走"，是要"讲讲好话"，最好还能"一周一小饮，数月一大醉"！他不由地连连点头："嗯，嗯……"

当然，知不等于行，领悟了"秘诀"不一定就能照办。"走走"，那得多少时间呀。他忙得脚打后脑勺，连路上遇上熟人寒暄几句都嫌费时间呢，他哪来的光阴去"走走"？他只好望"诀"兴叹，狠狠心："谁爱说就说去吧，我不信就能碍着我什么。"

可是——第四个"可是"，碍他命运的结局就在等着他。他低估了那几个人。1978年11月，一股逼他退休的风突然吹开了。

说客盈门。

"老朱，你这样的身体，还是提前退休吧。"

"老朱，快退了吧，听说明年开始，退休之后不准子女顶替了。"

"老朱，提前退休养病养老吧，省得局里风言风语的……"

有过去从不登门的同事，也有挺说得来的好友。同一目的，同一片"好心"。朱伟尧狐疑了，他揪住那个好友盘问再三，才知道他们全出于特产科另一位副科长的差遣。原因极简单：特产科的正科长最近调走了，那位副科长想升为正职，可他是搞政工出身的，业务能力差，按资格和职务排列又都在朱伟尧之下。那位副科长盘算了又盘算，只有轰走老朱，正科长的宝座才可能是他的，于是串通了几个掌有实权的中层干部和行政人员，开始了行动……

朱伟尧气得脸色发青。那几个人果真有这么大的能量？他真不敢相信。但是不相信又怎么样？看看这几年，能有几个技术干部在这个局里站得住脚的呢？农大毕业的熊某某，调富阳去了；农大毕业生林某某，调常山去了；吴某某，一个学蚕桑专业的农大毕业生，到舟山某医药仓库当保管员去了；刘某某，一个高级技术人员，尽管身体很好，也没有人顶替工作，却退了休；还有祝某、杨某某、张某某、陈某某、俞某某、牟某某、梁某某，这么多从农大或农专毕业，又很有业务水平的技术干部，一个个都调走了！为什么都走了，奥秘何在？人们向来把那些发现人才、爱惜人才的人尊为"伯乐"。那么对那些排斥人才、压制人才的人该称什么？称作"伯哀"？但愿在我们的国家里，特别是干部中间，这样的"伯哀"越少越好。

败局已定。在玩弄手腕方面，老朱是个"弱者"，哪里是人家的对手？走吧，那么多人都走了。走吧，留在这里也只能疲于招架。含着悲愤，他把退休报告交了上去，不过几刻钟就"获准"了。令人惊讶的高速度。一个注明着"退休工资70%"的退休证拿在手中，他的心针扎似的。多年的忠心耿耿、勤勤恳恳，到头来落得这么一个结局，他太不甘心。

不，这不是结局！中国之大，识才者大有人在。市蔬菜办公室，一个掌管着全市人民吃菜大事的新机构向他发出聘请，要他去担任顾问。猛地一抹心上的血痕，他挺挺胸脯，走马上任了。

蔬菜顾问不算官，可他上任也有三把火。

据农业档案记载，温州市郊的土壤酸碱性为中性。而他怀疑。既然是中性土，为什么今年来蔬菜连连发生本来在酸性土壤才容易发生的根肿病？他背着一只土壤测试箱在乡下跑了八个月，一个点一个点地取样化验，终于把案翻了过来：原来，这些年菜农们只施粪肥不施草木灰，土质已变为重酸性，有机质、磷钾素含量也很低。人们这才恍然大悟：怪不得年年低产。老朱还发现，好些菜田沟浅畦长，是发生涝、旱、虫灾，单位产量不高的重要原因，应当改为深沟短畦……他一口气提出了十来项增产措施，而且都得到实施。

温州，温州

科学的力量无穷！不出一年，温州市郊的蔬菜单位产量猛然大增。就拿番茄来说，1978年平均亩产2240斤，1979年就翻了一番多，提高到5100斤。这一年，温州市场上，番茄堆积如山。

蔬菜顾问的才干，深受领导的器重。1981年初春的一个傍晚，他急匆匆地跨进了他的"老相识"——当年的农工部长，现在的代市长郑嘉顺同志的家。无事不登三宝殿，郑代市长很熟悉老朱的脾气，心里不禁有点紧张，问道："有什么事，快说！"

"紧急的大事！关系到千家万户！"朱伟尧顺势拉弓，把弦绷得紧紧的。他也不坐也不喝水，就一口气说了起来。原来，他刚从近郊地里转圈回来，发现由于蔬菜公司和一些菜农的思想原因，今年蔬菜种的很少，收了山东菜后，其他蔬菜势必接不上茬，到了四月份就会出现青黄不接，全市人民就没有菜吃的情况。

郑代市长禁不住一把握住了蔬菜顾问的手："谢谢你！我代表全市人民谢谢你！"他拉住老朱谈了很久，连饭都忘了吃。第二天，他就亲自召集了一个紧急会议，布置市郊抢播了180亩小白菜。

这一次危机自然是在静静中度过的，所以在四月，当市民们高高兴兴地买了价廉物美的小白菜回家时，谁也没想到其中还有这样一起内幕。

蔬菜顾问的本领，深受农民群众的欢迎。只要他迈步走到乡村，那里的农民就会放下手中的农活，欢呼着"朱老师来了！"从四面八方奔跑过来，亲亲热热地将他围在当中，请教，询问，拉他鉴定蔬菜生长的情况，好像他是天上下凡的神仙。那种热烈而欢乐的场面，那种从心灵深处毫无掩饰地流露出来的爱戴之情，没有亲眼见过的人恐怕是很难相信的。

1980年5月，近郊红心大队第五生产队种植的12亩番茄得了一种怪病，叶子枯萎，上面满是一个个黄圈。社员们说这是无药可救的青枯病，要犁掉改种，无奈改种夏菜太晚，改种秋菜、晚稻又太早，急得进退两难。恰在这时，老朱来了。他翻弄着叶子，沉吟了一下，说："不是青枯病，是黄萎病！"

"没听说过这样的病。"社员们将信将疑。

"听我的话，马上喷二次硫酸钠溶液，喷一次托布津液，过些天用磷酸二氢钾混合尿素根外追肥。"救险要紧，老朱毫不犹豫。

社员照办了。几天之后，全部番茄恢复了生机，后来获得了亩产7000斤的好收成。

同样的事例太多了。有一次，也是在这个队，十亩半黄瓜生了植株矮小、叶子卷缩发黄的毛病。社员们一筹莫展，又想犁了种茭白。队长蔡国良守在公路旁，截住了从那里经过、要到远郊去的朱伟尧，二话不说就拉他到了黄瓜园。老朱判断说：不是病害，是低温阴雨、田间积水过多，土壤缺氧和日照不足所致。他的药方：排积水，用白糖混合尿素兑水喷射叶面。社员照办了，结果，不但黄瓜得救，产量也比往年增加了四倍多。

"神了！"全市郊区，农民们都交口称赞老朱。他们说老朱像魔术师，眉头一皱，就可以给你一个化险为夷的妙计；像妙手回春的医生，手到病除，带来的是大丰收。最有趣的是他的"药方"，那都是些什么药呀：洗衣粉加柴油杀红蜘蛛和锈壁蝨；茶籽饼加松脂杀蚧壳虫；白糖加尿素喷洒黄瓜可以大幅度提高产量……

他的名气越来越大，不仅在温州，也在全浙江，全华东地区。他的"采用乙烯利喷布蒲瓜提高产量"的经验已在全国大部分省份普遍推广；那个"白糖加尿素溶液喷布黄瓜"的经验更在全省开花结果……

作为一个园艺师，他高兴又有了用武之地。如鱼得水，他一年三百六十五天，天天泥渍满身地在田间穿行。西郊新桥有个罐头厂，一些步行上下班的女工有时早晨同他一起出城，傍晚一起回城。本是同样的路径，他却从不像她们那样走平坦笔直的公路。他连赶路都要兼带着考察蔬菜地。日子一久，女工们疑惑了，悄悄地议论说："看这个人好怪，大路不走走小路，有路不走走田塍，直路不走走弯路，近路不走走远路，是不是神经有毛病？或者是个疯子？"

朱伟尧听见了，笑笑。让她们猜去吧，等到她们吃上更多的新鲜菜，那时就会明白了。

祖国呵，请保护您的知识分子吧！

狭小、拥挤的会议室里，空气显得紧张。大嗓门的西郊公社书记正当着全体与会的大队干部的面在批评人。

"……还有一个蔬菜大队，种了冬瓜、茄子、油冬、包心菜。一年到头，平均每亩田只卖14元钱的蔬菜；其中最好的队，他才卖30元。叫人听了都不信！"公社书记说着说着，脸色越来越沉，"菜种不好，他们只好靠卖国家分配的人粪肥过日子，把公价四角二分一担的人粪，每担氽两担水，以二到三元一担的价格卖到三溪、梧埏……同志们，想一想啊，这样下去，你叫社员怎么生活？他们怎么能不叫苦连天？……"

朱伟尧凑巧这时来到西郊公社，在会议室里落了座。他发现，在后排中间，一个穿绿军装上衣的青年耷拉下了脑袋。公社书记话音越响，他脑袋埋得越深，脸涨得越红。旁人告诉老朱：他叫麻元姆，是书记正在批评的那个大队——巽山大队的干部，刚刚从部队回来不久，在部队当过班长。委屈得很，他是替原来的大队干部在挨批。

散会了。老朱拍拍麻元姆的肩膀，留住了他。"你们那里究竟怎么回事？"

他关切地问。

"唉,菜老种不大,社员没信心。"

"哦。我帮你一把,叫巽山变一变怎么样?"

"那还用说,一言为定!"麻元姆一下来了精神,"朱老师,我初中毕业就当了八年兵,正愁不懂生产。"

"划出一块最差的地,抽他几个人,我们成立一个农科队,来个以点带面,带动全大队。我给你们当顾问!"老朱也眉飞色舞。

农科队成立了。八个人——二老六青;20亩地——全大队产量最低的垟心田。老朱说,就是要这种田,将来有说服力。他整天泡在地里,领着队员们开沟排水,改良土质,准备播种。

种大白菜那天,田塍上围满了人。全大队的男女老少纷纷赶来看热闹。一个调皮的小青年故意问:"老朱同志,你打算在这块田里收它多少斤?""亩产万把斤吧。"老朱回答。"万把斤?十万斤吧!"小伙子嗤地一笑,讽刺话,引起一阵哄堂大笑。一些老菜农也开口了:"我们种了几十年菜,亩产二三千斤就不错了,最好的年成也没过七千斤呀。"老朱却极有信心。他和边学边干的农科队员一道,憋住了劲。

八月的一天,倾盆大雨下了一夜。子夜时刻,老朱被哗哗的雨声惊醒了。"试验田会不会被淹?"他睡不着了,不到三点钟就起了床,冒着风雨赶到茶院寺麻元姆家才四点钟。大门紧闭着,麻元姆还没起来,他没处躲雨,只好撑着伞,在空寂无人的小街上走来走去。夜未央,风正狂,雨正急,只有偶尔一盏昏暗的街灯照出他的影子。他心事不宁,连全身被雨湿透、手脚冻得冰凉都不觉得。五点多,麻元姆开门出来,一见他的模样,激动地说不出话来,要拉他进屋换衣服,他怎么也不肯,拉上元姆,到地里观察去了……

温州，温州

　　大地不负人意。收获了，一过秤，这三亩大白菜，亩产达到一万零三百斤；不但大白菜，其他蔬菜也都创了高产。人们惊讶了。连那个调皮的小青年也服了："原来种田还真有科学。"参观的人络绎不绝，各生产队都派人来取经。

　　点带动了面。全大队都在"种不大菜"的地里夺得了丰收。1981年，巽山大队收益从19万元猛升到34万元，每人平均收入达到了一千三百多元，集体、社员一下子都富了。

　　这种事也发生在柑橘园里。

　　那是在老竹公社桐岭大队，180多亩瓯柑出现了"早衰"，总产量从43万斤下降到4.8万斤。一时，人人摇头，都说："树老了，不会结果了。"朱伟尧曾三次随调查组上山调查，无奈组内意见很不统一，公说公有理，婆说婆有理，提不出一个解决问题的方案。大队没了办法，只好决定砍树，说："改种番薯还可以喂猪。"

　　满山葱绿的瓯柑树，千万条绿色的生命危在旦夕。老朱急得不行，发出了"不能砍"的紧急呼吁。有人说：明摆着的问题，那么多园艺科技人员的意见不统一，你能有什么办法？让大队去砍吧，免得我们将来交不了账。

　　他一听火了："分什么你的我的？砍掉百八亩瓯柑，你不心疼？"

　　正好，浙江农大有两位教授来温作学术报告，他一听说，就去搬他们当救兵。

　　"你自己就是柑橘专家嘛，"教授说，"又有实践经验。你还拿不准？"

　　"不，外来的和尚好念经。"他坦率地说。这一招挺"鬼"，两位教授硬是被拖了进去。

　　"会诊"开始了。"医生"加上领导干部共70多人。看过"病人"，集中到大队茶厂开会。公社书记发言：树已老了，当砍。大队副书记也发言：树已老了，不砍不行……"砍派"占了上风。

朱伟尧捏了两拳汗，他憋不住自己，"通"地一顿顶头炮："你们凭什么把青年当作老年？才结果十年，满山都还是'小伙子'呢！"他倒背如流，一口气数说了大量一手材料，从地产原因入手，提出了治"病"措施。

"对！"两位教授被说动了，表态支持了。形势立刻急转直下，"治派"活跃了，"砍派"动摇了。

以后的情况就不必赘述了。会议之后，桐岭大队动员起来了。第二年，180亩的瓯柑的总产量就上升到了25万斤；第三年，上升到33万斤。瞻前思后，桐岭人感慨不已，说："亏得朱老师把我们的事当作自己的事办，否则……"

把别人的事当自己的事办，这叫什么呢？叫作"为人作嫁"吧。这种为人作嫁的事，恐怕只有他这类不识时务者能干。

有农民向他反映，治蚧壳虫用的松脂买不到，他建议副食品公司到外地调运。公司派人去了龙泉、江西，没有，反过来要他帮忙。"开化！对，开化！"他想到了老家，带了一个同志去了，"前门""后门"一起来，还掏了自己腰包里的钱，终于押运了两吨松脂归来。

在红心大队，他听说33个生产队播下的黄瓜种子都烂了，就跑了五个大队28个生产队，最后在丰收大队第八队为他们找到了多余的黄瓜种子。

在黎一大队三十六村第五队，他发现大部分番茄被冻死，便赶往红心大队十三队联系，还亲自返回三十六村通知社员去红心大队拔苗。

松台大队社员反映买不到处理黄瓜种子用的福尔马林，他一直找进一个中学实验室。

温、杭市场上买不到菜区急需的"防落素"，他又跑进了浙江农大。

……

温州，温州

他不是蔬菜顾问么，不是园艺师，不是一位颇有身份的知识分子么，何以连如此琐碎的小事都亲自去跑腿？他不是一位"退休佬"么，不是一位曾经被宣判过"死刑"的重病人么，何以有如此旺盛充沛的精力？！

有播种就有收获。留下了他脚印的地方，丰收接着丰收。特别是番茄、蒲瓜、黄瓜和大白菜的产量，有的成倍成倍地增加，有的四五成、五六成地增加。丰收，带来了市郊菜农经济收入的飞速增加，所有的菜区农民现在都富得流油。有些"富翁"大队，每个劳动力年平均收入都达到了三千余元，就是说，相当于中央一个副部长的工资。

为人民造福的人，人们永远不会忘记他！

曾经有记者作了一次民意测验，向农民征询对朱伟尧的看法。奇怪得很，明明是一些相隔好几里路的公社，好多农民的说法竟像是事先约好似的。他们说："共产党的干部要是都像朱老师这样就好了！"在农村，能这样普遍地受到农民赞颂的人，确实是不多的。

可是——如果没有记错的话，这应该是第五个了——这几年，他的个人处境仍然得不到改善。

早在他退休后不久，那些顽强的"反对派"们就到处凭空捏造说，"朱伟尧在茶山、状元公社倒卖柑橘苗，有经济问题。"他们很"聪明"，知道年月不同了，从政治上整不倒人了，从经济上则能搞臭一个人。他们甚至跑到市委工作队有声有色地告了一个恶状。工作队派人到了茶山公社山根大队，三次找大队书记姜银龙查问说："为什么朱伟尧经常来山根？他为什么对你那么好？这里有什么经济问题，你要老实讲！"姜银龙严正回答："他来山根，是因为我们的柑橘生产。作为一个共产党员，我的道德品质没有那么坏，不能凭空去污蔑他这个好同志！"

惊羡老朱的成绩，记者们鱼贯而来。一篇通讯在《温州科技报》发表了；还有一篇报道发给了省报。立刻，有人派了一个根本不认识老朱的干部到科技报大闹，声称"通讯不真实，应当检讨"。更有甚者，有人还利用职权，盗用组织名义打电话给省报的编辑部，扬言"不同意朱伟尧见报，报社要考虑政治后果"。结果，已经付排的报道被撤掉了……

对这些，朱伟尧坦荡得很。他不忧愁，也不烦恼——只有一件是例外，那就是：他还不是共产党员。这位解放前夕参加革命，如今又为党为人民作出贡献的老同志，他多么希望自己有生之年能在党旗下宣誓呀。可是他能向谁去说？到农林局去？他已从那里退休了，人家不管了；到蔬菜办公室去？他的人事关系没落在那里，人家想管也管不了。他有点惆怅：唉，怎么会变成一个没有了人事关系的人呢？

还有一件糟糕的事："后院起火"，老婆孩子"造反"了。也难怪，这些年，他东跑西颠的，太不顾这个家了。除了让老婆孩子听饱风言风语受气话之外，他还给过他们什么好处呢？他的几本书在内部印行了，好多人怂恿她老婆，让她叫他要稿费，他拒绝了。不但稿费不要，就是"名"也不计较。有一个拜他为师的青年，拿走他的材料和论点写了一本书，有人替他鸣不平，他却不愿声张此事，说："他出我出，效果是一样的，原谅他吧。"他是宽容的。到"菜办"工作后，组织上照顾他，要按照惯例给他补足工资，他说什么也不肯拿，有时甚至还自己掏钱买车船票到各县去传授技术……诸如此类，叫家里人怎么不窝火？

老婆说："跟着你，真叫晦气。"

儿子说："你睁眼看看，如今谁还像你这么傻？整天东跑西颠，别人还说你的坏话。等到哪一天死在田里都没有人理你。"

他听不进去一句话，照样做自己的。于是，惹翻了一家人——

温州，温州

傍晚，天都黑了，他才又累又饿地从一个村庄回家。可找遍锅台、饭桌、菜柜，除了一碗冷冰冰的剩饭之外，什么也没有。他问老婆孩子，谁也不答应。他知道是老婆子生气了，没有留饭菜，只好悄悄地叹了一口气，默默地端起冷饭填饱肚子。

一连几天，老婆天天这样。一连几天，他天天这样。

老婆子气不得，恨不得，只好自己先软了："你呀，吃自己的饭，干人家的活，受别人的气！"

我们的老园艺师，就这样站立着，在善意者和恶意者的压力下；就这样抗争着，以自己越来越出色的成绩！

他的论文《乙烯利在蔬菜生产的运用》获得了浙江省科协1982年优秀论文奖；

他的论文《柑橘矮化密植》也同时获奖；

他写的《温州蜜柑》一书，不久将由出版社出版……

朱伟尧，了不起的朱伟尧！我们应当庆贺——为你，为人民，也为我们那些曾经受过压抑或者还继续受压抑的知识分子！

人们啊，请爱惜我们的知识分子吧，他们确实是我们祖国的宝贵财富，社会主义建设的栋梁之才！

祖国啊，请张开你的双臂保护那些才高识博的儿女吧，让他们一心一意地为国为民创造更多的物质财富和精神财富！

初晨，一个反常的阴雨天。朱伟尧在前往巽山的途中，突然跌倒在地头的水沟里。他挣扎着爬起来，湿漉漉地走完全程，回家后便高烧吐泻，一病就是两个月。消息传开，近郊的干部、农民成群结队，纷纷赶来探望。亲人一般的真挚感情，令人泪下。

客人走后，朱伟尧把儿子叫到床前，感慨地说："你不是说我死在田里都不会有人理吗？你看，关心我的人不少吧？"

儿子只得认输。

有的人，他活在世上，连做梦也想着攀援青云直上；

有的人，他活在世上，却甘心于立足坚实的大地，永远眷恋着不起眼的泥土。

泥土，朴实无华的泥土；泥土，培养了生命的绿树的泥土。"中国型"的知识分子呀，你们的心底有一片多么肥沃的泥土！

晨曦微明。朱伟尧背着家人，悄悄地起来了。他穿上那双泥渍斑斑的旧鞋，又向田野进发了。

他离不开泥土。泥土也离不开他。

那个绿色的梦

【1983年】

该不是吃饱了撑的吧？你这城里人。拿钱买什么吃的、穿的不好呀，却偏偏要冒着大雨赶到乡下买我们三车土，还说要在城里自家房顶上造田种水稻，这不是发神经、叫人笑掉大牙吗？

该不是异想天开吧？你这不知天高地厚的小子。你懂植物学吗？你知道萨克斯、菲福①吗？当今时代吃农业科学这碗饭的，别说整个世界，就是我们中国恐怕都得以十数万计呐，就凭你不过小学五年级的文化程度，也想挤到这个领域争个一席之地？

……

疑惑。诧异。众目睽睽。

嗤笑。白眼。众目睽睽。

——徐望，你到底想干什么？

——你究竟做的什么梦？徐望！

---

① 萨克斯、菲福，都是德国著名植物生理学家。

温州，温州

一

是梦？也许吧。几年前，当他拎着个鼓鼓囊囊的旅行袋，夹着件被北大荒的寒风洗得褪色发白的军绿棉袄，重新踏上故乡温州土地的时候，脑子里蓦地闪过这样一道闪电。

从瓯江边吹来的和风，亲切地抚摸着他的脸颊，拂动着他的衣角。可徐望，这个青年人的心底却止不住一阵颤动，像打翻了一个五味罐子，酸甜苦辣咸，什么滋味都有。历史，这个爱开玩笑的怪物，它竟开了这么一个不大不小的玩笑。原来这些年来，自己只不过是兜了一个不算太小的圈子，从哪里出发，还是回到哪里！所不同的，是个子长高了，而且嘴巴四周多了一圈黑乎乎的胡子。

"别想那么多了，能回来就不错。又不光是你一个人……"

这倒是真的。那些年里，兜过这种大圈子的何止徐望一个！那是一代青年人啊，是"三届生"这个"范畴"里的所有人啊。也许，你还记得那些年月吧：镲锣鼓钹一齐敲，从清早到半夜，从大街到小巷，再到床头（是的，是到床头），咚咚锵锵，吵得人心烦，吵得人胆战。你不报名，我就不走。你不答应，我就不停。"哟，这不成赶天狗了么？"满脸皱纹的老太太问。"哼，像打麻雀。"炼过小高炉的人说。不对，都不对，这是"动员"三届生呢。不是说戴着"三届生"这顶帽子比四类分子还臭还倒霉吗？那是太夸张了。用锣鼓"动员"他们去农村去边疆，难道还不光荣？要说倒霉，也只能怪他们自己，正如老太太们所说的，谁叫他们当年捣佛倒菩萨来的？

可徐望既不是"三届生"，也不曾捣过佛。当政治寒暑表上的红线升到"史无前例"的高度时，他刚要升小学六年级。学校"放假"了，一放就是几年。家里，当干部的爸爸和当教师的妈妈成了两派。一场真刀真枪的较量之后，妈妈那一派赢了，爸爸这一派被赶到了藤桥乡下，一待就是两年。这场"路线斗争"带来的好处，终于在全家又团圆的时候看到了。桌子上，放着一张限令爸爸定期偿还2000元公款的通知，那是把这两年由爸爸经手的"难友"们的饭钱，统统算到了爸爸的头上。限期偿还，这是无条件的。拿不出现钱吗？扣工资，每月50元！爸爸妈妈的工资本来就不高，两人合起来才九十多元一月，现在靠扣剩的四十多元怎么维持一家子的生活？妈妈失神地瘫坐在椅子上，强忍着辛酸的泪水，一遍又一遍地数着手中的四张十元钞票。爸爸紧蹙着眉头，低着脑袋一声声"唉唉"地长吁短叹。可四张钞票总归是四张，就是再数几百遍也不会多生出一张来呀。

温州农村，山清水秀。

温州，温州

阴影，一家子心里，长年都蒙着一层忧郁悲凉的阴影！17岁的徐望忍不住了，他悄悄地同15岁的妹妹商量：

"我有一个办法，说不定能帮爸爸妈妈……"

"真的？"妹妹眼睛一亮，"快说！"

他把嘴贴近她的耳朵。

"这……"妹妹迟疑了一下。但她想了一想，立刻就咬紧了嘴唇："走，报名去！帮爸爸妈妈渡过难关再说！"

鞭炮在空中劈里啪啦地开花。"红宝书"在头顶上忽闪忽闪地摇晃。高音喇叭在唱："抗严寒，化冰雪，我胸有朝阳……"兄妹俩擦去眼角的热泪，转身融进了出发的行列。严峻的生活，迫使他们过早地踏上了坎坷崎岖的人生之路——这时候，70年代的第一个夏天正在悄悄到来。

徐望落脚在北大荒，一个偏僻的老屯。这是兵团的一个连队，老乡们管它叫"德胜屯"，先来的知识青年则开口闭口："咱们穷山沟。"

徐望好不奇怪：一马平川，连个山影也不见，怎么叫"山沟"？很快，他明白了，那是因为它荒凉，四周围着无垠的荒原，荒原里长年有狍子、野鸡和狼群出没；那是因为它僻远，到营部30里，到团部90里，出一趟门很不容易；那是因为它闭塞，只有一条土公路和外界相通，晴天坑坑洼洼，雨天便是插翅难逾的"大酱缸"。更引人注目的，还是那个"穷"字。破破烂烂的茅草房、马架子七零八散地布满整个屯子。没有砖房。没有电灯。没有厕所（好在食堂背后有一片小松林可以作为"减轻负担"的地点，于是定下一条不成文的规则：男女平分，男左女右，即使被"北大荒"的65°白酒灌迷糊时，也不许超越那条并不存在的"界河"，以免叫自己叫对方都臊得下不来台）。

该怎么来评论那些在"穷山沟"里度过的岁月呢？

在这里，徐望经历了艰苦的磨炼：晒死黄狗的烈日。冻肿脸蛋的严寒。早晨两点钟的起床号。成群结队的蚊子、小咬。挥汗如雨。腰酸背疼……倔强的小伙子，硬是没有败下阵来！也是在这里，徐望染上了至今难改的恶习：三毛一包的"哈尔滨"、两毛四一包的"葡萄"、一毛一包的"经济烟"、七分钱一包的"大白杆"，口不离烟，烟不离口。和百分之九十九的哥儿们一样，年纪轻轻的小伙子，竟然成了"大烟囱"！在这里，徐望有过发自内心的自豪：当一幢幢亲自建成的红砖瓦房在"山沟"中出现，当"大解放""小热特"运着一车车带着他汗水的粮食远去。也是在这里，徐望有过痛苦的失眠：当他想起童年时美好灿烂的理想，当他面对着"干活、吃饭、上炕"这种单调的，然而是不可抗拒的生活三部曲。矛盾，一切都曾是那样地矛盾……

现在，一切都成了过去。推开窗子，映现在眼帘上的不再是皑皑的冰雪，而是青翠欲滴、如诗似画的松台山；迈开两腿，扑面而来的不再是无垠的荒原，而是车来人往，熙熙攘攘的五马街。一张病退证明，连同户粮关系揣在新做的涤卡上衣的兜兜里。

"别想那么多了……"

徐望没有吱声。别想？过去的也许不必再想，可是明天呢？记得还是脖子上戴着红领巾的时候，他就特别好做梦。那些梦，绚丽而且甜蜜——幽静的大学校园。雄伟的研究所大楼。山一样巍峨的现代化工程。星斗般闪烁的指示灯。稀奇古怪的博士帽。光彩耀眼的英雄奖章……憧憬，催人奋发的憧憬啊！整整一代人的憧憬！可是，今天已不再是昨天。大学的门虽然又开开了一点，但他没资格进去，他连小学都没毕业。作为一代青年，他们已经把有限的青春中那些最宝贵的时光留到了遥远的地方，也许再也没有气力发出光亮。社会给予他们的称号是："被耽误的一代"。

温州市区南塘河新貌（郑高华 摄）

生活是严峻的。徐望啊,你是否还能再做一个美好奇妙的梦?

二

眼前,徐望急于要解决的,是填饱鼻子底下那一横。

朋友们从乡下赶来了。他们都是和徐望同一个车皮去北大荒,又在同一铺土炕上"打滚"的哥儿们,比徐望早回城,学了点小手艺,现在都在远近农村的小工厂里"混"着。他们说:

"学我们的样子,到乡下混饭吃吧。"

"正好,有个小厂缺个木工'老司'(即师傅)。"

徐望去了。那是一家工艺美术厂,在瑞安陶山,是生产提花软席的。

在乡下的做"生活",得有手腕。朋友们告诉他:当"老司"得有"老司"的架子。你得时时装出老练的样子把人"哄"住,即使技术"卡"住了(那是常有的事,天知道他们有些什么真本领),也不能露底;肚子里急得不得了,脸上也要露着"这挺简单"的轻松神色。乡下人爱打听别人的底细,如果他们问你有几个孩子,你就说两个,或者三个四个也行,最好能用手比比桌子说:"大的有这么高了",千万不能老实地告诉他们还没有对象。说自己还没有结婚,就会被他们当作"嫩头儿",就会站不住脚的……徐望并没有照他们说的办,他没玩多少手腕却站住了,因为他技术过硬。去北大荒之前,他学过三个月木工;在北大荒又当了好长时间的木匠,锯斧刨凿样样精通,做出来的"生活"谁见了谁叫好。制花席用的踏编机上有个"单刀龙头",是花席提花的关键装置。他想,一个"龙头"就这么一排提花针,这多慢呀,于是略施巧计,用了几昼夜时间,就把它改为一个装有两排提花针的"双刀龙头",使生产效率翻了一番。厂里的头

温州，温州

头高兴地合不拢嘴，一下子奖给他几百元钱……

徐望成了受人欢迎的人。他到了湖南衡阳，为一家汽车公司加工汽车顶棚的木架子。工资是蛮不错的，每月一百多元，比一个十六级干部还高；活儿却挺轻松，一个月所有的活只需两天时间就干完了，其余28天尽可以闲着，逛大街也行，睡大觉也行，上馆子喝酒也行，没有人管你。数不清的羡慕目光向他射来，人们在议论："这小伙子哟，这辈子非发大财不可！""这么轻的年纪，赚这么多的钱，睡到半夜都会笑出声来的！"……

徐望没有在半夜里笑出声来。可是他过得挺惬意，闲着没事的时候，他在繁华的衡阳街头闲逛，一个月，又一个月……心里突然感到一阵莫名其妙的空虚。他赶紧回宿舍，用被子蒙住脑袋躺在床上，还是驱赶不掉若有所失的感觉。这是怎么回事？当你两兜空空的时候，你为生活出路发愁，现在，兜兜里总算有钱了，你还有什么不满意的？要知足呐……

不错，要知足。可是，难道这就是生活，这就是人生？没有浪花的河流，也可以叫河流么？他决定要放弃——放弃现在这样的生活。

消息惊动了不少人。

"傻瓜，放弃了赚大钱的机会多可惜！这年头，能赚钱就不错，你不听人家说的，'鸟为食死，人为财亡'，大家累死累活，还不是为了几个钱！"

"聪明一世，糊涂一时！你也不看看四周，还有多少人还想着什么'事业''理想'的，还是实惠一点，赚钱吧……"

忠告如雷贯耳。的确，一场"暴风雨的洗礼"，让不少人看破了"红尘"，变得"实惠"了。一代青年之中，有人饱食终日，无所事事；有人沉缅于吃穿，追求享乐；有人留起了八字胡子，在街头寻事生非，聚众斗殴；也有人挖空心思，专门"两耳不闻窗外事，一心只钻铜钱眼"……

可是，徐望已经拿定了主意。一个隐隐约约的，然而的确是闪光的目标在招手。

回来了！他回家来了。路经上海的时候，他跑进了福州路新华书店。他要营业员给他拿书："这本，《塑料》。""那本，《化学知识》。""再拿这本，《建筑设计》。""那本也要，《农作物的栽培》"……还有力学方面的、电学方面的、医药卫生方面的、钢铁冶金方面的……有厚有薄，有深有浅，有贵有贱，不多不少，正好46本！报纸上还在"批林批孔"，新华书店里生意非常清淡，突然跑进来这么个小伙子，买了这么一大堆书，营业员忍不住猜测：是替单位买的？不像。买给自己看的？也不像，因为书的范围太宽，没有谁能这么博学……

他们不可能猜到，徐望是要用这些书帮自己选择志愿。沉甸甸的两大捆书被带回了家，在靠窗的桌子上被解开了。窗子正对着绿树成荫的松台山。徐望用自己仅有的小学五年级的文化程度，吃力地"啃"着这些书，一本，一本……有的读懂了；有的读懂了一点；有的连想象带瞎猜，明白了说的是什么；有的读得人头昏脑胀，汗流浃背，还是稀里糊涂一锅粥。但是，预期的目的已经达到——他总算隐隐约约地知道力学、电学、热学、植物学、动物学、有机化学、无机化学等等都是讲什么的，而且经过一番"筛选"，选定了自己的研究（不错，就是研究！）课题：物理、化学于自己不适合，也不具备实验室条件，那么，就搞农业科学吧……

对，就是农业科学！

温州，温州

三

"光合作用——

"绿色植物的叶绿体吸收并利用日光能，将二氧化碳和水制成富有能量的有机物质……"

几行普普通通的文字，搅乱了徐望平静的心灵！这个简简单单的道理，凡是进过初中课堂的，谁人不知？可徐望过去不懂。他没读过初中，直到今天才从书本上懂得。但是，一旦他懂了，他的丰富的想象力便如一双美丽的翅膀，带着他在辽阔的空间自由地翱翔……

"光合作用，它的效率能不能想一种方法提高？如果有办法提高，那会不会获得更多的有机物质？……"几个月来，他的思想净在"牛角尖"里钻来钻去。

桌子上，几个月来读过的有关光合作用的科学专著和资料已经堆成了一座小山。多么艰辛的攻读啊，他是像蚕吃桑叶一样，一点一点地咀嚼着把它们读完的。一个重要的事实，助长着他的想法：在国外，光合作用已经成了引人注目的研究课题。就是说，他的想法对路，对头！

时值万物复苏的春天。松台山麓，一片新绿。和煦的阳光透过绿叶洒进窗口，使房间里的一切都浸染着一层柔和的浅绿色。绿色，赋予人丰富的幻想。绿色，产生着一种强大的诱惑力："这是一个有意义的题目啊，为什么不试一试？要是成了……"徐望进入了甜蜜的遐想，"一亩水稻可以得到两亩地的收获，全国这么多地，将增加多少产量！……"

前景诱人！他把自己的想法同好朋友阿虎商量，阿虎极力地怂恿他试一试。他坐不住了，第二天一早，就把一大堆砖头搬上房顶，又请了个泥水匠，在这幢座落在松台山麓的楼房的平顶式的房背上，砌了两个比《人民日报》版面稍大一些的池子。邻居们围过来看热闹，妈妈也上来了，追问他砌池子做什么。

"养金鱼。"徐望嘻嘻哈哈地笑着，狡黠地说，"养一对水泡眼，一个池一条。"

可他的表情使人不信。

"种南瓜。"他又笑着，"一边一株。"

还是没有人相信。

"种水稻！"他只得照实招供。这一下不但让妈妈，而且让周围的人都愣了好久……

他骑车到近郊乡下去。那里住着个朋友。"什么？你说要什么？""土，你们这儿的土！""见鬼，要土做什么……行吧，不过得用钱买。""嘻，泥土也得花钱买，再加上运费……还没动弹，钱倒花了不少……好吧，我付钱！"

他又坐船到了远郊乡下。那里住着亲戚。"你们队现在种的什么水稻品种？""温选。""附近队也种吗？""种，整个温州都种。""那，快给我弄一把！"

他还去了车站、码头。"老伯伯，你们那里哪一天播种？……""阿婶，你们那儿开始插秧了没有？……"但更多的时间，是在远近农村的田间地头转——"哦，秧苗乏青了，得耘一遍地了。""哦，有虫，洒点三六粉！""哦，分蘖了，该……"

多奇特的"空中水稻试验田"，多奇特的"种田人"！他就是这样，展开了自己理想的翅膀。但是，理解他的人不多。

"徐家这小子，看人倒有一股聪明相，怎么尽干呆子做的事？""哼，准是得神经病了……"这是背后议论。

"青年人，为什么老想干不切实际的事？要干正经事，要珍惜青春！"这是

温州，温州

正面批评。

还有当面的嘲讽："快拿体温计量量，看你有四十几度？屋顶种水稻，古今奇闻，风头出煞。不晓得你知道'黄粱美梦'的故事不，要是不知道我给你讲讲……"

人言纷杂，人言可畏！事情就是这样奇怪：要是徐望整宿整宿地弄斧使锯，关起门来拼命赚钱，人们准会说"这孩子勤快能干"；可是要想干一件于社会有益的事，却……

然而徐望是个乐天派。吃饱了饭，睡足了觉，他的脸上就会有笑容，他的嘴上就会有俏皮话。朋友们说："徐望皱眉头，不超过三分钟。"三分钟后又会听到他的笑声。人言可畏，就让他们说吧，谁的命长，谁就能看到我的成功！瓦特制造蒸汽机的时候，不一定没有人说风凉话吧；爱迪生发明电灯的时候，不一定没有人挖苦他吧。我徐望当然比不得瓦特他们，可是看准了目标，就要走到底。梦？梦想？就算是梦吧，那也比不动脑筋不做梦的沉睡要强！

规劝，也来自内行人。来了一个研究过光合作用的科研人员，他说："不要把光合作用的能力想得太大了，它是有限度的。"他的话，徐望不能不考虑。翻开国外许多农业专家的著作，这种论点也比比皆是。怎么办？这可是个不得不看重的问题。可徐望是"初生牛犊"：说是"有限度"，可实验数据呢？没有实践，怎么可以就下结论？再说，只讲"有限度"，却不说明是怎么个限度，这不是说明他们自己也拿不准么——他终于找到一个"破绽"钻了进去。

好狂妄的"初生牛犊"！好勇敢的探索者！他用自己的信念，走着自己的路。春种，夏收。夏种，秋收。一季一季，一年一年。这期间，他个人的境遇已经起了变化，先是办了"顶替"手续分到一个中学当校工，不久又被调到建设银行搞总务。工作忙了，他的试验没有停。这期间，我们的国家也发生了翻天覆地的变化，先是十月的胜利，很快又响起了向"四化"进军的号角。凯歌声声，更激起了他探索的勇气。

可这算什么探索哟，如果把他搞的有些"试验"公布于众，那么不要说农业专家，就是我们这些"五谷不分"的人物都要笑掉大牙的——

一个笑话："稻叶着色"。徐望寻思，产生光合作用的因素有叶绿素、水、二氧化碳和光，翻阅了那么多资料，都提到叶绿素的重要。"叶子的颜色越浓，光合作用的效率岂非越强？"他一时兴起，就向人家讨了一瓶浓绿的水粉画颜料，在每一片稻叶上都这么严严实实地涂了一层……结果当然是不言而喻的，稻叶枯了，稻子死了……聪明的徐望呀，你怎么聪明到连"水粉颜料≠叶绿素"都忘了？

再一个笑话："水稻吹风"。叶绿素加不成，徐望看准了水："光合作用的原料是水和二氧化碳，要是让稻叶少蒸发一些水，得到的产品不是更多？"他托人到上海买了个小马达，又央人敲了个壳子，费了不少功夫做成了一个"土吹风"。这有点像理发店里的吹风机，又不同于那种吹风机，他在出风口点上一支蜡烛，一通电，气化的蜡就随风喷了出来。他就用这个"土吹风"，给所有的稻叶都喷上了一层蜡……这回的后果自不必说了，一层蜡破坏了植物的新陈代谢，它还能活么？好一个徐望，你的馊点子真高哟！

不过，请毋要笑话徐望太嫩，太幼稚。他是在摸索着前进呀，是以零为出发点，摸索着往前走呀！也许，瓦特当年就不一定没出过这样的笑话；也许，爱迪生当年就曾经当过人家的笑柄。敢飞翔，就会练出铁翼。敢交学费，就会得到学识。几经蠢事，几经碰壁，视野开阔了，焦距缩短了，现在，他把希望的目光落到了一个字上：光！

真想不到，就是这么一个普普通通的字眼，竟为徐望铺出了一座通往胜利的桥梁。临山的小屋里，烟雾腾腾，活"烟囱"的烟越冒越凶……终于，燃了一半的烟被揿灭，扔出了窗外，一个新的方案又成熟了：让水稻在接受日照的同时，增照蓝光，增强光的效力……

于是，一切又从头开始：不眠之夜；乡下田野上的"侦察"；细心的管理；废寝忘食的观察……还有，度日如年的等待。

1978年夏天，稻熟时节。正当浙南农民喜气洋洋地开镰收割的时候，松台山麓，在徐望的"空中"试验田里，出现了一批异常奇特的水稻。这是一些多么奇特的稻子呀，它们同样属于本地农村普遍推广的"温选"品种，可是，稻秆却差不多有一个成年人的小指头那么粗；稻穗的平均长度达到24公分，比吃饭用的筷子也短不了多少；每穗稻穗的粒数，都达到240余粒，相当于普通水稻的两倍，而且粒粒饱满，换句话说，它的千粒重竟是同品种的普通水稻的两倍！

奇迹！奇迹终于出现了。这样的奇迹在世界农业史上是否曾经出现，我们不得而知，因此也不敢贸然地断定。可是，有一点是完全可以肯定的：像这样的试验成果，不管在中国，在世界，都是具有非常重要的意义的。

成功了！第一步目的达到了！徐望想喊。但他没有喊。此时此地，他不知怎的，突然想起了童年，想起童年时的梦。他隐隐约约地觉得，那失去的梦好像又回来了，但比起童年的时候，显得扎实了……

四

请设想一下，假如有一个专家，有一位教授，当他经过一番努力，终于取得了一项研究的成果，社会将会作出怎样的反应？——是记者们的鱼贯而至，还是镁光灯的频频闪亮？是无线电波里的采访录音，还是通栏标题下的重要报道？

相比之下，徐望却是另一种际遇。

培育出那茬奇特的水稻之后，他通过一个朋友，把消息报告了某科研部门。这个部门派了一位姓郑的干部来了解情况。

老郑同志用不信任的目光上下打量着徐望，第一句话就是："你是什么学校毕业的？文化程度？"

徐望心里"咯噔"一下，可是马上又回复了平静。"读过五年小学。"他不怕丑，大大方方地回答。话音刚落，立刻发现老郑同志的脸上出现了鄙夷的神色。

"据说你种了一茬奇怪的稻子。依我看，可能是周围的环境，比如树啊或者别的什么因素偶然影响的结果吧。"老郑同志说着，就要到现场去观察。

徐望并不争辩。他默默地领着老郑登上了房背。实地的考察，使老郑大为惊讶：周围的自然环境并不对这个试验起好的作用，恰恰相反，起的是阻碍作用。特别是当他参观了徐望的"试验田"，仔细查看了那些奇特的水稻之后，更是惊叹不已。他重新打量着这个矮壮的青年人，抓住他的手，心里感动了：有志气的小伙子，你做了一件了不起的事！

好老郑！他懂得徐望的试验的价值。他像一个朋友，建议徐望把成果报到更上一级科学部门。

一是为了汇报试验情况，也是为了得到支持和指教，徐望托人写了一个报告，连同那些水稻的标本一起寄了出去。信封上，端端正正地写着：

　　　　北京　中国科学院收

报告寄出之后，徐望就踮起脚尖来等待回音。作为一个业余的农业科学爱好

温州，温州

者，他多么盼望得到支持，得到鼓励！楼下传来呼喊声，是邮递员来了，他噔噔噔地下楼迎上去：

"有我的信吗？"

"没有。"回答几乎天天如此。

一个月，两个月……一个季度，两个季度……终于有信来了。他满怀着希望拆信，一看，一下子落进了冰窖。

寄来的，还是自己原先寄出的那份报告，只是在天头地头写了好多条批语。原来，这份报告最先是中国科学院下属的某农业科研部门收到的。此后，它就在这个部门再下属的各机构之间开始了旅行。"转XXX机构处理"，一个图章；"不属我部处理，转XX单位"，又一个图章；"转XXX部门"，再一个图章……"排球"推够了，最后一个对口的单位在信上加了一张条子，写了个回复，上面写道：

……你所说的问题，我国目前还没有进行研究。所以原件退还给你……

盼了几个月，盼来的就这么一句话！徐望说不出话来了。他懒洋洋地躺在床上，直到下午两点钟还不想吃午饭。

阿虎来了。他同情自己的朋友。对于一个青年人来说，最使人泄气的，莫过于一盆冷水！想不到多年的心血浇出的花朵，得到的会是这么一种反馈，就是铁心的人也会心烦的。他劝徐望："搞水稻试验费年数，一步走错了就得再待来年，有人研究了一辈子也完不成一个课题。也好，正好就此收场，放弃水稻吧，省得踏一脚陷一阵，落得个骑虎难下。"

徐望摇摇头。阿虎想错了，徐望急，并不是光急自己啊。唉！提高光合作用的效率——这个在国外那么受人重视的课题,为什么在我们这个偌大的国家竟然"还没有开展研究"?……为了这一点,他真想蒙起被子来哭一场,起码,得像有的人那样,摇着头喊它几声"中国啊中国!"

当然,他没有喊,也不会喊。一觉睡过来,他又是一个雄心勃勃的徐望。——可不是吗?"还没有开展研究",那不正是说明我现在走的是别人未走过的路,在做别人未做过的事吗?嗨,中国,我的中国等着我呢……

"我现在是骑虎不下了。"他对阿虎说。他去找老郑同志商量,老郑热情地鼓励他制订"第二步计划",趁热打铁,在第一步获胜的基础上,尽快试验出适合农田大面积栽培的方法来。还说如果需要人力物力,市科研部门一定支持。

"骑虎不下"!徐望骑上车子,带着一包"牡丹"烟到处钻"后门",给自己讨来了一个夜中学的名额。他决定重新开始荒废了十几年的学业,接着"小学五年级"往下读……

"骑虎不下"!他的床头,有关植物和植物生理学的书籍越来越多。在单位,他是人人夸奖的好后勤,工作起来就忙不迭,可他身边老是带着一本科技资料,一有空闲就看起来……

"骑虎不下"!他强行"命令"阿虎他们前来帮忙,又动用了积蓄的"库存",冒雨买土、筑"地",把试验田扩建为五块,开始了多种新方案的试验……

花开花落,花落花开。当这篇纪实文学就要结束的时候,在徐望的"空中"试验田中,又是一片禾苗青青。"光合作用"正在进行。徐望的"第二步计划"正在付诸实施。

"第二步计划"的结果将会怎样?是成功,还是失败?我还不得而知,也不想再进行叙述,因为,那对于这篇纪实文学来说,是无关紧要的。要紧的,还是

温州，温州

徐望的那个梦——那个绿色的梦。

　　这样的梦，过去，好多的青年朋友们都有过；可是后来，它消失了。

　　愿它回来。回到我们五彩缤纷的生活里来，回到我们青年朋友们的身上来！

　　——这，就是我写下以上这些文字的目的。

有他的一半也有她的一半

——池渌小记

【1990年】

还是不太认识池渌的时候,就听人说:这个女的厉害。

怎么个厉害?能干。记得一个例子是,她家乔迁新宿舍那会儿,她几乎独个儿包揽了里里外外所有活计,包括爬高爬低把门窗重新油漆一遍。更有内部情报说,在家中,她的先生张思聪是个"甩手掌柜",什么也不管,池渌哪怕是天全黑了才下班,晚上这顿饭照样还得她烧……

诸如此类的传闻自然是有副作用的。褒中带贬,她的先生很可能要白捡一顶"懒蛋"的桂冠。

可我凭着同思聪多年的交情知道,他并非"懒蛋"。那是一个事业心挺强而且事业上挺有成就的人。这些年来,他写过二十多个大戏、好多个影视剧本,合起来据说有一百二十多万字。他的作品19次在省、市甚至全国获奖,《何处不风流》上了银幕,《远洋船长和他的妻子》得了"大众电视金鹰奖",《光明行》被收入《中国戏剧年鉴》……不管是谁,只要他略知爬格子这一行是怎么回事,便不难想见这一百二十多万个格子里包含了一种怎样的勤奋!

池渌和她的学生们。

不过思聪是有福气的,他有一个理解和支持他的事业的贤内助。为了让他有更多时间搞创作,她默默地挑起了整副家务重担:做饭、洗衣、抚养和教育两个儿子……超负荷的运转,竟使她练就了卓别林式的"快动作"。

我是她家常客,亲眼领教过这种"快动作"。那日我及另一文友因为同张思聪合作电视脚本而去他家议事并骚扰了他一顿中饭。为了招待我们,池渌起大早去了趟菜场,中午下班,又匆匆赶回家忙乎起来。只见她三下两下,很快便变戏法似地弄出四个冷盘(其实都还冒着热气)和几样热菜。她来来去去,高跟鞋的后跟敲打厨房、饭厅地面笃笃笃响成一串。等到我们酒足饭饱,她也正好忙完并喂过了自己的肚子，解下围裙同我们打个招呼便匆匆上班去了。听着她急急如令的足音，我心里很有些过意不去，同时也想起了那句"有我的一半也有你的一半"的歌词。肯定的，思聪的每一枚奖章都应拿一半给池渌。

当然，池渌未必会要。因为自己也有。作为知识女性，她有自己的事业和追求。这些年来，她孜孜不倦地忙于舞蹈创作和艺术新苗的培养。她创作过四十多个富有民族特色和时代精神的儿童歌舞节目，其中像《司马光打缸》《友情》《跑马灯》等许多舞蹈、学校剧曾分别在国际、全国和省、市获大奖；她和他的同事亲手培养过数以百计的艺术人才，这些人才如今遍布北京舞蹈学院、上海舞蹈学校、总政歌舞团、空政歌舞团等著名院校团体，好多还成了各处的"台柱"。她所在的市少艺校校舍破旧、设备简陋、经费拮据，参加全国比赛，兄弟省市的演出服是丝绸的，唯有她的学生穿着以纸作装饰物的纱布衣服。为了让草窝里飞出金凤凰，她付出的汗水和心血自然要多得多。没教材，她与老师们自己编；孩子们缺表演能力，她开表演课；学生排练饿了渴了，她自己掏钱买点心饮料；学生们排演时扭了脚，她接连20天用自行车推她回家；甚至寒暑假和夜晚，她都常给孩子们开"小灶"……

比之张思聪，池渌在单位里似乎更忙些，尤其是她1984年当上少艺校校长之后。在此期间，她全身最忙的莫过于腿和嘴。为了给自己这个曾受文化局、教育局通报表扬和报纸赞誉的"艺术家摇篮"改善教学条件，为了给孩子们盖一座现代化的校舍，她到处跑腿，到处游说，讨经费，批地皮，甚至市领导开会时都敢闯进去陈述一番，真个是跑细腿，说破嘴，碰够钉，锲而不舍，金石可镂！现在，造价二百多万元的新校舍已经崛起在龟湖路。看见它，知情者更能体会池渌的能干。

然而池渌毕竟是女性，她易激动和伤感。由于她忙，她两个儿子有次在家吃

温州,温州

过整整七天方便面;还有一次儿子们一个生病输液一个摔破嘴角缝了四针,可思聪出差了,她要准备学生们出国演出的事,只好将他们扔在家里。想到这些,她总要鼻子酸酸,抱着儿子们流泪。幸好她有一个理解和支持她的事业的丈夫。枕头边上,据说他常给她那个少艺校提建议,也常给她创作的节目出主意。我当然不清楚他具体都说了什么,可我听他们的儿子说过,他们的爸爸常对他们说:"要支持妈妈的事业!"肯定的,池渌的每一枚奖章也应拿一半给张思聪。

他的成功里有她的一半,她的成功里也有他的一半——这就是思聪和池渌。这就是双双荣膺市级专业技术拔尖人才称号的思聪和池渌——一对"拔尖"伉俪!

张思聪和池渌,温州的一对杰出的文学艺术名人。

又一枚金牌

【1985年】

这是一次丰盛的中秋家宴。桌子上,大碗大碗的佳肴不住地散发出诱人的香气:鸡、鸭、鱼、虾……

这是一次感人的中秋家宴。桌子旁,挤挤插插地围坐着一个曾经悲惨离散27年的骨肉家庭:丈夫、妻子、女儿、女婿、外孙……

这是一次奇怪的中秋家宴。眼看着满桌的菜点都已失去热气,宴席上方的上宾座却还空着!

小女儿回来说:"项叔叔不在家,他到厂里开会去了,临走时留下话,叫不要等他。"

不要等他。但是,餐桌旁的一家子仍然没有一个人举起手中的筷子。他们必须等他。他们一定要等他。他们是怀着恭敬的心情固执地等他!桌上的菜凉了,凉了就让它凉了吧;窗外的明月高升了,高升了就让它高升吧。不管怎么说,他们今晚已经抱定了一条"死理":这顿盼了多年的团圆饭,第一个动筷子的一定得是他——一位使这个离散的家庭终于得以团圆的武林中人!

温州，温州

他们，不是来送行的

五个星期前，一个普普通通的日子。项金生家那条一向僻静岑寂的小巷里，忽然停满了那么多自行车。

听说老项将出征兰州，这条小巷一下子变得热闹了。从清晨开始，前来送行的人们就络绎不绝了。他们围着老项，道喜，勉励，鼓气，欢声笑语快把房盖掀翻了。

项金生很激动。这位连年荣获市级先进工作者称号的温州市莲池机械冷作厂厂长，同时又是一位南拳名将、市武术协会委员、摔跤协会主席。他九岁习武，15岁获得市武术比赛少年南拳冠军，后来拜原黄埔军校武术教官陈朗清为师，学得了80多种拳、械套路。不久前，他以一种叫作"三仙鹤"的独特拳法在省武术比赛中夺魁，被选为参加"全国武术观摩交流大会"的浙江队代表。大战在即，拼搏在即，这是最需要支持的时候，朋友们的到来，无疑给他带来了力量和信心，他怎能不为之感动？

欢乐的时候，时间过得最快。太阳在天空走了90度，好像也只是一支烟的工夫。这个时候，门外又有人在喊："项师傅住这儿吗？"

又是一位送行者？不，不是一位，而是一对，一对五十开外的夫妇，女的叫吴文英，男的叫禹如麟。巧得很，老禹现在是项金生爱人的工友，而当他头上还戴着"帽子"的时候，又和项金生在一个工厂呆过。这对夫妇，好像也不是来送行的，要不，怎么一开口就哽哽咽咽，声泪俱下？

"项师傅，要是……要是你能找到她，呜呜，就……就告诉她，这27年，我们辛酸啊……"

欢快乐章中的不谐和音！这是怎么回事？人们愣住了。

27年！项金生心头一颤。他同情地看着禹如麟夫妇。从他们悲伤的泪水中，他看到了他们的过去……

心在滴血的日子

就像在昨天。

如麟的心碎了。远远地，他看见妻子挺着大肚子，隔着栅栏嚎哭着向他扑来，旁边是不过两岁的大女儿，还有岳母、姨妹。

当年因为多提了几条意见，丈夫被送往福建服刑。接下来包括女儿、岳母、姨妹，统统迁到甘肃去了。

于是，在甘肃，在1958年，又多了这样一个"女流"人家：20岁的吴文英，她的年迈的母亲、三个年幼的妹妹和一个女儿……不对。应当说是两个女儿——偏偏在这时，她的二女儿禹爱琴也生不逢时地降临人间。一个七口之家！七张像永远也填不饱的嘴巴！生活的重担，一下子全压在吴文英的肩上，她不停地操劳着，没日没夜。可是在举目无亲的异乡，她再操劳，又怎么可能用一双手来养活七条生命！沉沉黑夜，她只能对着远方偷偷哭泣：如麟啊，我过不下去了……

更使人发愁的是襁褓中的二女儿禹爱琴。文英没有奶水喂她，让她拖住，也许全家都有可能饿死！有人劝说道："为了全家，也为了孩子一条命，就……"她一惊，"就"什么？！孩子是自己身上的肉，万万不能送人！她战栗了，把才八个月的女儿抱得紧紧的，仿佛一松手就会被人抢走。

心在流泪！心在滴血！可是理智战胜了感情，为了全家，为了明天，她决定作出一个母亲的最大牺牲。

温州，温州

孩子哭了。她穿着年轻的妈妈特意为她换上的红衣服，大声哭着。可怜的孩子，她是为自己的命运啼哭啊。

年轻的母亲却哭不出来了。可怜的文英，等到爱琴终于被兰州来的人抱走的时候，她的眼泪早已哭干了。她只在自己的嘴唇上咬出了一排血印。

"智寻"李红梅

"岁月，真像一本教科书呵！"项金生感叹了。这时候，他正坐在奔向兰州的列车上，手中拿着一封装在粉红色信封中的长信。这是禹如麟写给女儿爱琴的。"老禹，我一定尽最大努力找到她……"接过这封信时，他曾经这么说过。当时，他觉得自己的声音也在颤抖。

可是，偌大个兰州，要接上一根断了27年的线，容易吗？吴文英说过，爱琴给人之后，她们一家还是无法在兰州生活下去，于是便开始了"流窜"生涯。先是她只身"流窜"到上海做小生意，赚了些钱，把其他人从甘肃接出去；然后是一家"女流"，不分老幼，在家编结些小孩衣帽、鞋子之类上街叫卖。后来就"流窜"到了温州。艰难辗转20年，早同兰州失去了联系。禹如麟也说过，他在获得自由之后曾多次设法寻找爱琴。他给爱琴的养父去过信，没有回音；他曾借出差之便在兰州找了三天，没有结果；他托组织上给兰州去函，复函是"查无此人"；他又托在兰州工作的外甥寻找，托在作家黄宗英家结识的军人查访，还是弄不到详情，只打听到一条线索："爱琴可能已嫁人……"

项金生有些坐立不安了。此次出征兰州，肩上挑着两副不轻的担子呢。

兰州到了。比赛在等着他。这是中华人民共和国成立以来一次最隆重的传统武术比赛，他不能等闲视之。他集中精力，以"三仙鹤"上阵了。可是一下场，他又惦念着寻人的事了。

拿着粉红色的信封，他到处向人打听。信封上，是这么一个地址：燕湖公社燕湖大队李红梅。据说，爱琴给人之后，已改姓李，改叫红梅。

不料，人们告诉他：没有燕湖公社。

没有？他愕然了。这不断了线吗？要是老禹夫妇听到这个消息，那可惨了。他想象得出，因为他也是过来人，"文化大革命"中也曾经莫名其妙地遭受过打击。过来人应当懂得过来人的心，他不甘心就这么收起那封信，应当再想想办法！

"请问，有没有这个地方……"他又转开了。

"没有。""没听说。""不知道。"一直到最后，才有人说："会不会是雁滩公社？那里就有一个雁滩大队。"

找找去！找找再说。他当即给在兰州工作的表弟打了个电话，约他帮忙。这天下午，大会休息，运动员们早早就约定了，要好好逛逛兰州的名胜古迹。"老项，你怎么不去？""老项，到了兰州不好好玩，回去要后悔的！"他顾不上解释，拉起表弟就出了门。

临跨出大门，他又犹豫了。时过境迁，李红梅的养父母会愿意接待她生身父母派来的人吗？工作要一步步做，可别煮夹生饭啊！

表弟不由得佩服起他的心细来。他们琢磨来琢磨去，还是先让表弟骑着自行车、背上照相机去探问一下为妙。要是碰上人问，表弟可以佯称自己的爱人李××是红梅小时的同学，现在青海工作，最近经组织批准将调回兰州，想先告诉红梅一声，以便到时欢聚一番。

好一个"智寻"方案——一个热心的方案！只有热心的人，才会想出这样的热心方案！

温州，温州

"你可不能哭……"

表弟走了，老项的心思也被带走了。连他自己也奇怪：怎么竟像在寻找自己的女儿！？

天快擦黑时，表弟回来了，一进门就嚷：果然是雁滩公社雁滩大队！他告诉老项，幸亏采取了"智寻"，李红梅的养母听他一说，又见他是本地口音，一点也不怀疑，她告诉说，李红梅已经结婚，嫁在兰州广武门。他当时很乐，马上趁热打铁，找到了李红梅，已经约好晚上来见项金生。

晚上八时，李红梅果然来了。她一进门，老项就断定：她就是爱琴。她长得同她大姐一个模样。可是为了稳当，他还是查问说："你知道你刚到李家时，穿什么衣服吗？""听叔叔说，穿一身红衣服。"一身红衣服！对，她就是爱琴！

谁知红梅读了生父的信后却沉默了。

"我不能，"她终于开口了，"是这里的父母把我养育大的。"

老项愣了,不知该说什么。想了想,他索性把自己心头的所有想法都倒了出来。"要是换作我,也会这样想的。可是换作我,一定会原谅你的生身父母,他们是在当时走投无路的情况下将你送人的啊。现在,你父亲虽然已经平反,但他仍然希望你能留在养父养母身边,永远地孝敬他们。他们托我找你,也只不过是想见你一面,今后能保持一定的联系罢了。做父母的这种心情,你能说不合情理吗……"

话语烫人,贵在真诚。红梅眼里,一朵泪花越来越大……

1984年中秋前夕,李红梅和她的丈夫一起,带着孩子踏上了南行之路。他们所在单位的党组织对此都很重视,早已做好了她养父母的工作。养父母特意去车站送行,千叮咛万嘱咐:"见了生身父母,要喊爸爸妈妈!"

望穿双眼的时刻到了!即将逢面的双方却都显得格外冷静,都在拼命地克制自己的感情。"见了父母,你可不能哭呵。"红梅对自己说。"我们就不去码头

中国诗之岛,世界古航标——江心屿。

接她了吧,免得……"禹如麟也对文英说。

然而,克制又有什么用?就在红梅一脚跨进房门的一刹那,从这座小屋里,还是迸发出了一阵号啕之声。"呜——,呜——"红梅一头扎在床上,放声痛哭。"呜——,呜——"禹如麟夫妇的脸上,老泪纵横。"呜——,呜——"一家老少,最后哭成一团。

哭吧,放声地哭吧,一家骨肉能在一起这么痛痛快快地哭一场,也是一件喜

阅尽千年沧桑，五马街而今更加靓丽。

事啊；哭吧，放声地哭吧，让积在心中27年的辛酸泪水流个干干净净，好在我们的党和人民都从过去的错误和挫折中汲取了教训，变得成熟起来了，而今以后，我们将带着微笑走向幸福的明天！

"金牌",在人们胸中

又是一个普普通通的日子。项金生家的那条小巷,又是一番热闹情景。不过今天,这里同时聚集了两班人马:一班是老项的武林朋友,他们在高高兴兴地传看一枚灿灿发光的金牌,那是项金生在此次武术比赛中夺得的荣誉;还有一班呢,是禹如麟的一家大小,他们是上门道谢的。

"项师傅,全亏了你哪……"握着老项的手,老禹觉得什么话都表达不尽自己的心意。

"不能这么说,"老项赶紧摆手,"要是别人,也会这么做的……"

此情此景,激动了在场每个人的心。人们动了感情,说:老项此次出征兰州,夺得了两枚金牌!

两枚金牌,是两枚金牌!一枚挂在他的胸前,另一枚却挂在老禹一家的胸中——它,是对一位武术运动员的高尚武德的赞赏!

非职业警察

【1987年】

三枚奖章——金灿灿的一等功奖章。

它们闪烁着,在这位"非职业警察"的胸前。

"非职业警察"?

哦,那是人们对他的戏称,而非立功证书上的措辞。关于他,立功证书上是这样写的:

"何永三,男,1959年出生,瓯海县永中镇农机站农机员,永中镇派出所联防队队员……"

第一枚奖章:1983年2月5日夜……

那天夜里,我是在睡梦中被叫醒的。

我记得很清楚,那天是正月初四,很冷。在这种天气,被人从热被窝里喊起来,那滋味当然是不好受的。可我已经习惯了。自从当上联防队队员以后,每次夜里有了紧急任务,我们王所长、朱指导员是非要派人来敲我的家门不可的。照他们的话说,这是对我特别关照。

温州，温州

确实是特别关照。所长、指导员太了解我了，他们知道我太爱干联防队了。这份工作虽然占去了我几乎全部的业余时间，但我心里乐意。在我看来，没有什么比亲手破了一个案子，抓住一个罪犯的时候更叫我觉得高兴、惬意的了。都说一个人要有自己的社会责任感，当我和同志们一起奔向侦破现场的时候，我心中的这种责任感总是变得特别清晰和具体。我看到许多眼睛。父老乡亲们的眼睛。他们把生命财产的安全寄托在我们身上，为了他们多睡安稳觉，我们乐意少睡觉……

我顶着冷风，来到派出所。派出所里人很多，除了镇派出所的干警和联防队员，还有边防派出所的干警。"紧急任务，"王所长见到我，压低声音说，"抓朱克学！"

朱克学，我知道，是一名在逃的盗窃、抢劫要犯。他曾在温州市区屡次作案，案发后逃到我们永强区，边防派出所曾两次对他进行追捕，但两次都让他从三层楼上跳下来逃走了。据报告，他现在就躲在天河乡八甲村他妻舅家。上级命令：为了人民群众的生命财产安全，也为了公安机关的尊严和威望，必须不惜一切代价将他捉拿归案！

情况紧急，我们马上向八甲村出发了。一共18人，分成两个班，王所长和朱指导员各带一班。接受边防派出所前两次的教训，我们这次在屋外、路边布了暗哨。

因为我不认识罪犯，朱指导员让我守在门边。他还特意吩咐我：朱犯是一个重要罪犯，一定要抓活的。

没想到搜遍整座房子，没搜到朱克学。再搜一次，也只在一个柴草堆中翻到一个空被窝，还有两包"五一"香烟。是不是报告失误，朱犯没躲在这儿？我认为不。好好的人家，干嘛要在柴草堆里藏被窝和香烟？我想起进村时曾听到几声狗叫，是不是那个狡猾的家伙听到狗叫后逃走了呢？

这么想着，我赶紧用眼睛往周围黑暗中到处扫。这一扫不要紧，我发现房顶瓦背上好像躲着一个人。正想再细看，外边响起了枪声。从枪声方向，我断定那是朱指导员鸣的枪。

我赶忙跑出去。这回看清楚了，确实有一个人影正在瓦背上往东跑。我二话没说，也跟着往东跑，又使劲一跳，抓住房檐往上爬。

听到枪声，同志们都出来了。有人向我发出警告："别上去，他或许有手枪和'猫雷弹'！"

我一怔。作为联防队员，我身上没有什么武器，要是他果真有手枪、"猫雷弹"，那我……可我很快又否定了这一点：不，他不可能有手枪和"猫雷弹"：要是有，他也许早就对我们用上了。这个判断，几乎是与我的动作同时完成的，因为现在的情况不容我浪费时间。朱指导员说过要抓活的，抓活的就要有人冲上去，哪怕危险就在眼前。于是我冲上去了。

罪犯见有人冲来，很慌，又玩开前两次的花样，从房顶上往下跳了。房子周围是黑洞洞的菜园，他肯定想在我们的人赶到之前，穿过菜园逃进夜色。

决不能让罪犯再从眼皮底下逃走，我告诉自己。我咬咬牙，大叫着，也从房顶上跳了下去。房子不矮，我又没经验，额头不知什么地方撞了一下，撞破了，可我不管，拼命向罪犯扑去，把他扑倒在地。这个作恶多端的盗窃、抢劫犯就这样落网了。

这一年，我获得了浙江省公安厅授予的一枚一等功奖章。我很高兴，当然，不仅是因为荣誉……

温州，温州

第二枚奖章：1984 年 8 月的一个夜晚……

巧得很，这天晚里，你又是在睡中被叫醒的。不得不叫醒你：永中石油阀门机械厂发生了一起盗窃案，一批相当价值的铜阀门被盗！

你来了，开口就说："把破案任务交给我！"

朱指导员和王所长相视一笑。想到一块去了。他们想让你挑这担子。你有侦破此类案件的经验。你的眼睛特别厉害。

你的眼睛厉害吗？也许。所长、指导员知道你有这样的本领：无论什么脸孔，只要是与你打过一个照面的，那么即使是在两年或三年之后，你也能从茫茫人海中把它很快地辨认出来。有可靠的传闻说：那一次你去局里办事，无意中看到一个在逃的销赃犯的照片。因为无意，你只是瞥了一眼。回镇后，你去理发店理发，事有凑巧，那个逃犯也在。你拿眼一瞅，就将他认出来了，抓来一问，果然！还有那一次，你和指导员去侦查一个盗窃案，也是凑巧，在熙熙攘攘的岔路口，案子的主犯竟与你擦肩而过。案犯是从劳改场逃窜回来的，少年时与你有过一面之交。而现在，他的相貌大变，还戴了墨镜化了装。但这未能瞒得过你的眼睛，没等指导员明白是怎么回事，你已经追了过去……

然而现在的案子，即使眼再快也没有用。侦察现场，没有发现任何蛛丝马迹，更没有人见到过作案的罪犯——不折不扣一桩无头案。而且一连好几天过去，还是无头案一桩！

"最笨缩头龟，最难无头案。"所长和指导员怕你焦急，劝解你说："要是不行，不要勉强……"你第一次没听他们的话。你关起门来，在腾腾的烟雾中想了又想。就是在不断刷新着自己的抽烟纪录的同时，你拟定了你要寻找的突

温州的山山水水,显现着坚毅,也充满柔情。

破口——

镇上的铜贩们被找来了。你请他们挨个回答,挨件回忆:最近收购过哪些铜材?

"有个年轻人卖给我八条一尺来长的铜锁芯……"一个叫阿翠的女铜贩说。她描述的年轻人的模样是:大约一米六五的个子,穿一件带有三道红条的黑色汗衫,长头发,红草帽,用一个黑色公文包装的铜锁芯。

你眼前一亮,铜锁芯?两年前仓河铜棒厂也曾发生一起盗窃案,被盗的就有成条的铜锁芯呀。往往盗窃案是连在一起的,就从铜锁芯入手怎么样?"那年轻

温州，温州

人，你过去见过吗？"女铜贩答："两年前，他的一个叫阿强的朋友生病时，他用一只走私表作抵押，向我借过十元钱。后来就看不着了。""阿强？南头那个阿强吗？""对。"

顺藤摸瓜。单刀直入。"阿强，两年前，你常跟谁玩？""……张维高。"张维高？你猛然记起，仓河村是有个张维高。可他不是被送去劳教了吗？难道他已解除劳教回来了？张维高的邻居作证，张维高确实穿戴过女铜贩所说的汗衫、草帽，拎过一个黑色公文包。

你来到张家。张维高不在，他妹妹拿来哥哥的公文包。你打开一看，还留有铜末。拿回来一鉴定，铜锁芯确实是装在这里头拿出去卖的。

传讯张维高！他供认，铜锁芯是他弟弟张维林两年前偷了藏在家的，他劳教回来因没钱用，就锯了几根拿出去卖。

传讯张维林！他供认，偷铜棒厂的是他，可他没偷石油阀门厂。他的叔伯兄弟张维顺曾约他去偷石油阀门厂，他没敢去。

案情大白，在石油阀门厂作案的必是张维顺无疑！所长一声令下，张维顺被带来了。谁想到这家伙还挺狡猾，趁人不备，竟从派出所楼上的阳台跳下来，逃了。

又是一次追捕！你没有犹豫，也纵身跳下去。

阳台很高，地面很硬。你追捕案犯心切，竟没注意这些，重重地捧在地上。只听"卡"的一声，脊背上像挨了一记重槌……

事后诊断，这"卡"的一声，是你的第十节脊柱骨和第十一节缩在一块了，这使你落下了终身的残疾。还有，你的腕关节也摔得脱了位。但你当时不知道这些，你只觉得疼痛，钻心的疼痛。你竟忍着疼痛向案犯追去。一直追出很远。一直追到河边，和案犯打在一起。

同志们赶来，抓住了张维顺。一个盗窃大案破获了。这个大案，而且带出五个盗窃案。

这一年，你荣获第二枚一等功奖章。

第三枚奖章：1985年6月17日……

那一天，是他自告奋勇驾驶公安艇，送市局的同志去搜捕杀人犯周加松的。

他本来可以不去。那天他值班，当市局的同志们风尘仆仆来到派出所时，所里的领导都不在。他本来可以把事情留给所长、指导员处理的。可是当他听市局来的同志说，他们所搜捕的是市区一起"持刀乱砍无辜群众"凶杀案的要犯，他现在可能就躲在河中村他妻子家的时候，他坐不住了。他不顾自己身上的伤还没有痊愈，大声说："我开船送你们去！"

望着眼前这个青年，市局来的同志们都很感动。

要是他们知道了他这两年中的一些经历，他们也许会更感动的——

"何永三，你知道你的徒弟们每月能赚多少钱吗？"这两年，总是有人跟他说钱。

搞活经济后，人们在争当"万元户"。他本来也可以当"万元户"的，他会开车床、开拖拉机、开船；不但会开，还会修。也不必费大力气，只要每天下班后在家再开三四小时车床，一年赚它四五千是笃定的。他的徒弟们技术不如他好，现在不是都月进五百，成了"万元户"吗？但他，还是没有去当那个"万元户"。他是舍不得放下联防队的工作。哪能为了自己发财，扔下联防队工作呢？除了农机员工作，他把心思都交给了没有报酬的联防队……

"这个何永三，简直可恶透了。"忽然，有人掀起了浪头。他们是恨他——

瓯江之夜。（庞振镒 摄）

因为他在办案时总不肯顾说情者的面子，对案犯"高抬贵手"。一个案犯数个说情者，一个说情者一条不烂之舌，叫他怎么招架自己所得罪的人？

先是闲言碎语，冷嘲热讽："怎么，这么卖力，是想转正(指转为民警)呀！""哈哈，干了这么多年，连顶帽子(指民警的大盖帽)也没混着呀？"接着便是恶言恶语，连诅带咒了："怎么，你还没死呀？""等着我们给你送花圈吧！"如果骂他的只是些普通群众倒也罢了，可让他气恼的是，他们好些竟是担任着一定领导职务的干部！

他愤怒了。脾气最好的人也会愤怒的。"我不干了！"他对所长说。不是说气话，而是真打退堂鼓。可王所长笑笑："喔，承认顶不住了，承认让几句臭骂给骂倒了！"语气又一变，"真想不到，你何永三是这样的，你一个新党员（他这时刚入党)是这样的！"

好所长！话不多，意却深。他红脸了："所长，我……"到底是响鼓不用重锤，他又迎着骂声站起来！

公安艇冲破风浪向沙中村疾驰。这支十个人的搜捕队伍像从天而降的神兵，悄悄接近了目标。早已问过隔壁邻居了，说周加林正与几个朋友在这幢房子的楼上喝酒呢。

何永三冲在最前面。他和市局来的同志踹开门，冲上楼梯，出现在酒桌前。喝酒的有七人，四个永强口音，三个温州口音，可是奇怪，一个个查对，竟不见周犯。

"老实交代！周加林呢？"

"……"酒桌旁的人不吭声。

何永三警惕地四处检查。他的目光，落到了一张床下。好多迹象表明，罪犯就在床下。

"周加林，你出来，跑不了啦！"

床动了一动。周犯像遭了雷打，颤抖着出来了。何永三一步跨过去，用铁钳似的手钳住了他的手臂……

何永三，他第三次获得了一等功奖章。

他也是一个受人信任的"非职业警察"。现在，在永强区，别说是发生了什么案件，即使是兄弟俩吵架，也会有人说："走，见何永三去！"

哦，用自己的勇敢、智慧和血肉之躯保护着父老乡亲的人，父老乡亲们是不会忘记他的。尽管他不穿警服，不戴大盖帽，但在他身上，人们仍然看到了蓝色盾牌的熠熠闪光……

李强散记

【1990年】

偌大个温州,知道他的人不多。

偌大个温州,不知道他的人不多。

要使以上两个命题同时成立的条件只有一个:瓯江大桥南端,那座跟大桥一样出名,甚至被人称作"市雕"的巨型雕塑《鹿城之春》。

不提这座雕塑,谁也不知他李强。

提起这座雕塑,谁都知道他李强。

这是对的。艺术家靠自己的作品说话。

李强一玩泥巴就来劲。

一坨泥巴,在别人眼里啥也不是,他硬说有猪八戒的神韵,稍稍几下画龙点睛,果然一个憨老猪呼之欲出。另一坨泥巴,他又说像唐僧,一番兴味十足的雕琢,结果又有了东土和尚的慈眉善目……

这些西游人物(包括后来做的孙猴子、沙和尚),连同许许多多各式各样或巴掌大或齐膝高的泥人们,现在就以极大的"人口密度"占据着李强的工作室。

李强创作的白鹿衔花雕塑。相传东晋郭璞建城时曾有白鹿衔花绕城而过,所以温州也叫白鹿城。

李强告诉我:"这些都是我的泥稿。"

我不能不羡慕。我过去未曾想泥巴也能为稿。忆及自己夜半三更一格一格爬格子之苦,心头不免后悔当初怎么会错投山门。

不过羡慕感很快便烟消云散。因为从李强那里我听到一个近乎残酷的数字——

说是为构思《鹿城之春》,他画了100多张画稿,做过40多件泥稿……

40多件泥稿,办次小型展览足够了。看来用得着温州一句老话:别只看到和尚吃馒头看不到和尚求戒……

李强从小喜欢画画,可他没想到自己会成为雕塑家。还是在勤俭中学读高三时,由于崇拜普希金,他用木头雕了一个普希金头像,而且无师自通,雕得挺像那么回事。正好浙江美术学院招生,学院团委书记陈家辉来校了解生源情况,看到了这个头像,就告诉他报考浙美雕塑系。他愣了,他还不知道浙美有雕塑系呢,一查招生简章,果然……

于是赴考。勤中到温州的汽车每天只有一班,等他赶到东站时,车已开动,伸手拦车也不停。他于是拉住车门不放,司机怒骂:干什么?他回答:考大学!司机一听,开了门……

杭州应考。画素描。开始,他连放在桌上当衬底的线毯也画了进去,又杂又乱,一看时间还早,忙用橡皮将多余的都擦了去。不想这一来正好歪打正着,考试官说有"虚实结合"之效果……

李强常讲这段经历,说自己是好运者,在生活中一路绿灯。

即使好运者也有受挫之时。从浙美雕塑系毕业之后,"文革"之中,他曾被

温州，温州

贬到藤桥去"夺煤"，后来又被调去搞工艺陶瓷。其间，还有学校想调他去当教师。他不去，跑到人事局说："我是搞雕塑的，除了雕塑，哪儿也不去！"

天生我才必有用，他认定。

因为这信条，他从不改行。后来很多人为赚钱改行去画连环画、画广告、搞装潢了，他不改。他把自己"卖"给雕塑了。

李强说自己还有一信条："知足便足，偷闲便闲。"因为这信条，他不像有的艺术家那样"不食人间烟火"。他挺有生活味。喜欢买菜烧菜。喜欢接触人。喜欢谈笑。喜欢读点道教、易经、气功之类。还喜欢忙里偷闲逛逛大街看看电影。

可毕竟"偷闲便闲"也不易。有时躺在床上，又想到要动笔勾草图，于是便撕香烟壳来画。这种"烟壳草图"现在积了不少。

还有"知足便足"亦难。本来只计划一年搞一件大的作品（3至5米），事实上他哪年都完成两件以上。

不如将他1983年调入工艺美术研究所后的作品开列出来，让读者按图索骥怎么样？除了《鹿城之春》，还有：《春》(电焊设备总厂)；《王冕画荷》（市工艺美术研究所)；《刘邦像》（沛县刘邦纪念馆)；《迎客松》(彩色浮雕，啤酒厂）；《回春》（118医院)；《科技之春》(渔业电控厂)；《风帆》(瓯海中学)；《纺织女和牧童》（毛纺厂)；《阳光雨露》（少年宫)；《快鹿少女》（味精厂)；《学飞》(医学院)；《飞云塔》(飞云江大桥）；《成长》（永兴小学)；《王楚楚烈士》（瓦市小学)；《白鹿少女》（系列雕塑，华侨住宅区)；《蒲公英》(蒲鞋市小学)；《黄志强先生胸像》(香港珍宝海鲜舫)。因着这些作品，李强的生命是壮实的。

李强生于1941年,属蛇。有一"生肖卡"如是说:蛇年出生的人"若具非凡的才华,即能成就大业"。

雕塑家先生,你打算再为我们这个城市增添几座雕塑?

年轻时的李强在创作雕塑。

蓝图在握,风帆又扬。瓯潮澎湃,奔向新的辉煌。